U0054907

傳杯集

徐訏文集

散文卷

導言　徬徨覺醒：徐訏的文學道路

陳智德

「個人的苦悶不安，徬徨無依之感，正如在大海狂濤中的小舟。」[1]

——徐訏〈新個性主義文藝與大眾文藝〉

在二十世紀四、五十年代之交，度過戰亂，再處身國共內戰意識形態對立夾縫之間的作家，應自覺到一個時代的轉折在等候著，尤其在當時主流的左翼文壇以外，被視為「自由主義作家」或「小資產階級作家」的一群，包括沈從文、蕭乾、梁實秋、張愛玲、徐訏等等，一整代人在政治旋渦以至個人處境的去與留之間徘徊，最終作出各種自願或不由自主的抉擇。

1 徐訏〈新個性主義文藝與大眾文藝〉，收錄於《現代中國文學過眼錄》，台北：時報文化，一九九一。

一

一九四六年八月，徐訏結束接近兩年間《掃蕩報》駐美特派員的工作，從美國返回中國，直至一九五〇年中離開上海奔赴香港，在這接近四年的歲月中，他雖然沒有寫出像《鬼戀》和《風蕭蕭》這樣轟動一時的作品，卻是他整理和再版個人著作的豐收期，他首先把《風蕭蕭》交給由劉以鬯及其兄長新近創辦起來的懷正文化社出版，據劉以鬯回憶，該書出版後，「相當暢銷，不足一年，（從一九四六年十月一日到一九四七年九月一日），印了三版」[2]，其後再由懷正文化社或夜窗書屋初版或再版了《阿剌伯海的女神》（一九四六年初版）、《烟圈》（一九四六年初版）、《蛇衣集》（一九四八年初版）、《幻覺》（一九四八年初版）、《四十詩綜》（一九四八年初版）、《兄弟》（一九四七年再版）、《母親的肖像》（一九四七年再版）、《生與死》（一九四七年再版）、《春韭集》（一九四七年再版）、《一家》（一九四七年再版）、《海外的鱗爪》（一九四七年再版）、《舊神》（一九四七年再版）、《成人的童話》（一九四七年再版）、《西流集》（一九四七年再版）、潮來的時候（一九四八年再版）、《黃浦江頭的夜月》（一九四八年再版）、《吉布賽的誘惑》（一九四九再版）、《婚事》（一九四九年再版），[3]粗略統計從一九四六年至一九四九年這三年間，徐訏在上海出版和再版的著作達三十多種，成果可算豐盛。

[2] 劉以鬯〈憶徐訏〉，收錄於《徐訏紀念文集》，香港：香港浸會學院中國語文學會，一九八一。

[3] 以上各書之初版及再版年份資料是據賈植芳、俞元桂主編《中國現代文學總書目》、北京圖書館編《民國時期總書目，一九一一－一九四九》。

《風蕭蕭》早於一九四三年在重慶《掃蕩報》連載時已深受讀者歡迎，一九四六年首次結集成單行本出版，沈寂的回憶提及當時讀者對這書的期待：「這部長篇在內地早已是暢銷一時的名著，可是淪陷區的讀者還是難得一見，也是早已企盼的文學作品」[4]，當劉以鬯及其兄長創辦懷正文化社，就以《風蕭蕭》為首部出版物，十分重視這書，該社創辦時發給同業的信上，即頗為詳細地介紹《風蕭蕭》，作為重點出版物。徐訏有一段時期寄住在懷正文化社的宿舍，與社內職員及其他作家過從甚密，直至一九四八年間，國共內戰愈轉劇烈，幣值急跌，金融陷於崩潰，不單懷正文化社結束業務，其他出版社也無法生存，徐訏這階段整理和再版個人著作的工作，無法避免遭遇現實上的挫折。

然而更內在的打擊是一九四八至四九年間，主流左翼文論對被視為「自由主義作家」或「小資產階級作家」的批判，一九四八年三月，郭沫若在香港出版的《大眾文藝叢刊》第一輯發表〈斥反動文藝〉，把他心目中的「反動作家」分為「紅黃藍白黑」五種逐一批判，點名批評了沈從文、蕭乾和朱光潛。該刊同期另有邵荃麟〈對於當前文藝運動的意見——檢討．批判．和今後的方向〉一文重申對知識份子更嚴厲的要求，包括「思想改造」。雖然徐訏不像沈從文般受到即時的打擊，但也逐漸意識到主流文壇已難以容納他，如沈寂所言：「自後，上海一些左傾的報紙開始對他批評。他無動於衷，直至解放，輿論對他公開指責。稱《風蕭蕭》歌頌特務。他也不辯論，知道自己不可能再在上海逗留，上海也不會再允許他曾從事一輩子的寫作，就捨別妻女，離開上海到香港。」[5]一九四九年五月二十七日，解放軍攻克上海，中共成立新的上海市人民政府，徐訏

4 沈寂〈百年人生風雨路——記徐訏〉，收錄於《徐訏先生誕辰100週年紀念文選》，上海：上海社會科學院出版社，二〇〇八。
5 沈寂〈百年人生風雨路——記徐訏〉，收錄於《徐訏先生誕辰100週年紀念文選》，上海：上海社會科學院出版社，二〇〇八。

仍留在上海，差不多一年後，終於不得不結束這階段的工作，在不自願的情況下離開，從此一去不返。

二

一九五〇年的五、六月間，徐訏離開上海來到香港。由於內地政局的變化，其時香港聚集了大批從內地到港的作家，他們最初都以香港為暫居地，但隨著兩岸局勢進一步變化，他們大部份最終定居香港。另一方面，美蘇兩大陣營冷戰局勢下的意識形態對壘，造就五十年代香港文化刊物興盛的局面，內地作家亦得以繼續在香港發表作品。徐訏的寫作以小說和新詩為主，來港後亦寫作了大量雜文和文藝評論，五十年代中期，他以「東方既白」為筆名，在香港《祖國月刊》及台灣《自由中國》等雜誌發表〈從毛澤東的沁園春說起〉、〈新個性主義文藝與大眾文藝〉、〈在陰黯矛盾中演變的大陸文藝〉等評論文章，部份收錄於《在文藝思想與文化政策中》、《回到個人主義與自由主義》及《現代中國文學過眼錄》等書中。

徐訏在這系列文章中，回顧也提出左翼文論的不足，特別對左翼文論的「黨性」提出質疑，也不同意左翼文論要求知識份子作思想改造。這系列文章在某程度上，可說回應了一九四八、四九年間中國大陸左翼文論的泛政治化觀點，更重要的，是徐訏在多篇文章中，以自由主義文藝的觀念為基礎，提出「新個性主義文藝」作為他所期許的文學理念，他說：「新個性主義文藝必須在文藝絕對自由中提倡，要作家看重自己的工作，對自己的人格尊嚴有覺醒而不願為任何力量做奴隸的意識中生長。」[6]徐訏文藝生命的本質是小說家、詩人，理論鋪陳本不是他強項，然而經歷時代的洗禮，他也竭力整理各種思想，最終仍見頗為完整而具體地，提出獨立的文學理念，尤其把這系列文章放諸冷戰時期左右翼意識形態對立、作家的獨立尊嚴飽受侵蝕的時代，更見徐訏提出的「新個性主義文藝」所倡導的獨立、自主和覺醒的可貴，以及其得來不易。

《現代中國文學過眼錄》一書除了選錄五十年代中期發表的文藝評論，包括《在文藝思想與文化政策中》和《回到個人主義與自由主義》二書中的文章，也收錄一輯相信是他七十年代寫成的回顧五四運動以來新文學發展的文章，集中在思想方面提出討論，題為「現代中國文學的課題」，多篇文章的論述重心，正如王宏志所論，是「否定政治對文學的干預」[7]，而當中表面上是「非政治」的文學史論述，「實質上具備了非常重大的政治意義：它們否定了大陸的文學史論述」[8]，徐訏所針對的是五十年代至文革期間中國大陸所出版的文學史當中的泛政治論述，動輒以「反動」、「唯心」、「毒草」、「逆流」等字眼來形容不符合政治要求的作家；所以王宏志最後提出《現代中國文學過眼錄》一書的「非政治論述」，實際上「包括了多麼強烈的政治含義」。這政治含義，其實也就是徐訏對時代主潮的回應，以「新個性主義文藝」所倡導的獨立、自主和覺醒，抗衡時代主潮對作家的矮化和宰制。

6 徐訏〈新個性主義文藝與大眾文藝〉，收錄於《現代中國文學過眼錄》，台北：時報文化，一九九一。

7 王宏志〈心造的幻影——談徐訏的《現代中國文學的課題》〉，收錄於《歷史的偶然：從香港看中國現代文學史》，香港：牛津大學出版社，一九九七。

8 同前註。

《現代中國文學過眼錄》一書顯出徐訏獨立的知識份子品格，然而正由於徐訏對政治和文藝的清醒，使他不願附和於任何潮流和風尚，難免於孤寂苦悶，亦使我們從另一角度了解徐訏文學作品中常常流露的落寞之情，並不僅是一種文人性質的愁思，而更由於他的清醒和拒絕附和。一九五七年，徐訏在香港《祖國月刊》發表〈自由主義與文藝的自由〉一文，除了文藝評論上的觀點，文中亦表達了一點個人感受：「個人的苦悶不安，徬徨無依之感，正如在大海狂濤中的小舟。」[9] 放諸五十年代的文化環境而觀，這不單是一種「個人的苦悶」，更是五十年代一輩南來香港者的集體處境，一種時代的苦悶。

三

徐訏到香港後繼續創作，從五十至七十年代末，他在香港的《星島日報》、《星島週報》、《祖國月刊》、《今日世界》、《文藝新潮》、《熱風》、《筆端》、《七藝》、《新生晚報》、《明報月刊》等刊物發表大量作品，包括新詩、小說、散文隨筆和評論，並先後結集為單行本，著者如《江湖行》、《盲戀》、《時與光》、《悲慘的世紀》等。香港時期的徐訏也有多部小說改編為電影，包括《風蕭蕭》（屠光啟導演、編劇，香港：邵氏公司，一九五四）、《傳統》（唐煌導演、徐訏編劇，香港：亞洲影業有限公司，一九五五）、《痴心井》（唐煌導演、王植波編劇，香港：邵氏公司，一九五五）、《鬼戀》（屠光啟導演、編劇，香港：麗都影片公司，一九五六）、

[9] 徐訏〈自由主義與文藝的自由〉，收錄於《個人的覺醒與民主自由》，台北：傳記文學出版社，一九七九。

《盲戀》（易文導演、徐訏編劇，香港：新華影業公司，一九五六）、《後門》（李翰祥導演、王月汀編劇，香港：邵氏公司，一九六〇）、《江湖行》（張曾澤導演、倪匡編劇，香港：邵氏公司，一九七三）、《人約黃昏》（改編自《鬼戀》，陳逸飛導演、王仲儒編劇，香港：思遠影業公司，一九九六）等。

徐訏早期作品富浪漫傳奇色彩，善於刻劃人物心理，如〈鬼戀〉、〈吉布賽的誘惑〉、〈精神病患者的悲歌〉等，五十年代以後的香港時期作品，部份延續上海時期風格，如《江湖行》、《後門》、《盲戀》，貫徹他早年的風格，另一部份作品則表達歷經離散的南來者的鄉愁和文化差異，如小說〈過客〉、詩集《時間的去處》和《原野的呼聲》等。

從徐訏香港時期的作品不難讀出，徐訏的苦悶除了性格上的孤高，更在於內地文化特質的堅守，拒絕被「香港化」。在《鳥語》、〈過客〉和《癡心井》等小說的南來者角色眼中，香港不單是一塊異質的土地，也是一片理想的墓場、一切失意的觸媒。一九五〇年的《鳥語》以「失語」道出一個流落香港的上海文化人的「雙重失落」，而在《癡心井》的終末則提出香港作為上海的重像，形似卻已毫無意義。徐訏拒絕被「香港化」的心志更具體見於一九五八年的〈過客〉，自我關閉的王逸心以選擇性的「失語」保存他的上海性，一種不見容於當世的孤高，既使他與現實格格不入，卻是他保存自我不失的唯一途徑。[10]

徐訏寫於一九五三年的〈原野的理想〉一詩，寫青年時代對理想的追尋，以及五十年代從上海「流落」到香港後的理想幻滅之感：

[10] 參陳智德《解體我城：香港文學1950-2005》，香港：花千樹出版有限公司，二〇〇九。

多年來我各處漂泊，
唯願把血汗化為愛情，
遍灑在貧瘠的大地，
孕育出燦爛的生命。

但如今我流落在污穢的鬧市，
陽光裡飛揚著灰塵，
垃圾混合著純潔的泥土，
花不再鮮豔，草不再青。

海水裡漂浮著死屍，
山谷中蕩漾著酒肉的臭腥，
潺潺的溪流都是怨艾，
多少的鳥語也不帶歡欣。

茶座上是庸俗的笑語，
市上傳聞著漲落的黃金，
戲院裡都是低級的影片，

街頭擁擠著廉價的愛情。

此地已無原野的理想，
醉城裡我為何獨醒，
三更後萬家的燈火已滅，
何人在留意月兒的光明。

「原野的理想」代表過去在內地的文化價值，在作者如今流落的「污穢的鬧市」中完全落空，面對的不單是現實上的困局，更是觀念上的困局。這首詩不單純是一種個人抒情，更哀悼一代人的理想失落，筆調沉重。〈原野的理想〉一詩寫於一九五三年，其時徐訏從上海到香港三年，由於上海和香港的文化差距，使他無法適應，但正如同時代大量從內地到香港的人一樣，他從暫居而最終定居香港，終生未再踏足家鄉。

四

司馬長風在《中國新文學史》中指徐訏的詩「與新月派極為接近」，並以此而得到司馬長風的正面評價，[11] 徐訏早年的詩歌，包括結集為《四十詩綜》的五部詩集，形式大多是四句一節，隔句

[11] 司馬長風《中國新文學史（下卷）》，香港：昭明出版社，一九七八。

押韻，一九五八年出版的《時間的去處》，收錄他移居香港後的詩作，形式上變化不大，仍然大多是四句一節，隔句押韻，大概延續新月派的格律化形式，使徐訏能與消逝的歲月多一分聯繫，該形式與他所懷念的故鄉，同樣作為記憶的一部份，而不忍割捨。

在形式以外，《時間的去處》更可觀的，是詩集中〈原野的理想〉、〈記憶裡的過去〉、〈時間的去處〉等詩流露對香港的厭倦、對理想的幻滅、對時局的憤怒，很能代表五十年代一輩南來者的心境，當中的關鍵在於徐訏寫出時空錯置的矛盾。對現實疏離，形同放棄，皆因被投放於錯誤的時空，卻造就出《時間的去處》這樣近乎形而上地談論著厭倦和幻滅的詩集。

六七十年代以後，徐訏的詩歌形式部份仍舊，卻有更多轉用自由詩的形式，不再四句一節，隔句押韻，這是否表示他從懷鄉的情結走出？相比他早年作品，徐訏六七十年代以後的詩作更精細地表現哲思，如《原野的理想》中的〈久坐〉、〈等待〉和〈觀望中的迷失〉、〈變幻中的蛻變〉等詩，嘗試思考超越的課題，亦由此引向詩歌本身所造就的超越。另一種哲思，則思考社會和時局的幻變，《原野的理想》中的〈小島〉、〈擁擠著的群像〉以及一九七九年以「任子楚」為筆名發表的〈無題的問句〉，時而抽離、時而質問，以至向自我的內在挖掘，尋求回應外在世界的方向，尋求時代的真象，因清醒而絕望，卻不放棄掙扎，最終引向的也是詩歌本身所造就的超越。

最後，我想再次引用徐訏在《現代中國文學過眼錄》中的一段：「新個性主義文藝必須在文藝絕對自由中提倡，要作家看重自己的工作，對自己的人格尊嚴有覺醒而不願為任何力量做奴隸的意識中生長。」[12]時代的轉折教徐訏身不由己地流離，歷經苦思、掙扎和持續的創作，最終以倡導獨

[12] 徐訏〈新個性主義文藝與大眾文藝〉，收錄於《現代中國文學過眼錄》，台北：時報文化，一九九一。

立自主和覺醒的呼聲，回應也抗衡時代主潮對作家的矮化和宰制，可說從時代的轉折中尋回自主的位置，其所達致的超越，與〈變幻中的蛻變〉、〈小島〉、〈無題的問句〉等詩歌的高度同等。

＊陳智德：筆名陳滅，一九六九年香港出生，台灣東海大學中文系畢業，香港嶺南大學哲學碩士及博士，現任香港教育學院文學及文化學系助理教授，著有《解體我城：香港文學1950-2005》、《地文誌——追憶香港地方與文學》、《抗世詩話》以及詩集《市場，去死吧》、《低保真》等。

目次

導言　徬徨覺醒：徐訏的文學道路／陳智德　I

春韭集

住的問題　003
病　011
我的照相　019
太太的更正　025
避暑　035
上學　041
尋病記　049
看藝術展覽會　053

妹妹的胖病 059
「春韭集」重版後記 067

海外的情調

《海外的情調》獻辭 071
魯森堡的一宿 073
蒙擺拿斯的畫室 079
決鬥 095
軍事利器 109
結婚的理由 121
英倫的霧 133
拉茜的歸宿 155

傳杯集

《傳杯集》序 167
華人洋名 171
馴獸的哲學 177
當心惡犬 183
妻的花錢 189
討債 201
錶 213
禮尚往來 223
無題的糾紛 235
妹妹的歸化 245
馬來亞的天氣 263
打賭 277
太太的嗓子 291

春韭集

住的問題

「……」
「……」
「……」
「……」

說起來都是理由，於是我們就決定搬家了。

關於住家，我在理論上是素有研究的，光說不相信，我的垂成著作——《住家學大綱》是一個證據，在那本未出版的書裡，第一部就是：〈住家外在關係〉。在那部裡我分為〈住家與國籍〉、〈住家與職業〉、〈住家與習慣〉、〈住家與家庭〉以及〈住家與個性〉等十餘章。其他還有〈住家內在關係〉凡十四章，〈住家與搬家〉凡十六章，凡此種種，書成之日，即見分曉，這裡是只有篇幅做一句廣告，並沒有篇幅來詳述內容的。總之，以此理論，來謀搬家，似乎是「無搬不成」「無住不安」的了。

於是一九三四年七月二日早晨，換了兩塊錢的銅子兒，搭電車以西征。

出發前，根據《住家學》原稿上原則，買給太太一雙膠底鞋。太太專愛穿高跟鞋，其實我也覺得她穿高跟鞋要多美三分，但搬家是不屬於情，而屬於理的；不屬於詩而屬於史的；不屬於浪漫的而屬於寫實的；不屬於那個而屬於這個的。總之，尋房子不是上大光明看電影，不是到派拉蒙去跳舞，而是同尋職業一樣嚴肅的事情。

可是太太偏偏是屬於情而不屬理，屬於詩而不屬於史的人，於是免不了一番爭論。這種爭論，在結婚數月來日必數次，無足為怪。爭論的結果，常是她勝利，可是實際上也就是我勝利。比方說，她穿高跟鞋走遠路，腳一痛就要同我囉唆的，可是爭執一次以後，她腳趾腳跟走起了泡，也只好「啞子吃黃連，有話無處說」了。

於是出發。我手握《住家學大綱》原稿與鉛筆一支，預備以理論定行止，以實踐改正理論。太太是白手套，皮夾。

電車票是買到終點，但半途上我們看見路旁牆角上有紅紙條，於是就即站跳下來了。走回半站路，方才尋到那紅紙條。

可是一讀之下，我們都相顧失色，我又慚愧無地。原來這紅紙上寫的是：

天王王，地王王，我家孩子是個叫兒郎，過路君子讀一遍，一夜睡到大天光。

失望之餘，我又提出理論，在煙紙鋪買《申報》一份，查閱廣告。太太想吃冰淇淋，其實我知道高跟鞋走這半站路是應該歇一下的了，是我理論失敗，不得不以此消氣，乃在小飲冰室查報。報上有許多分租廣告，但不是地址不合，就是房子太大。房子太大原不在乎，但房大勢必價高，自然不必去問。可是總算還有一個比較合適的地方，就在電車終點附近。於是我們又鼓勇上車，直達終點。

按照所刊地點，正是一爿米鋪。問他所租房間，他說就在樓上，樓梯黑暗無比，三階一袋米，四階一袋豆。我看太太面色不好。我說：「我們住在上面倒不錯，國難再來時，我們可據此為沙袋以禦侮了。」太太笑了。太太笑就好辦，於是出來再尋。此街已是兩樣，里口分租條非常之多，我們乃一一探尋。這一帶是成直角的兩條街，兩條街約有三四里路，三四里路間少說也有二十來個「里」、「坊」、「村」。我們一一都問過，不是房子少一小間，就是房錢超過預算十多塊；不是二房東無線電鬧得太凶，就是他們小孩子太多，或則條件太苛刻，或則鄰居太複雜，沒有一處可以確定。揮汗之餘，乃就近地點心鋪午餐，於是我們才歸納我們之條件，我在我名片上摘下來。

第一、我們需要分租別人家的，因為我們並無確定的職業，說不定哪一天就要離開上海，所以凡是頂費，小租，裝置費等都不願出；第二、二房東必須整潔一點，最要緊是小孩子少，兩個以上就是可怕的現象；第三、二房東沒有無線電，打夜牌的嗜好；第四、點電燈要不限制時間，因為十二點以後正是我寫作讀書的時間，我們的生產就在這點上面；第五、我太太是教會學校的學生，抽水馬桶是不可省的；第六、附近總要有電車或公共汽車直通一家大學，可以給我太太在白天去做學生；第七、就是房間要有一個附間給佣人住，而房錢自然也有限制的。

記好這些條件，我們下午又重整旗鼓。遠遠望見有無線電天線的人家，我們就不去打擾；門口有三、四個小孩在打架的，我們就不進去；進去了門檻上是孩子屎，而太太赤著腳拖著繡花拖鞋在打牌的，我們就只問一聲「這裡有沒有張家李家」就出來；看房時該注意開間與間數，交通與學校，等等，不合適就只好再另去打聽。

這樣，眼看太陽西斜了，汗是出一身乾一身，坐了八次黃包車，兩次無軌電車，三次電車，一次公共汽車，從兆豐公園，掠過極司斐路，康腦脫路，愚園路，海格路，古拔路……仍舊一無所獲。大家一聲不響，不約而同的，在電車站邊站住。這時上午所兌的兩塊錢銅元已去了三分之二，我的《住家學大綱》雖還在手中，但鉛筆已不知去向。回家已是五點三刻多，大家精疲力竭，還是太太有精神，關門的力氣倒有一百磅；我是倒在沙發上嘆氣了，可是我一嘆氣，太太也就倒在床上哭起來。這一哭不要緊，爭論於是乎又起，這爭論是顯然把我們剩餘的力量都用盡了。

太太於婚前本是住在學校的，「溫故知新」，覺得還是學校可住——舒服、便利……

白天受了一天的氣，一說到她住學校，許多理由就生出來了。第一是於她學業上有幫助，第二是她健康上有幫助，第三是於我們情趣上有利益——一星期會一次自然比天天守著有勁。可是問題是我住什麼地方去呢？我在婚前也曾在朋友家混一夜，親戚家租一月過，可是婚後就不是這樣簡單，中國古訓是成家立業，女子結婚了住爸爸處就要出房租，男子結婚了租住親戚家就成無賴。

從爭論到商量，從商量到嘆氣，從嘆氣到同情，於是同情之下又是互相犧牲鼓勵。結果決定了明天由我一個人去找房。這一決定，我立刻又想到我的《住家學大綱》之可恃了。一夜安居無話，第二天我一早起來，在我《住家學大綱》裡加了〈搬家與太太〉、〈搬家與收入〉兩章標題，預備有空時寫進去。

於是出發。

勇氣終是屬於感情和浪漫的，一出門就是現實。「上哪兒去？」這個問題真使我茫茫不知何所之了！一面踱著，一面想到「一二八」之役，北平某大學有十幾個學生要投筆從戎，剃了光頭，大聲演講，引得女生們淚溼小手帕，結果不到一禮拜又回來讀書之事情；於是又想到有人要跳河自殺，摸摸河水這樣冰涼又中止的故事；於是想到情與理，虛與實，戀愛與結婚，思想就跑遠了。我想，或許整個的人生是屬於情，屬於虛幻，屬於浪漫，到死時才回到現實，回到理吧？於是我想到這樣生也是屬於情，那樣生也是屬於浪漫；這班人也屬於情而生，那班人也是屬於虛幻而生。這樣就好像證實了我的學說，突然感到生的悲涼，只等待死來給我根本的確定了。

「老于，好久不見。」

「是的，好久不見，」一看，才知道是綺。我說：

「綺，上哪兒去？」

「我在這兒等電車，到愛文義路去。」

一說到愛文義路，我就想到愛文義路。愛文義路的房子是有很多分租的，學校也多。於是我就同她一同上電車。

說起綺，我就是因住的問題而認識她的，是西山的夏天，我因朋友之介紹在她的私宅住過一暑假，以後就常常玩在一起，到南方來就各不知音訊了。車裡我問她住在什麼地方，她說就在愛文義路，我於是就告她想在愛文義路尋房子，她說她家要分租房子凡一個月，到前天才租出去，不然你們來租多少好？這種話她不說猶可，說了真叫我生氣，不早不晚今天碰見她！可是她說，他們同「坊」中還有許多家分租的。

到了愛文義路，先到她們家，覺得她的房子分租給我們也並不合適，附近幾家大概看看，也差不多。她留我吃了午飯再走，我說隔日再來，乃同她道別，另起爐竈。

凡是有分租的條子我都進去看，這樣一坊又一坊地過來，我懊惱之至，很後悔不在綺家裡吃了飯再說。這時我已經把我們零碎的條件減少去一大半，終於又到了一家。

這一家分租的是一間靠馬路的，裡面還有一間小間；小間裡他們供著神像，是大仙宮，是祖宗堂，是佛堂我沒有細看，他們說我要時他們可以搬出來的。大間裡還住著人，說是這幾天就要搬。

一個四、五十歲的婦人要領我去看，而一個十四、五歲的孩子說他們還睡著呢。可是另外兩個婦人說：「搬要搬了，還同他客氣什麼，敲進去好了。」我沒有說完就出來，這房子於我似乎還合適，不過二房東給我印象實在太凶，於是我就尋出了許多缺點：馬路上的汽車聲也可以使住在那間房的人睡不著，祖宗堂光線似乎不合於住人。於是我漫步著又遐想起來。看看時光不早，我就找一個咖啡店，以牛奶麵包來充我的午餐了。下午我一村又一村地看下去，一點結果沒有。有一家，一個很美的小姐領著我，只是一間舊式的前樓，這引起我讓太太住在學校，我一個人住在那裡的念頭。但可惜太不乾淨，也什麼都沒有，而租價可真不便宜，我真以為連她自己的人身也租在裡面呢。我問：「小姐是不是也租在裡頭？」但她說：「這間小間是我們佣人住的，你有東西倒也可以放在裡面。」自然無結果，我出來。

這時，我一個人住的念頭是放寬了我的標準，但標準雖然放寬，附帶條件也就多起來。第一、就是要二房東地方可以包飯，或者附近有小飯鋪可以買飯；第二、要二房東設法替我收拾地方，假如沒有抽水馬桶，就要替我倒馬桶。因為我一個人住，自然不再雇佣人。

一直到日又西斜，還是毫無結果，忽然我想到海格路去看看，記得那面是有許多白俄分租房子的。

到海格路，看了好幾處白俄的分租，地方的確很乾淨，但是第一、家具不合用，有梳妝檯而沒有寫字檯，有大鏡子而沒有小書架。這些東西我倒是還可搬去，但搬去了就擺不下，擺下了也不給你減房錢；第二、是房錢太貴；第三、是電燈限制時間。所以又是不合適。倒是有一家德國醫生門房裡西崽的住處給我羨慕，我因看他們前面出租的房子而同西崽談一會。

天已暗了，我回來。一路上因受兩天來尋房子之打擊，深羨慕德醫西崽的住處，覺得以勞力換一個「住」，同以勞力換一個「食」，原是同等重要的問題。中國，尤其上海，有許多人，都肯住在最不衛生的——氣悶，狹小，昏黑的地方，而不肯少穿一件綢衣，少吃兩餐酒肉的，我說不出他們的人生觀，我自己可感到我需要平靜，清潔，光亮的地方，比綢衣、肉食為要緊。尤其是夜間，我要讀書與寫作。

現在，什麼問題總算平安地解決。

我，現在已在這裡穿著白衣裳做西崽了。工作是只管記小菜賬，抄收發簿，以及太太小姐出來時開開汽車門；夜裡我也有充分的光線讀書與寫文。工錢並不多，不過我貪圖的是這個住處，有電話，有好的空氣，有真的陽光。

我太太呢，已進了聖喬治大學在用她用慣的抽水馬桶。星期六，星期日我們都有假，我總是換我平常的衣服去找我太太一同去玩玩：或者到大光明去看看影戲，或者到派拉蒙去跳跳舞，或者到滄州飯店去談談的。她也永遠穿高跟皮鞋，我也不再叫她穿膠底鞋，我們也不再因這種小事而吵嘴了。

一九三五，九，四。

病

病之初

中秋夜，一個人坐舢板在黃浦江上看月，上岸已是深夜，電車都歸了廠，我想步行回來也好，路上可隨便想想，看看，還有一件小事在肚裡好打算。

平常一個人在雨夜或月夜走路是非常有味的，可是這次卻有點不痛快，好像有什麼彆扭似的，走快不好，走慢也不好，同失眠在床上一樣不舒服。

天氣很好，風不大，月亮高高照著。衣服也不多不少，袋裡也沒有金錢寶貝怕人搶，也沒有違禁品怕巡捕「抄靶子」；人也不冷，不熱，香煙也在我嘴裡，那究竟是什麼不舒服，活像失眠，翻來覆去不知怎麼好。放重腳步，不好；放輕，也不好；手呢，放在衣袋不好，放在褲袋也不好；用軍操中把手作四十五度之擺搖率搖擺之，也覺得不適意……只顧想著彆扭到底在哪兒。於是想打算的事情還未打算，已到了古拔路口。這時候我更感到全身不適，四肢失措起來。好容易到了家，才發現了未帶鑰匙。這樣晚敲門而入這是第一次。

到房坐定（我永遠是坐在這把唯一的寫字檯前的椅子上的），我思索今天一路上彆扭的緣故，凡一個鐘頭才恍然大悟。原來我平時走路，除了有一兩個女子攙住我的手臂外，手總是放在褲袋裡弄我的鑰匙的，這鑰匙的聲音對於我的走路，真像軍樂對於軍隊的進行一樣，可以使我一步比一步有精神，可以使我步步有秩序的，還可以使我自由操縱思想……今天鑰匙未帶，像軍隊失了軍樂，怪不得頭重腳輕，步伐也不整齊了！彆扭原因想出，如解出了難題，不覺釋然。一時高興，頗感此事有趣得可成一文，乃舒紙握筆，以「鑰匙」為題，得打油詩如下：

我忍得住金錢遇盜，
我忍得住鴉片被抄，
但是親愛的鑰匙呀，
沒有你我路不能跑！

寫好自誦，頗覺得意，不自覺地拿出提琴來狂奏。誰知樂極生悲，前樓住客開門出來：「別人家還睡不睡啦？半夜三更的，到底你瘋了，還是怎麼啦……」「先生，請原諒，我不知您先生已經睡了。您知道今夜是中秋，你瞧瞧月亮多好。根據我們家鄉的傳說，中秋夜有好月亮還睡覺，下輩子要做瞎眼的，所以我還沒有睡。」我這樣客氣地一說，他「砰」的一聲進去了。

但等到我覺悟到我這句話有點罵他的嫌疑時，他可也就又開門出來，大聲地罵我剛才罵他。我不敢理他，假裝睡覺，誰知倒驚動了三層樓的人來干涉他了。

於是大亂一陣，又聽到各自回房去了。

我重把電燈開亮，可是詩意早已一掃而光。繼而想到這樣豐富的中秋夜，忠實記之不就是好文？乃再伸紙拿筆，題目為「中秋夜」：

「因為我沒有了鑰匙……」剛寫一句，我才想到鑰匙，那麼到底我的鑰匙呢？對呀！這樣我就尋鑰匙起來了。

桌上沒有，自然是抽屜，抽屜又沒有，那麼床上、書架、字紙簍……足足兩個鐘頭，什麼地方都尋遍了，總也尋不著，天倒亮了。天既亮了，就算我這個家鄉的傳說不是杜撰，那也該睡了。

不錯，病就是這夜得的，那天起我的右屁股就痛起來了。

病之中

幾天都沒有睡好，我惦念我的鑰匙。凡同我同行的人都知道，我是有一串許多的鑰匙，每次走路時要在褲袋裡搖著響的。

許多朋友都同情我鑰匙的遺失，這樣大一串，你說光配配就夠多麻煩？其實我自己的惦念倒不在我的鎖，而在我走路時缺少一些音節的陪伴，像軍隊缺少軍樂一樣。

到處都尋遍，一點都沒有著落。就為鑰匙的遺失，弄出寫詩，弄出奏提琴，弄出被干涉，於是尋鑰匙到天亮。於是我屁股就隱隱作痛了。

一天過去，兩天過去……現在，沒有鑰匙我也會很好地走路，自由自在地、靜靜地走，我也會運用我的思想了，而且因此，為避免二房東的開門，我也養成了早回去的習慣，可是我從那天為要寫那篇無鑰匙不能走路的文章起，我的病是一天天地加深，右屁股是顯然作痛了。

坐下是「啊」，立來起是「啊」，起初親戚朋友們都笑我，現在可慢慢同情了，都勸我看醫生。

二房東的小姨告訴我，她的表妹的病，起初也是右屁股隱隱作痛，後來就顯然作痛，兩年後，爛了出來，於是死了。只有骨癆是這樣長久地作痛而不見瘡痕的，可是一有瘡就無法可醫了。朋友的祖母對我說，這是瘋氣，現在不快醫好，將來可不得了，慢慢痛下來，就要半身不遂的。她說她歷年來看見過好幾個有這樣病，沒有一個醫好的。

三番四次聽這些話，自然我有點擔憂了。有一天我去姑丈家，在座有許多親戚，我於是「啊」的一聲坐下去，報告他們那兩種說法。

「骨癆？骨癆決不會這樣痛法的！」姑丈這樣說，姑丈是銀行經理，他的話自然不會錯，接著就是七姥姥的話：

「骨癆，輕輕年紀哪裡會有骨癆！」於是八嬸母說：

「骨癆麼？不會的。我想是瘋氣。」這樣，三姑婆就告訴我一個專醫瘋氣的針科醫生，告訴我這醫生靈驗的奇跡，於是大家異口同聲地附和。於是，午飯後，他們把我推上汽車到針科醫生面前了。

醫生是一位五十七、八歲的老頭子，他摸摸我的屁股說：

「不錯，這是蘆花瘋，幸虧現在到我這裡來，一針見效二十元，三針見效十五元。」於是他拿出五寸長的針，在嘴裡含溼了，隔著褲在我屁股上刺一針，刺進去後，用他抽水煙的紙火在外面燒了一周。

我痛，於是我說：

「大夫，怎麼刺我左屁股呢，我的痛是在右屁股呀？」

「男左女右，男左女右。」

他們代付了二十元，我捫著屁股走出來。從此，我的左屁股也隱隱地痛了起來。

兩日未見效，於是三日，四日。我精神是一天天委頓了。

那天有一位姓周的朋友打電話來，他說他有一位親戚是中醫，脈理頗好，說不定你的右屁股是一種內科病，反讓針科弄糟，反正不要花多錢，何妨去看看，他先在那邊等我。

屁股痛，忌坐車，步行四里之遙，到醫生處。寒暄既畢——

「這毛病是怎麼開頭的呢？」大夫開始問了。

「我丟了鑰匙，想寫文章，一夜未睡，於是屁股就痛了。」

「痛了多少日子了呢？」

「有半個月了吧。」

他用三個指頭按我脈。我說：

「大夫，二房東小姨說我是骨癆，朋友的祖母說是瘋氣，針科說這是蘆花瘋，你想想這倒是什麼病？」

「唔。瘋氣，不會，不會；骨癆，也不是的。啊！先生，你的內部肝火很旺，外部受了些風寒，碰巧那天累了一點，於是肝火就積住了。現在只要將你肝火平一平，風寒驅一驅，再去休息休息就會痊癒的。放心，放心。至於左屁股痛那不過是針科醫生的硬傷，隔些天就會好的。」

這樣我就寫了一篇五千字的文章去賣錢，買了兩劑中國藥來吃，但是十天以後還不見效，這可使我急了，病急亂問醫，我乃尋覓紅光的西醫招牌，擇其最亮者而記之，第二天趕快就去。

掛號三元多，醫生頗漂亮。

「大夫，我的屁股……」
但是他只管叫我解鈕扣。他詳細聽我的胸部，敲我肋骨凡一刻鐘之久，他說：
「先生，你肺部很好。」
「大夫，但是我的屁股不很好呢。」
「大便不順麼？」
「大便還順，只是痛。」
「啊，這是痔瘡。痔瘡都由便秘而來，你每天多吃些水果好了。」
「大夫，現在的水果不是很貴麼？」
「其實多喝點冷水也有效的。」大夫笑了，接著說：「我現在給你藥，你去吃吃，就可以使你腸胃清潔的。」
我捧著藥瓶出來。
第二天起我就瀉了，第三天還瀉，於是我瘦了。
第四天總算不瀉了，但是屁股還是痛，我乃再跟朋友商量去。
「老于，哪有屁股痛去問內科的？我看你還是去問外科大夫試試。」這真使我如夢初醒，病的是外科，豈非一早就可到醫院去，轉這許多彎，苦了這麼久，花了這許多錢，唉，真他媽的倒楣！
於是立刻坐車到慈善醫院，掛號只兩角，醫生是西人，中國話很好。
「啊，這大概是痔瘡，根本治療是割；否則你使它大便通順，也可免除痛苦。」
「大便通順，不就是瀉麼？」
「噯……」

這樣，我又捧一瓶藥踱出來。

藥沒有吃，但我是再也管不著痛不痛了。只要坐下去與立起來慢一點，我也就活下來，只是我有時是不免有焦急與憂鬱。

病之癒

這是一月前的事情。

前幾天我在我朋友宴席上會見一位從北平來的朋友，這是一位好久不通音訊的淘氣的女孩子，在那裡會見可真巧。她叫了出來：

「老于，哈哈，老于，您瞧，這裡會碰著你。」

「是的，小姐，事情真巧啊。」

「但是老于，你衰頹了許多，清瘦了許多呢。」

「是的，小姐，你知道我病了兩個月呢。」

「你怎麼叫我小姐呢？」

「因為，請原諒我，小姐，我是記不清你的名字了。」

「我叫綺……但是，老于，你得的是什麼病？你知道我現在上海學醫呢。」

「吃飯時候怎麼談這個？說起來話可長著呢。」

於是，她約我明天等著她。

第二天夜裡她果然來了。一進門就嚷：

「你瞧，你這裡還是這樣亂。」
「但是，小姐，不，綺……我還是個獨身的孩子。」
「啊，這不是幾年前我那裡硬拿來的靠墊嗎？」
「是的，小姐，不，綺……但是，現在不是已經破了嗎？」
於是她坐下去。但是我沒有抽完一支煙，她又立起來了，拿一拿墊子，說：
「啊，于，你這人，鑰匙放在這裡，把我屁股都軋痛了！」
我這才恍然大悟，不禁大聲嚷出：
「哈哈，綺……你才是真的好醫生呢！」
有人敲門。
「誰？」
「別人家還睡不睡，半夜三更的，你瘋了還是怎麼？」
我指指前樓，同她一同出門。
「晚回來，不要緊麼？」
「有了鑰匙還怕什麼呢！」
於是鑰匙像軍樂一樣，把我們的步伐弄得非常齊。

一九三四，十，二七，晨。

我的照相

《論語》的編者叫我交他一張照相，為《論語》兩年紀念刊上用。當時我一口答應，以為這只要我回家時候，無論哪兒一找就可以找一張出來的。

我有許多朋友會照相，所以我也常常照相，照好相，他們送來了我一看之後就隨便一放：比方我在看書，就夾在書裡了；比方我在拿煙，我就放在煙罐裡了；有時候我在教外甥女算術，就在反面當做黑板，一塗以後，她們就當做「洋畫片」一般去玩了；再或者是放在桌上，一天天地過去，碰巧那一天我寫信給朋友，於是就一封而入，正反面寫一句兩句的打油詩，也是一件常事。

照相雖多，但除了考學校報名以外，沒有正式用過。依賴攝影師的本領去謀事我沒有謀過，依賴攝影師的本領去求婚我也沒有求過。我常常懷疑照相會不像我自己的。我沒有太太，因此我不備鏡子，偶爾在親友家廁所被碰到，也不會誠心誠意捧出照相與鏡子裡的我去校對的，所以，我是沒有在我自己照相上用過心思。

可是在別人人像上用心思，在我倒有專門研究的。開始是我在大學裡聽講康德哲學時，聽了兩月後還是只有些糊塗的概念，後來忽然在一張康德的相片上悟到了「原來那麼回事！」於是我就放棄一切書本，專誠地搜集哲學家的照相來研究了。此法移用到文學，莎士比亞的精練，我是從照相知道的；拜倫的雄豪，我也是從照相知道的；雪萊的細膩，我也是從照相知道的；雨果的奇偉、李白的漂亮、服爾德的狂放……我都是從他們照相上面知道的。那麼現在以這些專門研究的經驗來對自己照相用心思，我應當大可從容不迫的了。

一到家，就翻箱倒篋，*Watson:Behaviorism*裡找出了七張，前門牌罐裡找出了十一張，《康德純理性批判》裡找出兩張，《養雞學綱要》裡找出五張，馬克思《資本論》裡找出一張，*Eddington:The Natrue of Physical World*裡找出三張，《老子道德經》裡找出一張，張東蓀譯的《物質與記憶》裡有一張，《論語》、《大學》、《中庸》中各找出一張，托翁小說裡共找出十四張，一本《波娃利夫人》英譯本裡也有三張，*Sense of Beauty*裡有兩張，一隻空肥皂匣裡也有一張，字紙堆裡翻出了八張半（半張被爬蟲咬去了頭）……一共有百來張相片吧，一張一張看下去，覺得都不是現在的我了，左思右想，感觸非凡，躊躇不決者凡吸五支香煙的工夫。乃閉眼抽一張，納入信封內，自己不看，以免再行動搖。

第二天，會見編者先生，即雙手奉他，誰知他一看之下，不但不謝，反而雙眼圓睜打出藍青官話說：

「怎麼把我的照相還我啦？」

我這才恍然大悟，這張相正是他送我的，我放在Craven A的煙匣裡而帶回家者。於是趕快謝過，抱頭而回。這才泡好茶，擺上煙，細心選擇自己照相起來了。

這一張太瘦，我現在難道還這麼瘦？當然不好用；這一張眼睛無神，大概是那年痢疾後的照相，也不好；那張太年輕，有點像我妹妹，不好……一想太年輕，這就覺得當挑蒼老者為宜，蓋我在《論語》上曾三次論女子，不蒼老殊有所不該。定了標準，自然易找，於是一找就著，乃欣然就寢。

第二天會編者於語堂先生家，又雙手奉上。以為這次終該滿意了，不料他哈哈大笑。

「這張相可好極了！」語堂翁一見就高興。

「是不是像？」我問他們。

「像極啦！」

「像誰呀？」《論語》編者奇怪地問。

「像崒鴻銘呀。」

我這才恍然大悟，蓋語堂先生正在徵求崒鴻銘遺像，而我也是不知道哪一年收起來夾在書裡的，昨夜會只顧「蒼老」而忘了「我」！

照相被語堂先生扣留了，可是我還得找。回家又找了四小時之久，勉勉強強找一張，在它嘴唇上用淡毛筆畫好了鬍髭，放到信封裡，睡時已經一點多了。

第二天醒來已是十點鐘，趕快拿去赴約，雙手奉上編者，我想這次總可萬事如意的了。誰知他又用藍青官話說：「怎麼，你又同我開玩笑了。」我抬頭一看，見是一張美麗香煙的洋畫，我說：「不是你開我的玩笑吧？」

怎麼說也弄不清，回家一查，乃知早晨我未起床時，我的外甥女將她玩厭了的洋畫將我照相換去了，立刻追究，知已與隔壁男孩換了半支石筆。我乃輾轉反側，一夜未睡。一早就問隔壁姓王的男孩，他說已將它送給對門希臘的女孩，問希臘的女孩，知她在弄口與一個過路的小孩換了一個玻璃球，過路小孩叫我何處去找？自思此相之好處在鬍髭，既是畫上去的，何不現在去照一張，現在不有真鬍髭了麼？

忽然想到某處贈送明星照片時，那照相不是好得姐姐們都稱讚嗎？這個照相館可真好，幸虧我是記得很清楚的。

到了照相館，他們正忙著照兩個女子，叫我：「請坐。」我乃抽煙以待。

我足足抽了十三支煙，他們才來招呼我，我自然走到鏡頭前面去了。可是他拉住了我，注視我的面孔，前後左右者凡十來次。他又對照著看看他的樣本說：

「先生，你先應當將頭髮梳好。」

「那麼我明天來可好？」

「先生，這裡是有梳子的。」

「但是，我不會梳我自己的頭髮，我的頭髮終要請理髮師來理。」

「但是，先生，請坐，我們也可以替你梳。」

一位女子過來了，拿著梳子與油膏。當她在替我梳頭髮時，攝影師在旁指導：「左旁太多」、「油太少」……

頭髮梳好了，這位女士喟然而嘆：「儂格頭髮幾個月不梳啦？用了一瓶油還不順服。」

我不響，向著鏡頭走過去。

「先生，請慢；你不願在你下頰塗些白油嗎？」

他的架子很足，我自然該服從他。乃任他擺布。

「先生，你應當把眉毛畫濃一點的。」

「先生，你睫毛也應當加濃些的。」

「先生……」

我默然。照好相出來，才知道價目是十元，十天後可取件。

十天中，《論語》編者天天催，我天天約。我說，你先將我照相的地位空著，我一定在某日交卷。大器晚成，好相遲交，我是用十元錢去照的。
這樣，好容易等到十天，我到那照相館去取去了。
「先生，是不是會弄錯呢？這不是已故美國電影明星范倫鐵諾嗎？」我一看照相裡的人不是我，自然有異議了。
「先生，可是我不願意，我不是把我的腦袋讓你照的嗎？我哪有這樣胖，這樣……」
「儂看看，該當碼子真是豬頭三，脫伊拍得格能漂亮法子，還要嚕裡嚕蘇。」旁邊兩個摩登女子半明半暗在罵我了，她們大概也來照相的。於是我說：
「先生，像范倫鐵諾還不好嗎？」
「先生，我的照相不是為大減價時作贈品的，我要我自己的像呀。」
「先生，你可知道你自己面孔是多麼不……」
「先生，我知道，但是我不是明星。我要照相，就是要像自己。」
「先生，那麼你為什麼要到這裡照明星相的地方來呢？你知道不像美國明星是不能算明星的。」
我於是抱著范倫鐵諾的照相悄悄地出來。
半夜，《論語》編者又來電話催照相了，我說：
「朋友，原諒我吧！假如你無法處置你替我留的空白的話，那麼在那裡畫上一隻猴子去也好。你想想，親愛的，說我是猴子進化來的我是無法不承認，但是，范倫鐵諾不能算是我呀。時期已到，再去照是來不及了，這你總知道。」
「朋友，紀念號出了這樣大的空白，你替我想想，叫我怎麼對得起三萬三千七百九十四個讀者！」

「那麼，讓我今夜趕一篇文章來作補白可好？」

「好，要是再失信的話，我可要把你面皮撕下來去製鋅板去的了！」

一九三四，八，二九，深夜乃寫此。

太太的更正

也怪不得偉人們要辦小報，小報的宣傳常常是有效的。大概為一兩家小報上登了一則尋我開心的消息，說我有太太很美的緣故，弄得許多朋友要來看我太太。太太真的很美，在青年是光榮的；有朋友要來看自己美太太，尤其是光榮的事。可是在我是毫不覺得光榮，尤其不贊成朋友來看我太太。第一、因為太太總是人家好，文章才是自己好，我連自己文章都不感到美，何況太太；所以看了反會使朋友失望。第二、因為朋友要來看我太太，個個都是說：「我明天來拜訪你新夫人，中午時候，你總在家吃飯吧？」或者說：「明天晚上我來拜訪你，你是不是在家裡吃夜飯的，順便拜會拜會你夫人，聽說嫂夫人很美呢。」假如我回答：「中午我沒有空，因為胡文虎先生請我吃飯……」那他們就會說：「那就夜裡吧，夜裡你總在家吃飯的了。」於是我回家必須借錢買酒備菜。

看太太之美，必須附帶要吃一頓飯，這個道理是曾經費我十二個深夜來思索的。中國文化之特徵恐怕就在這一點上。中國人一說到「看」，一定要連帶著「吃」的。有一次我在中學教國文，出一個「約友人賞梅書」的作文題，二十八個男生、十三個女生的卷子篇篇都有略備酒菜，或其他關於可吃的東西的瞎扯的。當時只感到學生們年輕家泰，愛吃而已。現在一想，覺得這真是無往而不是這樣，風流名士如蘇東坡，遊赤壁一定要帶酒菜，不在話下；就是鄉下看社戲，大家眼睛在看，嘴裡也必須嚼點東西；現在的戲院遊戲場裡也是一樣，不是五香瓜子，就是橡皮糖，不是橡皮糖，就是鴨肫肝；賞菊必須吃蟹，觀婚禮必須吃喜酒，遊山玩水終要帶酒菜，杭州有九九八十一庵寺，普陀有八九七十二庵篷，每個寺院庵堂都有好茶，好素菜，供給遊覽者燒香者狼吞虎咽，《紅樓夢》之類小說裡看海棠，賞菊花，一定要弄點東西吃吃，想也是這個道理。連送喪弔死都要吃點酒菜的，那其他還用說什麼？總而言之，看我太太，須吃點東西，這是有千真萬確的道理的。

於是我想到常常聽到的幾句話：「蘇州並不好玩，可是船娘酒菜燒得不差。」、「萬靈寺菩薩不靈，和尚的蔬菜真燒得好吃。」、「婚禮雖是簡單，酒菜可弄得有味。」……我太太既然會使來看的朋友失望，酒菜應當更加弄得好一點，也可以有一句：「太太是雖不好看，酒菜倒還不錯。」這雖然不是目的上的滿足，可是我不能使太太返老還童，看起來好使朋友們快活，那麼弄點小菜使朋友們樂樂，也省得人家空跑一道。

可是中國偏是禮儀之邦，吃了你一點東西，一定要為你留點面子的，於是三杯酒後，就說：「你的太太真像Nancy Caroll。」或者說：「你的太太真像某某小說裡的美女子。」有的還說她像什麼花，什麼鳥，大概引用點古典近典，讚美我太太一番，似乎就表示不是白吃我這一頓酒菜了。於是我太太似乎也真的美了起來，外面大家都說，她自己對鏡子也覺得自己美麗了。

於是有一天太太趁我要去理髮時，她說也要去燙頭髮。

燙髮是美女的事，當然不是我太太的事；是富家的事，當然不是我們家的事。可是如今大家都說我太太像畫眉，像芙蓉，像什麼，像什麼，你丈夫一個人說她不美還成麼？可是不是富家總是事實。於是我用這個理由同她辯難起來。我說：

「燙髮的錢是用得最沒有道理的，燙皺了不是耐不多久就要直的麼？」

於是爭吵又開始，她說：

「那麼你吃了飯要變屎，為什麼還要吃飯呢？」

「飯吃了一部分變成養料，髮燙了難道……」

「一部分就變成美。」

「美有什麼用呢？」

「那麼養料有什麼用呢？」

「養料是為活，我們自然不肯死。」

「美也是為活。動物只要養料就能活一輩子，人類有點美方才能活下去，你知道麼？」

「但是還沒有到那個時代。多數的人類不是連養料都沒有了。」於是她哭了。太太會爭，做丈夫的總還有辦法；會哭還能有什麼辦法呢？幸虧天黑攏來了，於是我答應她明天下午去燙去。可是燙髮花樣很多，有水燙，有火燙，有電燙……我於是用另外一個法子勸她不要電燙，因為我想電燙終是太貴了點。我說：

「其實你的頭髮很柔美，還是不燙好；你要燙我也沒有辦法，不過千萬不要電燙，電燙會把頭髮燙壞的。」

「火燙也不便宜，一天就要完的。電燙可以耐得好幾個月，好幾個月燙燙火燙至少也要十多次。」我當時雖說：

「寧使多燙幾次。」實際上，我是想以後再來談判的。大概問題就這樣糊裡糊塗解決了。一宿無話。

第二天因為上午看見門外有掛著「電燙」一元布幌的理髮店，於是我為免除以後麻煩起見，就改變了主張，晚飯後我就陪我太太去燙髮了。

理髮店地方還像樣，很乾淨，可是聽說我太太要燙髮，理髮師就極力推薦一九三六年的科學粉燙，說是用藥粉的，並且拿出來給我們看，同時還說，梅蘭芳回國後曾來燙過，胡蝶結婚時曾來燙過，還說了許多我記不清的外國名字，說是用這個藥粉燙來會完全如天然一般，一點沒有人工的俗氣。我太太問他是什麼價錢，他說是二十元，不過為我們是熟主顧，可以打一個八折計算。太太望望我。我急智橫生，於是說：「燙髮本來是人工的，要自然不是不燙更好麼？我想還是電燙吧。」於是理髮師望望太太，太太又望我，我說：

「電燙好了！」

說完了電燙還不算數，理髮師拿出一種綠色、一種黃色的液體給我太太看。

他說：

「你要這種，還是那種？」我太太自然要問：

「那種怎麼樣？這種怎麼樣？」

「這種四元，那種八元。」我聽了自然跳起來，我想莫非是我上午看錯了字，或者是我夜裡走錯了門，於是我問：

「你們外面不是寫著電燙一元麼？」

「先生，是的，不過這是那一種藥水，」他指指遠在壁角的瓶又說：「那一種藥水燙起了頭髮要發硬發紅，現在時髦一點都不貪這個便宜了，像太太這樣好的頭髮……」我望望太太，太太望望我的口袋。

十個商人有十個是靠女子起家，十個靠女子起家的十個都這樣利用女子的虛榮心，什麼衣裳的樣子，衣料的花色，這樣改，那樣改，今天改，明天改，改長改短，改大改小，改斜改正，改高改低，叫人家把穿衣裳目的化為趕時髦，一件衣裳沒有穿兩次，又叫人做一件。這樣說，那樣說，照相不照美術照是落伍，燙髮不用科學粉燙又是落伍，總而言之，要說得你虛榮心動，要說得你因此害羞，要說得你怕人家笑，他算是滿足而勝利了。

當時我太太的面孔是被說得紅了，太太的心事我是知道的，科學粉燙既然不，那麼，就是電燙；電燙要只有一元一種，那二元電燙也就可對付，可是現在有了三種；要是三種不提起貴的兩種，那麼一元燙髮也就燙了，可是現在提到了，要是提起了一說就說定「一元的」，那也就相安無事，偏偏理髮師這樣那樣會說話。我眼看什麼辦法都沒有，太太面紅著，要是我再固執「一元的」那種，她的眼淚就要來的。大庭廣眾，讓太太這樣出眼淚，丈夫的虛榮如何處置？一瞬間我想到我過去被一群穿皮鞋的孩子笑我布鞋的情形，我想到這個商業的社會！於是我就說：

「那麼就是四元的那種吧？」要不是當時我袋裡只有五元的鈔票一張，我一定會說燙「八元的」那種了。

太太是在燙了，我一面在被理髮，一面在肉痛，想來想去有點冤枉。我覺得以將頭髮弄皺要四元洋錢，來算我們生活費用，我們至少要一千元的收入方才像樣。都市裡的人要虛榮，闊人固然毫不在乎，真是無產階級也談不到虛榮，他們只像動物一般求點飽暖而已。中產階級一輩子為這種虛榮苦的，真不在少數。男男女女，他們有中國傳統的最美的道德，在家裡他們肯住沒有光線的後樓，他們肯天天吃鹹菜炒豆腐，冬天肯沒有火過一冬，夏天肯在蒼蠅堆裡過生活。以他們的收入算來並不用這樣苦，但他們要出門，出門要燙髮，燙髮一到理髮師手上，不由得不燙四元、八元，至少也要一元；要穿高跟鞋，要做時髦衣料的衣裳，追日新月異的花樣，過傳統的虛榮的應酬。盡他們每月的刻苦，夠不上幾次的「趕時髦」。於是銀行職員常捲款潛逃，夫妻們多愛離婚，大學生、文藝家也要做舞女去……。其實一個人的美並不是錢所能買的，美好的看護婦長年穿著白布衣服工作，我覺得常比她們穿花綢出來在街上跑為美，長年不燙髮，也有比燙頭髮美的。頭髮的美與面孔有關。可是現在新式的電燙，千篇一律地像一個模子軋出來的，雖然與有幾個面孔相配，但同有些面孔實在不合。所以有的反弄得越來越醜。燙髮這種事情說穿了真是同燙衣裳一樣簡單，一個是把皺的燙平，一個是把平的燙皺而已。燙衣裳以前用火，現在用電，同是取其熱罷了。太熱了怕燒，所以噴一點水；燙頭髮也是一樣，用火用電，久暫而已，怕燒則用一點香油以代水。理髮師口出蓮花，實際只是一種水香一點，一種水刺激一點的分別。四元八元不過一點虛榮的階段，正如當模糊鏡頭與布紋紙剛剛來中國的時候，這種相片就被稱為美術照，價錢要貴十倍之多，實際上只是多加一個模糊鏡頭，換一種紙矖矖罷了，所以要以十倍代價來出賣者，賣的只是「時髦」。貪時髦也就是虛榮。當時的布紋紙照相騙過不少虛榮的男女，如今騙燙髮也是一樣的把戲。可是現在的都市的照相已經到了賣照相師技藝的階段，知道怎麼樣配光，求怎麼樣的畫面了；賣的已是照相師的本領，而不是什麼弧光照呀，美術照呀的空口號了。燙髮師可是還在騙人，千篇一律的模子往各人的頭上套。如果燙髮師肯在樣子上設法，依士女的面孔與個性來燙他們的頭髮，那只要他們願意，收價一百元也是同請畫家畫像，雕塑家塑銅像一樣的值得的。我看過菊花展覽會，我感到人的頭髮有同菊花一樣的美的，只要燙髮師有技藝，知道哪一種臉哪一種個性該用哪一種花形，那我想人人都可因此而美了許多的。但是現在我不佩服這個燙髮師，所以我越想越冤枉起來了。

想著想著太太的頭髮已經燙好，我覺得實在燙得不十分好，不過我不敢說。第一、這會使我太太不高興，第二、燙髮師一定要說這是我們「貪小」，捨不得燙八元錢的緣故。自然以我太太長年不燙髮來說，偶爾的一次，的確比不燙好看多了，所以當我太太問我「好不好」的時候，我連連稱讚：「好，好。」太太自然非常高興了。

可是出門回家，一路上我越看越覺得她沒有以前好看了。一進家門，更顯得她醜態百出。我在想，想不出這個理由；她可是一直在照鏡子，我猜她的心理，她自己一定是越看越好看的。

我一直想，一直到我睡覺了還想，想到底是為什麼，使我越看她會越覺得她遠不如不燙髮為美？我想：或者是這個式樣對於我太太不合適，那麼以我自己所想到以菊花作為頭髮的式樣來說，假定我自己是理髮師，到底我太太該用那一種花樣呢？蟹菊？鳳尾菊？龍鬚菊？大理菊？我想起我在菊花展覽會裡所見到兩千多種說不出名字的花樣來，可是我想不出哪一種是十分合我太太的。以她的臉來說，那天在展覽會場的東壁角所見的，花瓣倒掛著而上捲的一種，或者是於她是最合適，會使她美如天仙的了。但是以她身子來說，實在是不配的。啊！這才使我恍然大悟，原來是她身子之不配！身子之不配就是在衣裳的蹩腳。所以在理髮店裡，當我只注意到她的頭部時，的確是比以前美，但是一出門，距離一遠，我已經看到她頭髮是她全身的一部分，衣裳與頭髮之不調和，使我感到她的不好看了；一進這破亂的家裡，自然，所有的背景更增加了她頭髮的不美，於是這反而使我感到她醜，只有永遠在鏡子前單獨照自己頭髮的她才是常感到美的。

於是我輕輕地脫我太太的衣服，我想知道她的裸體是否同這種燙髮調和，但是我看到的覺得除了自然的頭髮才能合於自然的肉體，這種油得發亮的頭髮，是只與發亮的綢緞衣服相配的。可是我沒有法子將這個說給太太聽，我想得到太太聽了會立刻要一件發亮的衣裳來配她發亮的頭髮，而不肯將她頭髮來適應這自然的肉體的。

一個人把裸體看成了罪惡，他會把許多殘忍的行為而使身體適合衣裳的需要的，中國人的纏腳，就是要把腳弄小以適應掃地的長衣之飄飄美的；西洋之束腰，也就是要把腰弄細以增加中古時代那種下擺很寬的衣服之婀娜的。我不相信在整個裸體的觀覺下，小腳與細腰會是美的條件的。現在的高跟鞋與燙頭髮雖沒有纏腳與束腰之苦，但是在犧牲肉體以適應衣裳終是同一個道理。

衣裳原是人定的，可是現在衣裳是商人在定。商人為他的賺錢的欲望，要使人人都跟他走，今天大花，明天小花；今天長，明天短；今天「達而皺」，明天「萬年絨」。雇用美女表演時裝為他做廣告，而叫大家跟；大家跟了，有錢自然跟得著，無錢的就是犧牲了全部勞力，省著住，省著吃，還是跟著了頭，跟不著腳；跟著了腳，跟不著身；所以有的新高跟鞋配著髒的、破的紗襪，有的小袖時裝裡著大袖襯衣……這些都與我太太一般，亮頭髮配著破衣服，愈扮愈顯得醜了。所以在這個資本主義社會裡，雖然科學萬能，藝術昌明，科學美終不普遍。衣裳的美，只要有錢就辦到的。頭髮的美也是一樣，鞋的美更不用說，現在露在外面的只有一個面孔一雙腿。而科學美容術，化學的、物理的，還可以使人胖、使人瘦，使歪變成直，扁的變成圓。但是這些是科學美，是人造美，與這對峙的有自然美。自然美就在完全跟不著科學美的一群人中。她們強健，太陽是她們胭脂，她們精神有力，長年到頭是努力，是愉快，是積極，是笑。前者是婀娜的盆景，後者是挺直的松柏。

於是我看我身邊的太太，以今天頭髮來說，是科學美，以身子說，倒是屬於自然的。以盆景比，她還差高跟鞋一雙，新式皮領大衣一件，新花旗袍一件，以及羊毛衫褲之類，不勝枚舉，這自然是跟不上。以松柏比，她夏天在游泳池雖可以算不弱，春天在網球場裡也算能幹，會穿著游泳衣照了相，被稱為新女性的健美典型的；可是一到冬天連冷水都不敢洗個臉，因為沒有皮領大衣，出門就佝頭縮頸；兩隻眼睛雖然也像點秋波，但被朔風一吹，就紅得討厭，又沒有汽車遮這個醜。總而言之，她既無科學美，又無自然美，有時想跟跟科學美，於是要燙髮了，有時候想學點自然美，於是要去游泳了，結果一樣都夠不上。

這樣我決定偷偷地替太太照一張裸體相，寄到小報上去更正去，證明我太太一點也不美，既不合科學美，又不合自然美，這個更正絕不是出什麼風頭，而是希望朋友不再來看我太太，使我費錢備酒菜，也省得我太太要燙髮，要衣裳以及要種種打扮。

說實話，我只是因為窮！

一九三五，十二，十一。

避暑

寒暑表一百零四度。夜，我們談到了避暑，起頭隨便談談，後來爭執起來了。妻是在山國裡長大，現在剛學會游泳，所以不主張再登高山，要去海；我是看慣了海的，不主張去海邊。於是我主張廬山，她主張青島；我主張泰山，她主張煙台……

我們越爭越起勁，爭到什麼都忘了。我說：

「你是去避暑，還是去跳海？你是去尋快樂，還是去尋死？」她說：

「春天叫旅行，秋天叫遠足，夏天叫避暑，其實都是遊玩。海濱可浴海水，於康健是有補益的，住在山上，難道這樣大熱天去逛山麼？」

「逛山，自然嘍！傍晚與夜間就可以玩，你不知道山上夠多風涼。」

「你才不知道海水裡夠多涼快呢。」

「要是你只想泡在水裡乘涼快，那麼你整天泡在浴缸就是了，何必去避暑。」

「要是你只想夜間散步，那到馬路遛遛，也就可以解悶。」

「你不知道我在白天還想寫點東西嗎？」

「你不知道你身體夠多不好？一到稍涼快的山上，你又要一個人悶著看書。這於你也無益，於我也無聊。」

她這一軟，我可沒有招，感到很不自然，抽支煙。她又說：

「我倒想到，你去海邊多有運動的機會，我可以教你游泳。那麼，明年即使留上海，也會有興趣一同去游泳池。」

這話倒是有理。於是我被她感動。她說完把身子靠攏來，我覺得她今天真是分外美麗了。

結婚五年，每天都有許多大小爭執，但每次結果都是這樣。而且每次當我屈服時，她忽然又可憐我而想出折中辦法來了：

「我想這樣可好：我們先到山待些日子，再去海濱？」

「啊！你真聰敏。但是，為什麼每次要等吵了一場以後才能想出好辦法呢？」

這樣，我們撇開了這個不談，現在是靜靜想地方了。地方是兩處，先遊山，後遊海。

海是哪兒好呢？北戴河是通車了，但有炸彈之危險。那麼青島還是煙台呢？論理當然是青島，但是煙台有我好幾個朋友的。不過她說，青島有她的好友蘇素在。蘇素與妻是當時兩朵並頭的校花，我自然又屈服了。說到山，更有問題，黃山還是廬山？天目山還是莫干山？普陀也是一個山。

廬山太遠，黃山太難上，天目山太冷清，普陀山她不要去，因為她有個同學告訴她過，一天傍晚，她的同學在普陀離了群獨自在散步時，小和尚跟在後面老唱情歌，幸虧遇到了別人。可是莫干山我嫌它太正式與熱鬧，而她是極端贊成的，避暑不到莫干山，哪能算避暑？

地址終算定了。出發日期又起了小爭執，她說明天，我說大後天。只差一天工夫，什麼不好商量，於是就定後天。車票到中國旅行社買還是車站？這難道還要爭執？我說你去買就隨你，歸我買你就不必干涉。她是好勝的，於是她說：

「那麼好，我明天就去買。」伸出手來說：「錢……」

這下子我可吃驚了！怎麼我們商量了半天就沒有商量到錢？沒有錢怎麼能避暑！難道這個大半夜工夫就白商量？但為什麼我們不先談到錢，後爭執呢？

妻自然大大生氣，於是相對而哭。我說：「不要緊，我們既然一切商量妥，自然必須促其實現，我或者還有未領的稿費，或者同編輯先生們商量預支一點可好。」

於是拿起了電話，等了半天：

「啊！」

「啊！亢德，《論語》前兩期我的稿費還有多少？我明天早晨就要。」

「……。」

說起我同亢德打電話，我就有點生氣；他那口蘇州藍青官話，在電話裡都變成疙瘩，我只好叫他請太太來翻譯，他太太倒是一口好國語。但一說出去我就感到愚笨，半夜裡把他太太吵醒，豈非要叫冤？何不叫自己太太去說，妻不是有一口好蘇白嗎？

一時忘了把話收回，立刻電話交了妻，誰知說了半天，更是莫名其妙。原來亢德已把電話交了夫人，他夫人是聽不懂這份蘇白的。

換上換下，好容易說通了。亢德說，上幾期我的文章沒有送去過，說他那天早晨九點來討稿我都怪他吵醒，半夜三更來要錢倒能幹。

「格兒！」電話已經掛斷，下話自然難提。

於是拿起電話打《中報月刊》。三點鐘哪裡有人在？快快掛上，打《自由談》。《自由談》編者只答應自己墊出十元錢付我未到期的稿費，報館裡如果個個人要預支，如何可以？決難通融。

左思右想，或者《文學》編者發點慈悲吧？

但是接電話的說，他還未回去。於是打到在商務任事的親眷，問《東方雜誌》可有預支稿費的辦法？他說，沒有先例，不很容易……

忽然靈機一動，打電話叫張光宇家。我還未開口，光宇先問是不是那篇《萬象》的稿已經寫好了。這是我早就預支了錢的，我怎麼還好說下去呢？我支吾幾句，把電話掛上了。

妻忽然說：「有點風了，到這裡來避暑吧。」

「那麼到馬路上去避暑吧，我想這時候該是涼快得很了。」我是有點難下台了。

「我是要到浴缸裡避暑去了。」

「到馬路去。」

「到浴缸去。」

「我主張馬路！」

「我主張浴缸！」

「這不是剛才一樣問題嗎？我愛陸地，你愛水國；老賬可查，照例解決之豈不是好。」

「不過你知道，浴缸是只有一隻呢？」

「那麼，現在你伴我去馬路，明天我伴你到游泳池可好？」

於是我們去馬路了，五點鐘的風，真是涼快！我說：

「這同莫干山有什麼兩樣？」

「游泳池同青島也差不多的。」

「那麼，你為什麼一定叫我去海濱呢？」

「那天，你不是說最討厭是游泳池，而且永遠不陪我去麼？」

回來時，大家都已忘了避暑，我有兩分想念蘇素。

一九三四，七，二三。

上學

前幾年許多拿著旗子的學生一隊一隊地到江鎮來，在茶坊面前一次一次地站在板凳上演講，講到天花亂墜，鄉下人都聽不懂，倒是賣給他們許多水果、花生米、麥餅、油條、汽水與西瓜。鄉下人只知道他們是城裡來的主顧，不知道來的到底是幹什麼。識字的人讀他們旗子叫「識字運動」，鄉下人不懂那些，也不問那些，只知道他們衣裳都是長衫，而且多是綢的，只等他們講好去兜買賣，買賣是不常落空的。後來反而是一群鄉村小學來宣傳的，穿破衣的小學生讓他們注意了。尤其是一個十二歲的小學生的一番話，打動了張嫂子的心，他說：「我爸爸是個種田的，字不會寫，賬不會算，還租的時候老給王鄉長家的四隻眼賬房先生混了去，現在把我送到平民學校裡讀書，到去年才三年，我就幫我爸爸到王鄉長家算賬去，那個四隻眼的賬房先生就只好把舊賬再改過，來回要差五十斤穀呢！」

張嫂子看了這個破褲布衣的小孩站上板凳，就已經感動了一半，等他天真地一說，她眼淚就流了下來；等這孩子講完了，她過去問問他；他又非常好地同她招呼，一點不是主顧，倒反是她們的子弟。

張嫂子開的是小豆腐店，也賣豆汁給那般拿旗子的少爺吃的。爸爸是種田的，丈夫早已死了，有一個八歲的兒子。就因聽了這個小學生的演講，回來打算把兒子去讀書，八歲覺得太早，所以就等了兩年。

兒子今年是十歲了，她決定把他送到學校去。學校有好壞，她是知道的，於是她去打聽。她想想，覺得田的好壞該問鄉下人，學校的好壞自然要問城裡人。於是她特地到城裡來，尋她城裡做小買賣的親戚。

她於是問他們：「萬靈廟小學好，還是東林村小學好？」「張氏小學校先生是不是嚴？」……但是城裡人這些都不曉得。不曉得，張嫂子就有些奇怪了，怎麼這樣大的學校會不曉得？可是城裡人雖說是不曉得，但是很曉得它的「不好」，因此很乾脆地回答說：「這些都是蹩腳學校。」

「蹩腳」，張嫂子覺得這話不錯。「要是不蹩腳，城裡人怎麼會連曉得都不曉得。」

可是除此以外，她就不曉得別的學校了，於是她自然要請教城裡人。這些城裡人雖然也是鄉下人出身，但同許多留學生一樣，不懂中國的一切，甚至中國的言語，更無論中國的學校，所以一開口就是城裡的學校，一口氣就說上了七、八個學校名字。

這些學校名字，在張嫂子聽來，終覺得聽外國話一樣，什麼「郁秀」、「瑪雷」、什麼「精武」、什麼「成德」，她不懂，但她覺得好聽，因為不懂，也就好聽起來。一好聽也就打動了她的心，不過好的東西一定貴，這是她有點知道的，於是就問：「那麼要多少錢呢？」

錢雖然比鄉下貴許多，但比她所想的倒還便宜些，這樣她就決定把兒子送到城裡來讀書。鄉下離城裡有六里路，來回就有十二里路，算不了什麼，鄉下人是走慣了的，張嫂子想。

於是先同親戚到學校去看看，學校像張老爺家的花園，她要沒有親戚，哪裡敢進去。門房裡走出一個校役，她滿以為是先生了，於是她說：

「先生，我們小孩要到先生地方來讀書。」校役不響，進去了，親戚跟進去，她也跟進去。

校役給一張紙給親戚，她眼看親戚一筆一筆填，填一筆她心跳一跳，想想兒子可以進這樣洋房來讀書，心裡著實是高興；想想雪白洋錢拿出去，心裡也有點肉痛。她自己不知是高興成分多，還是肉痛成分多，總之，她自己覺得心跳得奇快。

校役問她親戚要一塊錢報名費，她立刻把帶來的學費拿出去，但是親戚只要一塊錢，她很奇怪，不過先生在上，一定另有道理，她不敢問。

後來方才知道學費要以後再付，讀書也還要再等二十幾天才能讀。

二十四天後說是要進學校。第一天張嫂子親自送了兒子去，自己就在親戚家等他，下午才一同回家。

張嫂子看見兒子穿著自己趕做的布長衫，背著那位親戚送他的書包回來，她滿心是歡喜，好像她兒子今天已經會算賬一樣了。

以後日子就過得很快，她每天送兒子出門，等他回來。這樣一讀就是一星期，星期日是有空的，於是第二星期開始了。

第二星期兒子回來特別晚，娘等得好急！說來到是先生因為他身體結實，才叫他每天放學了在學校練太極拳。

「太極拳」是什麼，娘有點不曉得，等兒子裝樣作勢練起來，娘才知道是打拳。

打拳是武藝，娘的兒子要的是算賬識字的文事，那麼莫非是弄錯了麼？難道叫我兒子去考武狀元打擂台不成？

於是第二天，娘又到城裡親戚家，拜托親戚到學堂打聽一下，到底是為什麼，我那讀書去的兒子忽然打起拳來？

親戚打聽了才明白，原來學校裡正忙著十周紀念，十周紀念日有遊藝大會，有體育表演，太極拳是表演之一，而且表演好了之後，還要在全國運動會裡出風頭。

可是這番話就很難使張嫂子懂，到底什麼是「十周紀念」，是「遊藝大會」？什麼是「體育表演」？什麼是「全國運動會」？

正在她們分解不清之際，記者剛剛在他們家裡，於是放下正經事，就為新教育解釋辯護起來。

我先問張嫂子高壽，她說是三十八。我說：

「三十八，真健，真年輕！看起來不過二十八，再兩年我們應當來拜壽了。」

她說：

「哪裡敢，哪裡敢，我們鄉下人無病就是福，哪有先生好福氣。先生今年多少歲？該是要讓我們吃壽面了。」我說：

「我才四十一，去年剛剛做過壽。」

話從那裡開端，於是我就慢慢講到學校的十周紀念，也同人做壽一樣，要熱鬧，要學生去拜拜他壽。什麼遊藝大會，體育表演不過是一些熱鬧的玩意，到時候就要請她去看去的。我並且告訴她，就以她自己為例，證明身體為讀書算賬之本，而太極拳尤為練身體的頂好法子……可是她說：

「先生，那麼像你這樣瘦削削的怎麼識字讀書，而且鄉下人粗粗壯壯的反而不識字呢？」我說：

「這都是以前的做錯了的事情，我們以後就要叫城裡人練成粗壯些，叫鄉下人也來讀書。」

「那麼為什麼我的粗壯的兒子不教他讀書，而反要叫他打太極拳？而城裡的瘦削削孩子不叫他們到鄉村去砍砍柴呢？」

「……」我還好說什麼？眼到手快，立刻抽香煙；香煙一抽，心思就來，於是我說：

「張嫂子，全國運動會，就是全國讀書人練些用力的本事給我們看的，到時候我請你去看好了。」話雖然那麼說，但我真是還不知道全國運動會健兒是否都是讀書人。

她的話頭由她親戚接下去，我告辭出來。滿心不舒服，覺得我做了十年新聞記者還是沒有練好口才！

×月×日，張嫂子到她兒子學校去看遊藝會，據徐先生說這是為學校生日辦的，果然掛燈結彩，非常熱鬧。她很得意，很快樂，覺得別人看的都是空熱鬧，等於看別人家的結婚，獨獨是她，好像看的就是自己兒子的婚禮。她看許多孩子在操場上表演，於是看到自己孩子同許多人練太極拳，她滿心是光榮，覺得學校是她辦的一樣了。

可是時過境遷，算算日子，兒子已經讀了快一個月的書，但是賬還是同從前一樣不會記，不用說算。雖然兒子每天興高采烈地練太極拳，而為娘的心裡可真暗暗叫苦，想來想去，終覺得兒子打拳不是讀書的道理，可是兒子的拳是越打越起勁。終於聽到全國運動會開幕了。

記者那天請她的親戚同她去，送她們進看台，我就去採新聞。但是我的心當天又不舒服起來，那位鄉下寡婦就是我的問題，我到現在還只能用抽煙去解答。

於是那天我就放棄了記者的職責，我在做自己的記者，我做像科學家一樣採材料，到底那些運動員是讀書人，還是別的？讀書人多，還是別的多？到底是身體本來好的，叫他們來顯點本事呢，還是把文質彬彬讀書人練成健兒的？到底那群健兒是為事業、為讀書、為國家而去健呢，還是放棄了事業、讀書、責任、國家而去健呢？

張嫂子就在台上看，她手頭就有一個明確的事實，他自己壯健的兒子在表演太極拳。於是我用十年老練的記者手段來交際，來偵探健兒們的出身與其理想，以及其對於社會民族，及其所代表地方上之種種普通概念，見解以及思想。

我怎麼好意思說出我搜集的結果，我自然也不想令那位鄉下寡婦的張嫂子知道了。

張嫂子聽親戚說，指揮他兒子打拳的是一位當朝大官，她心理自然是榮幸，高興，而且她因兒子的上學而見識了這樣新鮮特別的地方，她更覺得快樂。

這樣一連看了三天，她對於徐先生所說的，那群有本事的人都是讀書人練成的話，可的確有點相信了。第一、就是他們頭髮確是文質彬彬的人，女的蓬鬆鬆，男的光滑滑；第二、親戚們所說的報上的畫像，樣子與衣裳都像外國人。雖然她兒子是在鄉下時就壯健的，但她這時哪裡還想到這些。

可是幾天以後，她又計算兒子讀書的日子，同時想起了她所付出的學費。她看到兒子每天拿了書包回來，還是不會做點記帳的事，她心裡就奇怪那些打拳顯本事的讀書人將來出來是幹什麼的了。

她算了算兒子讀書的日子，以一個月計算，減了四個禮拜天，就只有二十六天。二十六天中，開十周紀念，「籌備」時說是先要三天不讀書，開了三天，後來還要休息一天，那麼只有十九天了，而全國運動會又空了三天，那麼只有十六天了；而十六天中一大半又是練拳，唱歌，圖畫，行鞠躬禮，以及來回十二里的走路。看看秋深了，兒子要做夾袍，鞋子又因打拳，走路穿破了。

又過了幾天，兒子愣著回來，那位親戚也來了，說是她兒子被學校斥退了，因為他打傷了同學。那同學碰巧是什麼局長的兒子——斥退就是不許他再去讀書。張嫂子聽了哇的一聲哭冤家：

「冤家呀，冤家，我辛辛苦苦讓你去讀書，你到去打傷人！」兒子說：

「我哪裡曉得，他們瞧不起我，說我粗坯，說我牛，說我衣裳蹩腳……我不過是同鐵匠阿三他們打著玩一樣地打他一拳，哪裡曉得他就倒下去，倒下去的地方偏偏又是水門汀……」

事已至此，哭也沒用，多說也沒用，張嫂子說：

「不讓讀就不讓讀，那麼錢終要還我們的！」

親戚告訴她斥退是不能還學費的，但是她要自己去爭去。她到學校，門房帶她見校長，校長洋裝革履，身壯發光，高高在上，她自然無話可說。只聽校長先生說：

「你的兒子實在太野蠻，這樣下去我們要對不住多數兒童的家長的，所以不得不請你們來領他回去。」

張嫂子有許多字眼都不懂，但是她說自己的：

「他本來很老實的，因為到這裡學了太極拳，所以一拳會打傷了人。」

可是校長笑了，說：

「太極拳不過玩玩的，打人有什麼用？你兒子生成就野蠻……」

「你們教我兒子說是學會了拳可以打外國人，怎麼說是打人沒有用？」

校長笑容沒有了，他不說話，想走開。於是張嫂子說：

「不讓我們讀，那麼錢終要還我們的。」

校長又笑，說：

「學費不能退，這是我們的章程。」

「可是我們是窮苦人家……」

「這是我們的章程！」校長拉開寫字檯，給她一份章程。張嫂子哪裡看得懂章程，但是她說：「你們還說運動會是告訴我們現在讀書人身體結實了，那麼為什麼被我兒子打一拳就傷了？」

我是老練的新聞記者，這些事情我們自然立刻就曉得的，但是我不敢去安慰張嫂子，因為她對校長說的末了一句話，明明是我說的。我知道她已經恨城裡人，恨讀書人，恨文質彬彬的書生，恨穿洋裝的校長，和穿長衫的我，以及不砍柴光練玩意兒的城裡漢（我曉得她還是不懂什麼「健兒」、不「健兒」）的了。

一九三五，十，七，半時。

尋病記

那是我剛剛從無春的北平回來的第二天。天氣好到透頂，太陽光幾乎發出金聲。碰巧表弟來看我，告訴我因他的妹妹正患肺病，現在已搬住在鄉下老家。我一看天氣這樣好，立刻提議到鄉下去看她去。

實在說，我過上海時，被親戚朋友拉著玩，過了好些天只看見電燈沒看見太陽的日子，所以一見太陽就興奮了，何況是江南鄉野的綠色。那是四年闊別的舊情，在我動身南回時已經思慕起來的了，而偏偏津浦路上只有黃泥。你想，一聽到用本鄉話提起的鄉下，能不霍然而起？

一路上的綠野給我的是一種動的色彩，我們談話也多了，聲音也重了，可是當我們跨進那所舊式的房子時，我表弟的腳步忽然一輕，這是早已養成的習慣吧？可是我的心靈立刻蒙上了一層嚴肅！

於是會到了我的姑姑，談了一刻鐘的工夫，表弟告訴我們，她妹妹午睡已經醒來，於是我們就到那間病房裡去，他們只用了隨便的輕步，於是我可費好大的勁兒了。

這樣一來，已把我心境染成了迷信，好像進一間我最敬佩的古希臘文學家的老家一樣，我感到一種神祕的吸力。剛一進門，有一種清香的藥味讓我聞到了，這香氣真是人間少有的，沒有半點庸俗與虛偽。

於是我看見了潔白的被單，以及那位肺病患者的頭，我感到了一瞬間的美。

假如說世間有愛，愛就在病患之中才能見到，她的哥哥與母親對她的愛真使我感動了。床頭小桌上有一束花在瓶裡，我想這是在象徵病榻上的姑娘吧。

也有談話，但是輕輕的，像我這樣魯莽的人都極力把嗓子抑得同病人一樣低。靜極，我們都聽到了錶在響；她有點笑容，說要坐起來。於是她母親去扶她。

我精神在我沉默中安息，我忘了世上所有的嘈雜與繁冗！

這時，她哥哥在替她量體溫，體溫量好後，她母親已將牛奶拿來。我真想我能做一點事，無論什麼事我都可以，只要是為她。可是我會做什麼呢？我真怕我會連開門都不夠資格，前面是一個崇高的美懾住了我，我真只願在這個美的空氣裡做一個小丑或者小配角了。

出來回家是我一個人。一個人在鄉野中走著，野田裡的江南綠，已不能使我感到興味，我是要一個平靜的色調了。

也許是我一個人過著窮苦不安定的日子太多之故，這個美的印象像一幅畫，一曲音樂一樣使我生了無窮的企念，整天留在我腦中被羨慕著。

這時起，我每天祈禱肺病到我身上來，我想念病，我需要病，我覺得能安安定定讓我病一天，在我已經是夠光榮與幸福了。

我於是各處尋病。第一步先將我衣服減少了，我把衣服減得很少很少者有一月之久，可是病並不來，飯還是一頓好幾碗，沒有辦法。忽想起「受風寒」一句話，覺得我有寒而不風，似乎未合條件。於是每天早晨起來，就到外面去吹風，這樣又有一月之久，食量還是不見得少一點，夜裡還是呼呼睡到天明，我真是發急了，難道我真是「賤骨頭」麼？

於是我乃開始減少被鋪，有時或者故意把被鋪不蓋好。可是奇怪，夜間睡夢中竟會自動地把被鋪蓋好的，等我早晨醒來只覺得稀奇。沒有辦法，我又從不眠做起，起初當然是看書，可是看書不到兩頁，我會伏在桌上平安地睡到天亮，有時到天亮時，才發覺已安睡在床裡了！

這樣，我真是束手無策！於是四下奔走，詢問致病之法，乃得「病從口入」格言，使我反省到少吃倒是不病之原因了。乃開始大吃亂吃，無論醬油蘿蔔，紅糖醬瓜，一律吃下去，如是者五星期，身重日增，其使我不知怎樣才好。忽然有一次在宴會上，聽到我一位老師說今天有點不舒服，吃不下東西。我連忙請教緣故，他說是昨天多吃一點肘子，又吃了幾塊梨頭之故。這難道是難事麼？真是奇怪！當夜我就大吃特吃其肘子，吃得滿座失色，吃後我飯也不吃，立刻吃梨三隻，不覺大喜，以為明晨必可不舒服矣。誰知一覺醒來，紅日當窗，我又覺肚餓矣。

我一氣之下，乃買報章亂讀，但所有藥物都能治病而不能致病，惆悵久之，於是我購衛生學數本，一一熟讀，一切預備反其道而行。可是說也奇怪，衛生學說要早睡早起，我真的一到七時就想睡覺，怎麼也改不晚，有時候喝咖啡數杯，勉強到八時，這可雖站在床角也會睡著了，你說多麼不高明！衛生學叫我開窗睡，自然我打算偏偏關窗睡了；衛生學叫我吃飯前洗手，自然我偏偏是打算不洗了；衛生學叫我多作運動，自然我要偏偏不運動了；可是不爭氣，我關好窗，同學們又把它打開；我要不運動，偏偏學校派我做選手。只有不洗手還可以辦到，但是滿不在乎，我還是能睡能吃。

這樣我真是悲哀極了！一直到有一天，聽見別人去就校醫，我才恍然悟到學校既有校醫，我何不找他去商量一下。

我先問他肺病怎麼樣可以傳染到，其次是問還有什麼比肺病容易傳到，尤其輕便優美緩慢如肺病者的病。

他告訴我許多傳染之路，什麼與病人對面談話啦，呼吸有病人痰灰的空氣啦，什麼用病人用的筷子啦。

可是我們校中檢查體格極嚴，絕無肺病患者，使我無處可去傳染。

我無法之下，決定等暑假到我表妹家去小住一月，看我是否有一病之福？

這樣，我只好靜靜地讓康健占去我所有的時間。直到暑假，於是我日日與表妹相會了。

我故意常常同她親近談話，吃她吃剩的東西，可是日子一久，我們忽然互相有愛了。這在我可真是快活，心中有了莫大的安慰，不覺體重日增，心曠神怡起來。

可是日子一天天過去，我又回到北國讀書了。別後一月，她的死耗忽然傳到。我傷心之餘，於是我所渴望之病終於到了。

病到後，我就回到家裡，我同我母親商量，到姑姑家中養病去。那時姑姑們因表妹已死，早已搬到上海去住。於是我母親與姐姐就伴我到那間美極的房間裡去養病。一個人，沉沉地躺著，靜得像死一樣。我故意求姐姐弄點花來，模仿我表妹病時一樣擺起來。我也故意叫母親替我弄一條白被單，蓋在我的被上。我也故意把錶放在桌上，聽它一聲一聲地響著。我也故意在我房裡煮藥，叫我房裡有一點藥香。可是哪兒是美？哪兒是莊嚴？我頭沉重極。我聽憑溫度表到我嘴裡來，我聽憑牛奶到我嘴裡來。

我的美實現了，可是真的美仍在我夢中。我夢見她來，坐在我面前，用比我還輕的嗓子談話，於是我嘴角邊也露出微笑了。

一九三五，一，二六，深夜。

看藝術展覽會

白殼燈籠小阿四要父親替他謀事，從鄉下出來。星期六，母親叫他拿一點東西給二哥，二哥是在大學讀書，這個大學真是大，我是去過的。

小阿四回來說，運道真好，二哥剛剛要出門，被他一眼碰見了。

「二哥老是拿了錢，自己一個人去玩！」二哥不肯帶我去玩，我會這樣的在媽媽面前說。媽媽是好的，我說了又說，她於是就自己帶我去了。見了二哥我可以說：「媽媽會帶我去的，不要你帶。」

「唔！小二哥告訴我看藝術展覽是不用花錢的。」別說小阿四有一年多沒有來上海，他倒什麼都懂。

「泥塑橄欖會是什麼玩意兒？」祖母頂聽得進不用花錢的玩意兒。

「藝術展覽會是學校裡的先生同學生畫的畫，擺出來讓大家看看的。」母親的話頂可靠。

「真的不用花錢嗎？」祖母不相信小阿四的話，其實我也不相信。大家等母親說：

「不要錢是真的。不過你是不愛看這些畫的！那面都是些新派的中國畫，外國畫……」

「媽！難道也有東洋畫嗎？有東洋畫我不去看，我不買東洋貨。」小弟弟真是傻愛國！我可要去的，東洋畫一定也很好看，東洋不比中國強麼？我們可以學點來。

「明天去看看，我長了那麼老，也要看看新鮮玩意兒才好。」祖母說。

「媽！明天去，明天去，明天大家去。」我高興極了……

總是小阿四在竈間裡多嘴，亭子間的王大娘來問來，中國畫，外國畫，都不用錢可以看嗎？她要同我們一同去。王大娘每次進來總跟著她那個拖鼻涕的女兒，真真討厭，討厭！

王大娘來了後，三層樓連珠孀，廂房婆婆都跑來問，廂房婆婆那個鄉下出來的兒媳婦也要去見識見識……

我討厭那班人，那班人，因為這麼些人要一同去，媽媽也許不高興去了。

夜裡，我睡不著！二哥下禮拜來，要對我說看見了什麼，什麼；我假裝不曉得，其實我都知道，我都知道……

我們一共七個大人，三個小孩；小阿四嘰咕嘰咕一算，說坐汽車比電車便宜，於是媽叫他打電話去，三一八九，三一八九，三一八九……小阿四嘴裡咕嚕咕嚕地奔出去了。

汽車到了，他們又發生了事。廂房婆婆一定要沖一隻熱水袋，連珠孀要去上馬桶，王大娘說，這件衣裳太薄，要換件棉的，今天天氣原來這樣冷。媽媽直催，總算大家好了，偏偏祖母一定要包幾塊小阿四從鄉下帶來的冬米糖去，說餓的時候可以吃。

擠來擠去，總算擠進，我坐在小阿四腿上，小阿四坐在汽車夫旁邊，汽車嘟得開了，嘟得，嘟得……

地名是小阿四記清楚的，小阿四叫他停，車就停了。

進門，上樓；媽媽拿著筆在寫，我問她寫什麼，她說是簽名。簽名，難道我不用簽名麼？

啊！全房間都是畫！

祖母問那是什麼？媽說是鳥。鳥，祖母說還沒有我畫的像，我看看媽，媽響也不響！難道她沒有看見我畫過麼？我在學校裡圖畫總是「甲」。

祖母老是問，媽媽老是不響。

廂房婆婆只嘟嚕難看，她還愁熱水袋要冷。

王大娘，連珠孀，三聲兩聲地笑，她們都在看旁邊看畫的別人。「拖鼻涕」手拿著手帕，不去揩鼻涕……我同媽在一起，離她們越遠越好。

小阿四告訴我這是自畫像。自畫像，就是自己畫的像。我看看一點也不像人像。後來我想到，大概他在圖畫課裡睡著了，被友朋們塗了一臉的顏色，印在紙上的。

看過去，看過去，轉彎，都是男女脫光了的畫！啊，我知道，這些都是沒有衣服穿的災民，男的一定是濟南慘案裡死的，我在照相中早看到過！

祖母嘆聲氣。王大娘叫了一聲，一隻手蒙住「拖鼻涕」的眼睛。廂房婆婆叫兒媳婦快走，連珠孀……

我回頭看看她們，我笑了，許多別人也笑了。走出了，大家都問「沒有了麼」，大家都懊喪著。

媽叫小阿四去叫汽車。

汽車裡，祖母直說這兩趟汽車錢真冤枉！廂房婆婆說她看了這些畫，三年素要白白吃。祖母又說，到家應當請請菩薩，這種東西，人看了運道要壞的。王大娘直想哭，說她守了十年孤孀，今天會看到脫得精光的圖畫……

到家，大家不高興，祖母叫母親請菩薩。

王大娘的手帕被「拖鼻涕」丟了，說那些畫沖破了「拖鼻涕」的靈性。

昨天廂房婆婆的熱水袋有點破了，說是那些畫給她的壞運。連珠嬸這星期到三號去打打牌，輸了三塊八角六銅板，只怪上星期這些畫害了她。廂房婆婆的兒媳婦有點頭痛，連珠嬸說是她看壞了心，丈夫出門又遠，廂房婆婆應當當點心。爸爸從南京來，母親告訴他這些那些，爸爸哈哈大笑，說母親不該帶她們去。二哥這星期總要來，看看他有沒有出了什麼花樣？我是很快活，很快活的。

一九三四，二，十。

＊十二歲小表妹，叫我替她捍槍一篇她父親叫她做的〈記參觀杭州藝專展覽會〉的文章，我說這是有意開我玩笑，我雖然已去參觀過，怎麼會同她有相同的印象呢？——不肯。

她於是去求她的姐姐，她姐姐去求她姐姐的同學，同學又去拜托同學的姐姐，這位同學的姐姐又去求同學，那位同學是我的朋友。她那天一清早來我地方，說什麼刊物裡要一篇關於杭州藝專展覽會的文章，要我立刻寫。我說：「我雖然去參觀過展覽會，但實際上我只是去會會幾個老朋友的。所以叫我寫關於畫的文，還不如叫我寫關於人的文好。」她說：「隨便你，一切隨便你。」於是第二天我把文章交給她，誰知第三天我發現小表妹在抄了。

於是我同小表妹就吵起來，我問她這文章哪裡來的？她說：「你不用管！」我說：「這是我寫的，是朋友叫我寫的。」她問我：「這朋友是男的，還是女的？」我說是女的，並且問她是不是對？她說：「女朋友叫你寫，你寫；我叫你寫，不寫；現在偏偏在我地方，在我地方。氣死你！」

這位小表妹有點服軟不服硬，於是我告訴她那篇文章口氣不是小孩子的，如果她要，可以告訴我她去看的經過，我替她寫；並且條件定好，不許亂七八糟說我。於是我就替她寫成這篇東西。特此附記，誠妄待考。

妹妹的胖病

你們大概都認識我的妹妹，她是一個非常娟好的姑娘。她有春柳般的苗條，龍一般的靈活，蠶一般的纏綿。在社會中，她是萬星群裡的月；在學校裡，她是雞群中的鶴；在游泳池或者是舞場裡，她是牛群裡的小鹿。因此，畫報上為她的照片而銷路大增，照相館因她的照相而生意興隆。不瞞你說，我父親因她而升了官；還有我，我因她也與第一流名人有了交往。中國似乎沒有人不認識她了。在車站上下車，許多人都異口同聲說：「那不是××小姐麼？」就是不認識她的人也可以知道是她，更不必說是認識她的人了，更不必說是自己家裡的人。

然而現在，我會找不著她——一九三七年二月十四日，在馬賽碼頭上。

找不著她，那麼她該是沒有出來，還在上海辦行裝吧？可是我接到了她從波賽發來的電報；然則是波賽以後，她同什麼愛登、約翰之流發生了什麼浪漫事件而跳海？或者，難道是被人家謀害了嗎……

我正在想的時候，忽然有一個豬一般的女子過來了，衣服緊包著肉體，活像蒸熟了的香腸。她滾一般地跑到我的面前，叫我「哥哥」，「哥哥」，「哥哥」。

叫我「哥哥」，我驚愕了。

「怎麼你不認識我了？」

「啊，是你。你怎麼……」

「我胖了，是不是？我真不該到歐洲來！上船就一天天胖起來……」她好像要哭了似的。

「胖有什麼不好呢？我自己只嫌瘦。」

「但是，但是你是男子。」她真的哭了。

「你為什麼不去做寬大一點的衣服？」我把話說到題外去。

「我上船時候，哪裡曉得我會胖得這樣厲害呢？」

「那麼，一路來總可以買一兩套現成衣裳了。」

「這樣還打扮它作什麼？你看我粉都懶搽了。」

「但是你還是這樣白。」

「你還要說笑話，人家心裡……」

「急有什麼用，我先陪你去買一套衣裳，到巴黎我就陪你去看醫生。」

「你說醫生會治胖病麼？」

「瘦病醫胖不容易，胖病醫瘦有什麼難？正如窮人要有錢不易，富翁要窮有什麼難呢？」

於是我們到了巴黎。

許多朋友要看我妹妹，她們都是久仰我妹妹的漂亮了；可是我妹妹不願見她們，因為她知道自己已經不漂亮了。她想看的只是醫生。

當時我向學醫的同學打聽，他介紹擺拉多醫生給我，告訴我他的住址。

擺拉多醫生是巴黎有名的內科醫生，但是他對於治胖的法子不過一點常識，這常識連我都知道的，雖然他說得比我科學。因為他提證曾經在千餘人中應用過，獲效的占百分之九十。這法子就是每天早晨走三小時路，黃昏時再走兩小時。並且給我妹妹一張表格，寫上她的姓名年齡與體重，叫她三星期一次填寫體重，將來要看這表格上的曲線。

記得那天我妹妹的體重是二百三十四磅，與她以前（登來歐洲的郵船以前）的體重九十磅相比，幾乎是增加了二倍。我比她高七寸，但是我只有一百三十磅。

回家以後她開始實行，但是她不認識路，她一定要拉我同走。我妹妹是我家裡的寶貝，我們有七個兄弟，只有一個妹妹，她自幼就嬌養慣了的。她病了，我固然要負責，她胖了，我更應當負責。在一個漂亮的女子講來，有什麼病比胖病更可怕呢？

於是她暫不上學，我也暫時輟學。每天，從早晨八時走到十一時，回家後吃飯，飯後休息，再從三時走到五時，於是晚飯，飯後看看夜報就就寢了。

三星期以後，她終算輕了九磅，可是我反而輕了十三磅。於是又是三星期，她總算又輕了十四磅，我則減到一百零一磅了！

我的高度是五英尺十寸，只有一百零一磅，這不是太可怕了麼？至於她現在還有二百十一磅重，以六星期二十三磅計算，至少還要作三十個星期的走路療法，這就是說，還應當走一千零五十個鐘頭的路。假如我再伴她走的話，照六星期減去廿九磅的重量計算，則三十星期以後我該再減去一百四十五磅，這樣，我的體重不是成為「負四十四磅」而要升天了麼？但是我有五英尺十寸的高度。

為這個原因，我妹妹也肯原諒我不再陪她去走。而且她路也熟了，於是每天就由她一個人去走五個鐘頭的「藥」路，而我則繼續讀書。

成績不錯，六星期以後，她又減輕了二十五磅。可是她的體重的過量使她的腳踝出了毛病，一天天腫了起來。於是，只好去請教醫生。

記得那是一位傷科專家奧國醫科大學博士舒美醫生，他說這個病用不了什麼針藥，只要用陶土泥漿天天洗腳就是。

妹妹嫁人後由她去伺候丈夫，沒有嫁人則終是由母親去伺候妹妹的；現在母親不在巴黎，自然輪到了我。我雖然不能陪她走路，但我不得不用泥漿去洗她發腫的腳。每夜一次，如是者九十次，她終算完全好了。可是我的喉頭忽然發生了毛病，接著她也發生了同樣毛病，據學醫的朋友說，這是泥漿洗手腳之故。於是我們跑去問舒美醫生。

舒美醫生收了我們五十法郎號金，但是他說他不醫喉科，介紹我一個耳鼻喉科的專門醫生，叫什麼華德門大夫。華德門診斷這病，說是因為陶泥的刺激使血循環在喉部遲鈍了，於是他用電療術使它復原，但是電療術一天不能施用太久，要每天施半個鐘頭，長期治療。因此我們每天就一同去領受電療，如此者兩月，我們兩個人都痊癒了。

可是事情不巧，大概中國女子身體不行，受不起這每天半小時的電療刺激，我妹妹神經上發生了毛病，手腳發抖，一天天厲害起來。於是我又陪她到神經專科醫生叫郎爾房地方去，郎爾房大夫非常和氣，不要她天天去，只介紹一種溴的化合物藥品給她，叫她照他的方案去吃去。

這樣，過了兩個月的時期，我妹妹就不知不覺完全好了，可是這溴的化合物藥品，於神經有益，於胃卻是有害的，她開始病胃了。這樣我們勢必請教腸胃科醫生。這醫生也是有名的，叫什麼比打勞司基，他叫她吃容易消化的東西，吃豆末，吃雞汁，吃煮得很爛的肉，吃生雞蛋……

又是兩個月，她健康終算復原。可是，天，她的重量已增到二百七十磅了。

她自然更不舒服，要尋醫生。

這是第二次，我們可不敢再請教那位「走路」郎中，我們請教的是一位雷白使教授，他已經老了，但是他說他年輕時候也太胖，用騎馬的方法治好的。但醫藥上的騎馬與平常騎馬不同。他翻出醫書，叫書記用打字機把那整頁打給我，大概有二十二張打字紙，說怎樣去騎，騎多少辰光，跑得不要太快，也不能太慢；如果五次以後減了五磅體重，則怎樣增加騎的辰光；如果不減，則怎樣騎法；減了六磅又怎麼樣；騎時的服裝，騎後應該洗澡的浴水溫度，應該做的徒手體操等等，都非常仔細地有數字的敘述，特別詳細的地方是騎時的姿勢。可是我讀了三遍還不大明白，因為他缺少附圖說明。

不過我妹妹終於每天在巴黎郊外如法泡製起來了。起初我自然也與她並轡而行，後來因為費錢太多，而三星期後我的體重竟減了九磅，於我是比走路療法還有害許多，所以只得由她一個人去執行了。

從那時候起，意外事情就發生了，不到一星期，她體重竟減到一百四十幾磅。

讀者或者以為我妹妹那時已恢復舊觀，又漸漸漂亮起來了，實在是不。因為這只是為她的馬有一天與汽車相撞，她受傷很凶，使她不得不在醫院裡鋸去一條腿，而這條腿的重量恰是八十多磅，正等於她所減去體重的數字。

一切手術費住院費，自然是那位闖禍的汽車主人出的，另外還有兩萬法郎的賠償費。賠償費不多，原因是據汽車主人的律師說出禍的責任不完全是汽車身上。而且我妹妹胖得太難看，如果像以前一樣，是美人的話，正如有名的女伶或電影明星，一隻手指就可值幾千萬法郎的。但以兩萬法郎賠八十磅體重計算，每磅也值二百五十法郎了，這樣的價值也不少算。妹妹出了錢求減輕體重而不得，弄得每天哭哭啼啼；現在體重減輕還賺了錢，可是她更是哭哭啼啼起來，其中原因有時做哥哥的是想不透的。

這位汽車主人是富翁，他有一個女兒，很美。當妹妹在醫院的時候，她常來送點鮮花，說了許多同情話。有一次我也在，她說：「假如我的腿可以送給你，我寧使少一條腿。」我估計過去她的腿最多不過四十磅，那麼就應當賠兩條腿。我當時沒有說，後來很後悔。可是我妹妹說，說這話有什麼用？沒有用，是的。那麼她說這話有什麼用？我研究三個整夜，才知道是她父親怕我妹妹把官司打下去。不知道他從什麼地方知道中國人是重情不重利的，叫他女兒來拍這樣的馬屁。打下去，自然他不能以兩萬法郎了事。但妹妹並不是以腿重來賣善價，多少錢也長不出妹妹的肉腿，「醉翁之意不在酒」，因此也就買了這份交情。

從此，那，啊，大概叫瑪得琳吧，這位美麗的小姐就常常來看我妹妹，她同我也很好。她幾次三番都表示她要終身伴我可憐的妹妹，但是這句話同假如她的腿可以賠我妹妹，而她願犧牲的話一樣有點可笑。可是那時官司已經結束，不知她用意何在了。

有一天，她又同我妹妹說起要陪她來中國，要長伴著過一輩子的話時，我妹妹說：「你難道不嫁人麼？」

「我嫁一個中國人不一樣麼？」

「那麼我呢？我不嫁人麼？」

「你嫁人，我們不也常可以在一起麼，正如你哥哥將來可以常同你在一起一樣。」

後來，妹妹告訴我，她猜度這位小姐是有意嫁我的了。原來也是「醉翁之意不在酒」！

家裡知道妹妹闖了禍，立刻打一個電報叫我們回國。我沒有管住妹妹，心裡終覺得對不住她，所以一切聽憑妹妹決定。她呢，不想在外國做獨腿外僑，主張立刻回國，自然這位美麗的瑪得琳是伴著她，也伴著我同來的。

船到地中海，我妹妹一天天漂亮起來。這就是說，她體重逐漸的減輕了。到上海的時候，她完全同以前一樣，只因少一條腿的緣故，她體重只剩了五十多磅。可是這身肥肉到哪裡去了呢？大家不用奇怪，它已長到美麗的瑪德琳身上，她有二百四十磅重。上海的朋友只見到她肉，沒有見到她美麗。只見到我妹妹的美麗，沒有見到她肉。我家裡說，娶這樣難看的太太算是沒把漂亮妹妹照應好的懲罰，瑪德琳以為這是對於她家汽車壓斷我妹妹肉腿的賠償。可是儘管這樣說，她還是去找醫生，我還是出錢讓她去找她失去的美麗。所擔憂的倒是她的腿，這腿現在該有八十磅，怕有一天也要被汽車碰掉，因為她也在騎馬。

但是騎馬有什麼用呢？我妹妹有過經驗；那麼或者同我妹妹的美麗在中國一樣，她的美麗是在巴黎吧。

於是她回去了。她不要伴我，也不要伴我妹妹，她是女子，要伴的是她的美麗。而我則替她伴我的妹妹，這是她說過終身要伴的人。

不過我妹妹現在還是美麗的，雖然她少了一條八十多磅的腿。至於兩萬法郎，為除瑪德琳的胖病，已完全在上海花去了。

一九三八，三，二四。

＊Tristan Bernard對於專科醫生有極幽默的諷刺，本文中的材料，多脫胎於他，不敢掠美，謹誌於此。

「春韭集」重版後記

這裡收集的小故事，大都以人生中一些可笑的錯覺與變態的現象為主題，當時為適應小品雜誌，幽默雜誌的篇幅與格調，因而寫成了這樣的形式。我想以後也許竟沒有機會再寫這些東西了，所以我與二十八年九月把它付印出來，算結束我這些小巧的製作。到了二十九年，我開始以《三思樓月書》問世，對於這本已結束的小品集也早已忘去，但於二十九年終，我計算《三思樓月書》只出了九本，離預算尚缺一冊，因而又想起這本東西，但當時為每月趕新書之故，一直沒有將他再版。現在因為我心神不寧，寫作無形中斷，趁再辦他書之便，重又把本書拿出，無非想讓未讀過的讀者，知道我雖然常帶著悲哀的聲音，但也會說可笑的故事罷了。

海外的情調

《海外的情調》獻辭

我，我是一個農夫的兒子，
不知道抬頭望天，
只會在秧田的水中，
看月亮的影子。

那麼，請你安靜地聽我的故事，
在受傷的床中，或失眠的夜裡，
那裡也許有糊塗的真理，
但決不是可靠的實事。

一九四〇，上海。

魯森堡的一宿

一覺醒來，我聽見有人在說話。

外面下著雨，天漆黑。我寫完家信是十一時，裡裡外外早就沒有一點聲音。洗臉刷牙睡下，想那位對我甜笑的老闆娘，至少也有十二時。現在最早也有兩點左右，哪裡還會有人說話的可能？我怕是賊，或者外國不爭氣，二十世紀還有黑飯店？於是我驚著心來細聽：

「……」

「怎麼你病了？」這個聲音雖然低，但是我似乎有點熟識。

「不，先生，我實在累極了！」這倒是陌生的聲音。

「累極了？我也是，先生。」

「你做什麼也會累呢？」

「先生，老實告訴你，二十年來我只睡過兩次覺，一次還是我有病的緣故。天下沒有再比我可憐的人了。」的確是熟識的聲音，但是說不出是在哪兒聽見過？

「啊！我可比你更苦了，五十年，到現在，我只休息過四次。兩次還是因為有病，一次則是因為自殺。」

「為什麼你也忙碌得這樣，苦得這樣？你算是幹什麼的？」

「我不知道幹什麼，我只是糊裡糊塗地趕，從天亮到天黑，從天黑到天亮。我像一隻水牛在趕水，眼睛被蓋著，只許看前頭一步路。我知道我在世界中，但是我看不見世界。牛還好，牛的眼包還有去掉的時候，還可以看看天，還可以有點休息，而我，我是絕對沒有的。」

「你的生命怎麼這樣像我的。」這個熟識的聲音又說了，說得很起勁：

「我像一個磨坊裡的驢子，也是包著眼包，天天日日夜夜地走，太慢了說是米要磨碎，太快了說是穀要漏出；一步一步走，無窮盡無窮盡地走；我看不見別人，但是知道我被許多別人在看！」

「那麼，這樣說起來，你是同我幹同樣的苦差使了。可是你到底在哪裡的，我怎麼一向都不見你？」

「我，昨天才到這裡。」

「昨天才到這裡？從哪裡來？」

「從中國。」

「中國是不是在東方？」

「你怎麼知道？」

「啊，我常常聽見人說東方有一個古國叫中國。可是，這樣一來我又不懂了，我們既是同樣的職使，我怎麼老待在這裡，你怎麼可以隨便走？」

「你老待在這裡？」

「可不是，我一生下來不久就來這裡，現在已經五十年。五十年中我天天在這裡工作，夜夜在這裡工作。當初我容姿煥發，現在我早已焦頭爛額了！」

「我可不一樣，我是一天到晚地跑，電車，火車，輪船。但一面跑還是一面工作，說起來我怕是比你還要苦！」

「我想你一定比我好許多的，我是單調，苦悶，青年時候，我不知多少次想自殺，可是都不成功，一直到三十歲那年我跳下樓，跌傷了。於是他們把我送到醫院裡，住了一禮拜，出來以後，又是被釘在這裡做苦工。」

「啊喲，你的主人真是同我的一樣凶。我也是真真工作得不能動了，但是他還是鞭策我，一點都不許休息。有一次我從樓梯上跳下來，我想死了就算了，哪裡曉得沒有死，他立刻送我到醫院去，一星期以後，又是叫我整天整夜的工作。」

「唉，主人都是差不多的，我是有過三個主人了。最早是一個老頭子，這老頭子對什麼都和氣，對我可是不和氣，每天晚上臨睡時，都要管我一次。後來這老頭子死去，我想我終可以休息了，誰知他的兒子來做我的主人，一樣的凶狠頂真，現在他兒子又死了，他孫子做我的主人，他總算還有不來管我的時候，所以我還可以偷偷地休息一會。」

「我也有兩個主人，十年前，我有個很和氣的主人，他把我送給了現在這主人，他的脾氣又不好。實在說，我不明白他們要我們這麼苦幹做什麼。真的我們又磨不出穀來，種不出田來，於他們一點好處沒有。他們要逼我們那麼緊幹什麼？」

「誰知道，不過卻知道他們沒有我們是不行的。比方我的主人吧，出去時要來看我，睡覺時要來看我。大概如果我停止了工作，他們一定要把吃飯當作睡覺了。」

「我想他們許多事情都要靠我們，這是真的。不然，像我主人這樣何必常帶著我呢？他幾乎離不開我，譬如寫信，他不許別人看，可是要我在旁邊。讀書也要我在旁邊，寫文章也要我在旁邊。」

「有這麼一回事？」

「是的，有時候他怪我太快，有時候他又怪我太慢。有時候他在戲院裡，飯館裡等人，他連連地罵我慢。有時候他起來得晚，來不及出去又罵我快。其實我的快慢都一樣的，我哪裡敢有半點故意快點，半點故意慢點呢？你說做人多麼難！」

「你簡直是同我一樣苦。五十年來，我天天被他們埋怨太快太慢！做人真是沒意思，所以有機會我還想自殺。」

「自殺，我現在不想了！」

「那麼想什麼呢？」

「我想……但是你不許告訴人！」

「自然啦，我告訴誰去？」

「有一次我聽見人說一年是月份造成的，月份是日子造成的，日子是我們造成的，所以我們越趕得快，日子、月份、年份都過得快了。年份一快，主人們就活不久了，所以我想有機會快快地趕，快快地趕，叫他們快快老，快快死。」

「可是他死了，又會來一個新主人的。如果說我們工作與他們生死有關，那麼，我已經工作得使他們兩代都死了，但是我還是他們的奴隸，還是有主人來管我。」

「也叫他快死，快死。我總是這條命了，總是苦定了，我現在只想發泄我的滿肚子的氣。我想以牙還牙的報仇。」

「這或者是辦法，但是我是老了，我實在趕不動了，我想休息，我累得厲害。」

「我想，我在老去以前應當殺死幾個人的，趁我年輕，第一個就要殺死他！」

「他就是帶你來這裡的主人麼？」

「是的，就是他，他叫××。」

我聽得清清楚楚，啊，說了半天，原來是要殺我！

這時候鐘打了四下，我又沉下氣聽下去：

「喂，先生，你怎麼咳嗽了？」要謀害我的傢伙說。

「這是我，我這樣按時咳嗽有五十年了，這是我的名字。」

「你的名字？」要謀害我的傢伙說。

「是的，我叫鐘，你呢？」

「我叫錶。」

錶？我的錶？啊！它要殺我麼？

我一頭跳起，抓住桌上的錶向前擲去，剛巧打中坐在壁爐架上的鐘，嘩啦一聲，把我自己反弄得莫名其妙了。

我坐在床口發愣。

三分鐘以後，有人敲門了。

「誰？誰？進來！」

「先生，怎麼回事？」原來是旅館的老闆娘。

「我的錶！我的錶！我的錶……」我不知說什麼好。

「你的錶怎麼啦？」

「你的鐘！你的鐘！你的鐘……」我神志實在還是不清。

「我的鐘怎麼啦？」

「他們倆吵了一夜，我一夜沒有睡好。」我笑了。

「……」我知道她在奇怪，怎麼樣也不應該把她的鐘打成落花流水的。

「……」我苦笑以後，又說：「太太，我很願意賠你這隻鐘。」

「……」她笑了，對我笑了半天。

第二天我就離開魯森堡，一直到現在。想起這件神經病的舉動，我就不時一個人發笑。但深夜醒來想想，那隻五十年的鐘，與我這隻二十年的錶，終於可以長期休息了；而我則還是喘不過氣來似的，在度這無盡止的人生——長夜漫漫，我祝福它們。

一九三六，十一，十四，晚。巴黎。

蒙攊拿斯的畫室

一

巴黎賽納河右岸為蒙瑪脫拉（Montmartre），左岸為蒙攊拿斯（Montpanasse），這兩個區域一直為藝術家所寵愛的，後者則尤為外國的藝術學生所愛好。所以那兩區裡屋頂多畫室、旅館、公寓，多藝術家，而許多咖啡店無形之中天天被他們所占據著的，日子一多，大家就互相招呼，陌生的也變成認識了。

有那麼一夜，大概是十二月五日，為大音樂家莫札特（Mozart）死期，我同一位在巴黎學音樂的中國小姐K君從紀念莫札特的音樂會裡出來。本來我是送她回蒙攊拿斯的寓所去的，但是下車以後我們肚子有點餓，對於所聽到的一耳朵莫札特的曲子意見尤多，天正下著雨，比下雪似乎還冷，我們也因而急於取暖，於是就進了一爿咖啡館。

大家把大衣去掉，喝一杯檸檬茶後，周身就和暖起來，因而話也活潑許多了。突然有一本書從鄰桌送過來，書背上畫著K與我的速寫，我們自然停止了談話而回頭過去。鄰桌上也是一男一女，男的就是把速寫遞過來的人，他對我一笑，我也笑著接過那本書來看。畫面是我們兩個半身與一角桌子組成的，我正在吸一支紙煙，左肘靠在桌上，K靠椅背，一隻手放在杯邊。我的臉是正側的，K的是微側，也不知為什麼，一瞬間我被那幅隨意的速寫所吸引，我覺得不僅是像，而且那種我們從音樂會帶來的情調也被表示出來了。

從稱讚起頭，我們就談起話來。原來這是一位荷蘭籍的青年畫家，在巴黎還不到八個月，可是已經娶了一位法國太太，她就坐在他的旁邊，也隨即就同我們介紹了。

我實在喜歡那張速寫，於是我問他可否把那張畫送給我，他說他可以另外替我們畫一張，因為那張畫在書背的，他不願意扯下來。於是向掌櫃拿點信紙，他就替我們畫了起來。就在那辰光，我才仔細地注意他的太太，她似乎沒有一般法國女子一樣的玲瓏，可是也沒有普通法國女子常有的俗氣。眉宇中的沉靜掩去眼中過分的媚態，挺直的鼻子似乎使面頰更加清秀，一個小巧的嘴，它的上唇尖似乎欠長，時時使她那副法國人少有的美麗牙齒露了出來。可是假如說這上唇尖的欠長減去了她平時十分之一的美麗，但是的確增加了她笑時十分之九的愛嬌。我心裡想，到底是畫家，會選到一個這樣難得的法國女子做太太。

我正這樣想的時候，那位荷蘭畫家已經又寫成一幅，他一面給我看，一面說：「不好，不好。」我看了也覺得實在不像，把我悲觀的氣質畫成了樂觀，把K君稚氣未消的臉子畫為艷貴的少婦，這與第一張比起來實在不像一個人手筆。我笑著說：

「我想你一定太用心了，其實你隨隨便便畫來才有天才的流露，否則整個的畫面都被你的技術占去了。」

「不，不，我的天才就在我技術裡面。我想我一定會畫得好的。」他說著把那張畫扯掉，又拿起筆來畫。

但是結果又失敗了！如此畫了八張之多，我看他紙煙已燒去了十來支，用筆也特別用心。K君實在被畫得膩煩起來，用上海話同我說：

「我們回去吧。」

但是怎麼樣可以拒絕這位畫家的好意，他正氣憤地扯去第九張未竟的畫幅，拿第十張紙開始畫起來。我說：

「歇一歇吧，我請你先喝一杯酒。」於是叫伙計拿四杯酒來。他還繼續在畫，說：

「這張畫不成，我不畫了。」

「一定不成，今天晚上你一定畫不好了。」一個美麗的笑容，是他的太太。

但是果然又不成。於是我笑著說：

「不用畫了，把那張畫帶書賣給我好了。」

「本來倒可以送你，可是這書是她的朋友送給她的。」他說「她」的時候用頭點著他的太太，接著又說：「明天你們到我畫室來，我替你們再畫。」他就在第十一張紙上寫給我們一個地址，一定要我們約一個正確的時間。我同K商量一陣，決定於後天星期日下午兩點半到他畫室去。

這是我們訂交的開始。

二

那天兩點半，在他畫室裡，他替我們畫了十多張速寫，結果還是一張不好。但是我尋出了這個不像的原因，因為他忽略了存在我們間的空氣，而只注意到K的面容，可是我沒有發表什麼意見。

K這副面容是很平板的，眼睛有點媚，可是只存在於動的情態裡，如果瞪著眼讓人畫像，實在一點風韻都沒有的。我不知他在她面上哪一點獲得了什麼「因士披裡純」，他忽然抽起一支煙，要替K畫像，隨即拿出他的墨炭盒子，於是K就在他畫架面前坐下了。我這時才注意他的畫室。這畫室是長方形的，一面是窗，窗外正對馬路房子的屋頂，地方凌亂不堪，四壁都是畫。畫中以靜物模特兒居多，有一兩張是大幅的構圖。我在那些裡面看到這位畫家生活與修養，運用顯明顏色是荷蘭畫家傳統的特色。但他意識中時時要想超出這傳統，結果總是不夠討好。

他畫中的模特兒似乎不是一個人，其中有一個我覺得非常面熟。但是我想不起在哪裡見過。許多不同花色的大小布塊，滿地滿桌都是，顏色抹布，四五襲骯髒的畫衣散在椅上，掛在門後。我不能相信他是有太太的人。一個圍屏站在那裡，圍屏上倒掛著一件不潔的深色晨衣，使我不相信他曾有過一個漂亮的模特兒。

房間中沒有一把健全的椅子，我就坐在一個滿堆著雜物，破的安樂椅邊沿。

K正窘著，她見我看她，她笑著說：

「我多麼窮也不願意做模特兒。」又問這位畫家：「好了沒有？」我記得這已是她第三遍這樣發問了。我站起來看他正在畫的畫幅，我說：

「像，像得很。」

「等我畫完這點，歇一會。隔天你來，我再替你畫。」他說。

「下次還要畫？」K說。

「自然嘍，否則你就再坐兩個鐘頭。」他說。不一會，他站起來說：「你看，不是不壞麼？」

K也站起來看。他約她明天後天再來，他就可以完成，完成了可以送她，以後他還要替她畫一張油畫，他預定那張可以進明年春季沙龍。K不置可否。我沒有注意K的態度，我心裡正想這裡為什麼不備點可坐的椅子，記得不知哪裡看到一句話，說是在法國的人所以淫亂的緣故，就是在房間裡不備好的椅子。難道這是有點真理麼？

大家站著。奇怪的是K，活潑的她，在這畫室內會如鄉下人上鏡頭，不知手腳怎麼擺好，於是我提議到咖啡館去。

大家贊成，可是我忽然想起他太太：

「我們先去約你太太。」

「她也許不在，再去我家也不便，不必去約她了。」

「我想還是到咖啡館打一個電話好了。」

「你喜歡她麼？好，我回頭打一個電話叫她來。」

一進咖啡館，許多人都同他招呼，我們就在裡頭找一個座位，他去打電話去。他回來時候說：

「她就來了。」

我們於是談到許多事情，我說：

「你的生活倒很有趣。」

「很忙。」他說：「上午起來，讀兩個鐘點法文，星期一、三、五出去到學院，二、四、六在自己畫室裡畫畫。下午跟先生讀法文，到陳列館看畫，或者在自己畫室裡畫畫，夜裡在這裡寫信，談天，打牌，或者去看戲，聽音樂會，到陳列館。」

「你畫室裡，還請個模特兒麼？」

「以前我同別人併一個，現在我獨自請了一個。」

「那不是要不少錢麼？」

「我還請了一個法文教員呢。」

「你不到學校裡去讀法文？」

「不，我讀得很少，所以還是自己請個教員合適。」他忽然說：「啊，我還沒有知道你的名字，你願意把名字告訴我麼？」

我給他一張片子，他也給我們一張片子。我們於是說到中國人名與西洋人名的瑣碎問題。

這時他的太太來了，我同她握手以後，問：

「你住這裡很近麼？」

「很近，很近。」

「我們要拜訪拜訪你的寓所。」K說。

「歡迎，歡迎。」這位法國姑娘說完了，就把住址告訴K。

「那離我實在太近了。」K說著也把地址告訴她，並且約她去玩玩。

這個法國姑娘實在很好，那天咖啡店走開以後，我同K說：

「你覺得他們一對很快活麼？」

「我想是的。」K說。

「我以為一定是不快活的。」我說。

「你以為男的不快活，還是女的？」

「女的，自然是女的。因為我在她美麗的眼睛深處看到她的苦悶。」

「我不相信。」

「那麼好，我同你打賭，將來我們會曉得的。你不妨同那位法國女子接近接近。」

這以後我好久不同K相會了。

有一天，下午我去看K，K不在，我留一個片子。順便就到那位荷蘭畫家與法國女子的家去，男的不在家。她對我很好，給我酒，給我茶，我們就談了許多工夫。我後來問：

「你常常一個人在家麼？」

「是的，他讀完法文就出去了。」

「同法文教員一同出去麼？」

「法文教員？」她很驚愕，但隨即笑了：「我，我就是他的法文教員。」

「啊，你做太太，又做他的法文教員，這真是忙！」

「我並沒有同他結婚，只是同他同居就是了。」

「為什麼不同他先結婚呢？」

「你以為同一個外國人結婚是幸福的麼？」

「那麼你這樣難道是幸福麼？」

「自然不幸福，不過比我做一個店員好一點。」

「那麼你以為終身可以這樣下去麼？」

「不，不，我現在在法科讀書，考了一個學士，我就走了。」她笑著說：「你可不要同他講。」

「我自然不會同他講。」但是我又說：「其實同他講也沒有什麼，那麼，他供給你一切麼？」

「是的，像供給他太太一樣。」

「你明年可以考到學士？」

「是的，我已經考過，只等發表。不成功，那麼只好等明年再考。」

「那麼你預備到哪裡去？」

「回家去，我家在外省，以後也許可以有一個職業。」

「那麼你不打算嫁人？」

「將來，自然嫁人，假使有合適的法國人。」

六點鐘的時候，我告辭出來。我給她一個住址，邀她上課去的時候，順便到我地方來玩。

三

兩個月裡面，這位法國姑娘常常來看我，也常常同她到中國飯館吃飯，各處看戲。我很愛她的溫柔活潑，能靜能動。我們已經成了很熟的朋友。

有一次，她忽然同我說：

「你會覺得我一點不可愛麼？」

「我怎麼會不覺得你可愛？」

「但是你一點沒有對我有什麼表示。」

「因為我是東方人。」

「東方人的愛是這樣的麼？」

「為什麼是愛？做個朋友不是很好麼？」

「你以為愛一定要結婚的麼？」她反問我。

「不見得。」

「你以為假使有人真愛我，我真不會同一個外國人結婚麼？」

「我都沒有想到。」我說。

「那麼你時常請我吃飯看戲是為什麼呢？」

「不為什麼。中國人有兩三個人一同出去，永沒有各自付錢的事情，無論是車票、戲票，也不單是對於女子。」

「奇怪。」

「這不是奇怪的問題。」

「你知道我考上了學士沒有？」她忽然換個問題問。

「啊，我正想問你。」

「我已經考取了。」

「那麼你預備走了？」我問。

「我要走早走了，不過我想我有點離不開你。同你在一起是有一種特別自由的空氣。」

「這因為我沒有追求你。」我笑著說。

「你心裡有愛人？」

「誰？」

「K！」

「笑話，我有三個月沒有見到K了。」

「那麼，你不孤獨嗎？」

「為什麼孤獨，朋友很多。而且功課也很忙，自己興趣又很複雜。」

「那麼我離開巴黎，你不難過麼？」

「那是總有一天的事。」

「你真奇怪。我可有點離不開你。」

「……」

大家沉默了一會，她又說：

「你不喜歡旅行麼？」

「我自然喜歡旅行的。」

「那麼，我回家去，你陪我同去走走，好不好？」

「可是，我要上課呢。」

「我等你，等Paque（耶穌復活節，即是春假的時期）到了，我再走。」

「好，我一定可以。」

這樣以後，她幾乎天天來我處。Paque越來越近，她同我天天說到這個旅行。她說她要不告訴他情夫知道，只留一封信給他。她又說她家裡有誰有誰，還有一個妹妹很漂亮，可惜只是小學畢業就幫助家裡理家務，沒有讀書，不然一定會使我愛她。

預定旅行的日子就到了。火車於第二天上午九點開行，她預備八點前到我的寓所，再一同去車站。我已經把簡單的行李預備好。頭一天跑了一天，晚飯後回家，才見到K留的一張條子：

Z：

我要搬家，明天早晨九時請來我處。你忙些什麼？這張條子是我看你第四次的時候留的。

第二天九時正是我該同那位法國姑娘在車上的時候，我自然不能夠去，所以我當夜就去看K。K不在，我在咖啡館坐到十時去看她，還不在。我又到咖啡館坐到十二時，才看到她。她的房間我幾乎不認識了，因為多了好幾幅畫，我一眼就知道那是那位荷蘭畫家送給她的，裡面有靜物，有風景，有兩張她的像，一張就是我看見的那張木炭畫，還有一張是油畫。

「啊！怎麼，你也在學畫嗎？」

「哪裡，那都是那個荷蘭人。」她換了一口氣，又說：「怎麼你好久不來看我，聽說你在講戀愛。」

「我講什麼戀愛。我今天已是第三次到你地方來了。」

「拉丁區中國同學都說你在講戀愛。」

「沒有這事，我決不會對你撒謊的。」我也換了一口氣說：「怎麼，要搬家？」

「是的，你知道我們那次離別以後的事麼？」

「一點不知道，怎麼啦。」

「以後那個荷蘭人總是來找我，叫我去他畫室，他要畫我那張未完成的像。」她又換了一口氣，說：「你坐下來好不好？」

我坐下來，她坐在我旁邊，好像是怕我在正面看她似的。

「以後怎麼啦？」

「以後他就常常來看我，約我出去。你上次來看我時，我也是同他出去聽音樂會了。」她忽然站起來，走開去，一面走，一面背向著我說：「你說可笑不可笑?他後來對我說他在愛我了。」

「這有什麼可笑。」我說：「問題就在你愛他不愛他？」

「我怎麼會愛他，不過他的畫室有點魔力，我去過兩趟以後，就常常有點想去。」

「那麼你是常去的了。」

「去了十多趟。你看這兩張畫，另外還有一張在他那裡。」

「你不愛他，可是你喜歡他在愛你，是不是？」

「我不知道，我只覺得西洋人比中國人會獻殷勤。」

「那麼就享受享受這番殷勤吧。」

「但是我有點怕，所以我要搬家，省得他老是來找我。」

「你要不告訴他住址了嗎？」

「不但這樣，而且再也不去看他。所以我要搬家。」

「……」我剛想說話，又被她打斷。

「Z，你知道他的太太嗎？」

「怎麼，你沒有碰見過麼？」

「一直沒有碰見過。據他說他們沒有結婚，不過是他的模特兒，因而同居的。」

「還是他的模特兒？」

「怎麼？」

「據我所知道，她還是他的法文教員呢！」

「啊！」

「這傢伙真……」我是在冷笑這個荷蘭人把一個美麗的法國女子做三種用處；可是K沒有表情，我也就不響了。大家沉默一會，我吸著煙，看錶已經不早，我說：

「你真要搬家麼？」

「自然囉！」

「你有沒有找到房子？」

「沒有。」

「沒有，那麼隔幾天再說吧。我明天要旅行，回來幫你找房子搬。」

「不，不行，我明天就要搬。」

「怎麼，一下子這樣急？」

「我今天才決定，這樣下去，我……你知道他約我去旅行嗎？」

我沒有回答她，靜想了一會，才想出一個辦法：

「K，這樣吧，假使你的目的在躲這個荷蘭人，那麼我走了房間空著，你去住幾天就是。我回來就可以幫你搬。」

「這樣也好。那麼你回去同你寓所主人說好，我明天就來。」

我回家已是兩點多，房東已經睡著，我只好等明天再同她們說。

可是第二天一早七點鐘的時候。K忽然來了，帶了一隻小提篋。

「Z，你什麼時候去車站。」

「九點鐘。」

「我同你一同去旅行，好不好？」

「但是……」

「實在沒有辦法，老實告訴你，我早已答應荷蘭人在Paque時同他去旅行，前天什麼都擬好，我忽然變了心，所以找你。現在我想，我一個人留在巴黎，說不定要碰見他，說不定我要回我寓所去，說不定會到他畫室去……」

「但是……我是同另外一個人去旅行的。」

「同誰？」

「同一個女人。」

「可是中國小姐？」

「不，是法國人。」

「法國女人沒有關係，我可以算是你妹妹。我是中國人。」

「但是她，她……」

「好不好？」

「……」

「幫幫我，好朋友。因為這件事沒有第二個人曉得，我也不願第二個人曉得，而且這樣匆促，也沒有別人可以救我。」

「可以是可以的，但是你一切不要驚奇，我不瞞你說，我也是渾身是祕密。」

「什麼，你是說你同行的女人是祕密嗎？」

「是的，因為你也許認識她的。」

「我認識的？」

「也許是的。」

這時候，那位法國女人如約到了。一進門，她愣了，K也愣了。我說：

「大家不必奇怪，到車上再說吧。」我說完推她們倆出來，我拿了三個提簏就跳上了一輛街車。

決鬥

一

親愛的朋友，在凱撒玲的世界中，既然不允許我倆同時並存，那麼讓上帝在我倆之中選擇一個吧。×月×日星期×晨五時我在Bois de Boulogne的Lac Ingerienr東岸等你，那裡，我想我們可以找到一個合適的地方，來聽上帝的審判。我備所有的武器，隨你抉擇。

——F

我對於武器的應用可說是完全外行。擊劍只在古裝電影中見到，手槍也從來沒有放過，拳擊更是不曾學過。決鬥這種事，在電影裡，舞台上，歷史中，傳記裡，小說上雖是很熟識的事情，但是朋友之中固然沒有碰到，父老中間也沒有這個經驗，而我現在親身臨到了，並且這是我所不願意表示懦怯的，尤其我是一個被認為衰老古國的人民，我必須有這個應戰的決心，可是讀到這封信，我心裡到底有點著慌。

F的信寫得這樣沉靜，是出我意料以外的。他是一個活潑的新聞記者，凡是漂亮的條件都有，打獵，釣魚，滑雪，游泳，旅行是他常幹的事情，照相拍得很好，也會畫一點速寫，會唱流行的歌曲，也會彈一點鋼琴。但是我總覺得他不懂藝術，聽古典音樂會他不愛，看正式的戲劇他不愛，參觀有名的畫展他也不愛。凱撒玲同他的歷史我不很詳細。她是一個非常靜美的孩子。一個有健康身體的二十歲姑娘，有這樣靜美的靈魂實在是不多的。

大概她同我住得不遠，到學校去常常同車，我們開始不相招呼，後來碰到總是大家微笑一下，再後來彼此說一句「早安」。有一次因為講堂上坐在一起，下課後說幾句筆記上的話。以後雖也常常同坐一輛公共汽車，但是談話還是很少，我也沒有注意她什麼。

不過同車去學校的時候雖多，同車回家的時候則一次也沒有過，雖然星期五下午七時我們是一同下課的。記得有一天，我們下課以後，在甬道上看見一個男子正等著她，他們很親密地談著話。我也沒有想到她什麼，只是自管自回家。

是冷天，我記不清楚是哪一月，總之有半個月時間我沒有看見她來上課，我也並沒有想到她。忽然有一天在車上碰見了。我們說了寒暄話以後，我問她：

「你有許多日子不上課了？」

「是的，因為我病了一場。」

「哦……」我是不會交際的，所以只好「哦」了一聲。

「你看我是不是瘦了許多？」她第一次帶著這樣笑容同我說話。

「瘦了？」我看了她一會說。我記得很清楚，當時她臉上閃紅，使我不敢再看，但因此引起我一句交際上常有，在我是特殊的話：「不，沒有瘦，倒是漂亮許多。」

她臉更紅起來，笑得更可愛地說：

「這一病我輕了八磅，筆記又缺了不少。」她停了一會，看看我又說：「你的筆記借我抄一抄好不好？」

「不過我記得不好，因為我的法文程度是較差的。」

「不要緊，我想看的不是你的法文。」對我這樣陌生的一個同學，說得這樣自以為好，在我是不高興的，但她一瞟眼之處，是的確有令人難有不高興衝動的力量。

「你要，我下課給你就是。」

二

下課後，我把筆記交她。我們也就走開了。

大概第二天是星期六，我們沒有同班的功課。

第三天是星期日，上午九點半的時候，我在寫一首夜裡感到鄉愁的詩，忽然有人敲門了。

「進來。」

出我意外進來的竟是凱撒玲。

「出你的意外吧？」她笑著說。

「想不到，想不到。」

「會驚擾你麼？」

「笑話，你會來，在我是光榮的。」

「我想不到你同我住得這樣近，我看到你筆記簿上地址，所以就帶來還你，並且還要問你借別種的筆記。」

筆記簿有地址，是那裡學生的習慣，是希望丟了有人來送還你。真的丟了是否有人來送還你，我可是從來沒有試過。

「這本你看過了？」我問：「是不是記得很不好？」

「很好，不過有許多中國化的法文，我不客氣地改了一點。可是我倒是猜得出你的意思。」

我一翻果然有鉛筆改的地方，這使我心裡有點感激，但也有點不快樂，因為我同她到底還不夠這個程度，可以這樣直爽。

「這是什麼？」她忽然拿我桌上那首詩問。

「是一首小詩。」

「詩？是什麼意思。」

「鄉愁。」

「鄉愁，你譯給我聽聽，好不好？」

我於是譯給她聽。

「這的確是一首好詩。」

「因為我昨夜的確感到深切的鄉思。」

這樣她就同我談到中國詩的藝術，以及我家鄉的種種。我於是給她看一點我故鄉的照相，這些照相裡的建築，風景，室內布景……她看了非常愛好，我就隨便給她幾張。於是我們就談了許多中西人情風俗與趣味的不同，我並且告訴她這就是我鄉愁真正的起因。而並非完全為想念家鄉的親友的緣故。

這是我們訂交的開始。以後她就常常來看我了，偶爾也一同去吃飯與看戲，或者聽音樂會。

三

巴黎的冬季常常下雨，下霧，空氣非常潮溼，我房間水汀又太熱了一點，所以我終於傷風病倒。我到巴黎不久，往還的朋友不多；一個人遇到寂寞無聊，鄉思病最濃；病在床上，更感淒涼，睡著時不免夢到家鄉，醒來又不免哼幾句詩。大概是睡了一天以後，黃昏時我在床邊牆上寫了幾行：

> 梧桐上新露一點綠，
> 綠，那是你耳葉上的翠；
> 於是那黃昏時候的雨，
> 雨，那是我眼角上的淚。

第二天凱撒玲來看我，問我牆上塗的是什麼，我告訴她又是一首鄉愁的詩，她叫我翻譯，我勉強把原意講給她聽。

「你常常寫詩麼？」她聽完了天真而高興地問。

「是的。」

「那麼你為什麼不常給我看？」

「你又讀不懂中文。」

「可是你從來沒有說你是詩人。」

「我本來就不是詩人。」

「可是你的詩特別有詩意。」

「中國的民族是詩的民族，假如說是詩人，中國人民中未為名利所奴役的人都是詩人。」

她一定要我把詩稿給她看，看了還要我講。大概從那一天起，她對我的情感有一點變化。

她第三天來時，耳朵上夾一顆綠色的耳星。

「你看我帶這好看麼？」

「不壞。」

「你猜我為什麼忽然戴這個耳星。」

「是不是為我牆上的詩句？」我說了指指牆頭。

「不，因為我想這樣或者可以安慰你一點鄉愁。可以使你的病好起來。」

「可是你的打扮並沒有東方的情調。」

「東方的情調是怎麼樣呢？」

「東方的情調可見於中國的畫境。」我於是叫她在我書架上拿一點中國畫冊頁看看，那幾張冊頁是我動身離開中國，朋友們寫給我留作紀念的。

誰知道從此以後，她就愛上了東方的情調，也就愛上了我。

四

我這樣寫下去，似乎在寫戀愛小說了。所以我不想多寫這些我們相愛的過程。總之，她愛我，我愛她，是一切故事中人生的老調，也只好糊裡糊塗地愛下去。

我病了五天，她一下課，就來看我，把她的筆記讀給我聽，留給我看。她的筆記的確比我記得好，自從我們訂交以來，我的筆記叫她改正早已成了我們的習慣。

自然我的病不久就好，於是天天一同上課，下課，坐咖啡館，看戲，參觀畫展，聽音樂會……似乎有點肉麻起來。

就在那時期，一個星期五七點鐘下課的當兒，我們一同出講堂，在走廊上忽然看見等她的青年，她同我介紹了，他就是F。

F似乎在約她一同走，但是她還是跟我一同走了。後來她告訴我，F是她的表哥。表哥表妹是小說的材料，中外原來一樣。

我並沒有考他們的究竟，我們還是同平常一樣。

三天以後我就接到了這封約我決鬥的信。

我說過我決定去赴約，我說過我當時有點著慌。我想去告訴凱撒玲，但仔細一想，這是有點懦弱。

於是我想去同一位見過三、四次的研究陸軍的中國同學去商量。他是黃埔畢業以後到法國專學陸軍的，放槍一道，當是能手。臨渴掘井，學一點放手槍的訣竅或者比不學總好。

我已經上了車，可是半途又跳下來。第一、因為我與他並非朋友；第二、這件事我不想宣揚；第三、我想到臨渴掘井並沒有什麼用處；第四、我想生死終究還是命運；第五、就是死，也沒有什麼可怕。

但是回到家裡，我又想去看一個人，那是一個學法律的朋友。我想同他談談，或者有點益處。可是到了他的寓所門口，我又躊躇再三。最後我敲了門，好像是要同他決鬥似的，我心跳著。應門的是他的房東，告訴我他不在家，這倒是給我一個安慰。我就安安靜靜地回到家裡。

我決定不告訴一個人，不同一個人討論，也不想有一個自己的公證人伴我，一切自己的生命決定自己來擔負。由我自己把命運賭這一份愛情。我理好一切書籍，物件，寫了一封信給在中國的父母，又寫了一封信給凱撒玲，還寫了一封信給巴黎中國領事館。

中國有許多為金錢為女人，為畏罪而自殺的人都在遺書上說愛國，我第一次動筆也用了這個公式：對父母說這是為我家姓氏的光榮，對凱撒玲說是為愛她，對領事館說是為國家的尊嚴。但是讀讀不像樣，「人之將死，其言也善」，我何必這樣以信載道，乃扯去重寫，如是者好幾次。最後我到底寫些什麼，現在真是一點也想不起來了。總之，我寫好以後，就放在抽屜裡，另外寫了一個字條給旅館主人，讓他給巴黎警察一個乾淨的交代。

五

決鬥的日子終於到了。我三點鐘就醒來，心裡充滿著不安。到咖啡店吃了一點早點，寫一封信給在中國的好友，信裡似乎沒有提起這些故事，只告訴他我當時心中的情緒。

四點一刻的時候，我坐上了一輛街車，到Bois de Boulogne時五點還不到，我吸著紙煙在Lac Ingerieur的東岸散步。

五點鐘到了，我還沒有看見F的影子，法國人不愛守時刻，這是我所知道的。其實中國也不是愛拘守無聊的時刻之民族，可是對於情敵的決鬥，對於愛人之歡敘這種約會，中國的男子想總是要早到許多辰光吧？

天陰著，有些騎馬的人在林邊撒起急促的蹄聲。我期待著，像雲期待龍，風期待虎，像冬眠的蟲兒期待春汛，腦裡擾亂著異樣的情緒與思潮。

有一種戰術，我記起來。那大概是講西洋的拳擊的，就是在開始時用敏捷的姿態，與堅毅的忍耐，接受對方狂浪般的攻擊，使他發怒與焦躁，於是在他焦躁中看到所露出來的紊亂的拳勢，擇其要害給他一個致命的打擊。那麼F的晚到也許就是一種戰術，他要我期待，要我焦躁，要我憤怒，使我的神志繚亂起來，對於槍與劍，在決鬥時可以失去了準確的標的。我這樣想著想著時光才慢慢地消逝過去。

六點鐘，六點半，於是接著就是七點鐘了。

那麼F一定失信了，或者他怕死，或者他不過以為我是可以一駭就倒的，因而我不敢再與凱撒玲來往。但是我來了，這是證明了他的失敗。

這時湖裡已經有許多游艇，有一隻從南面緩緩過來，遠看裡面似乎是凱撒玲與F，不久果然證實了。凱撒玲把著舵，F划著槳，兩人都哼著流行的情歌。

我說不出我當時的情感。憤怒，嫉妒，痛苦，失望混在一起，都在胸中沸著。於是我叫：

「凱撒玲！凱撒玲！」

但是凱撒玲竟沒有理我，他們大笑著，轉向西邊去了。我遠望見F放下槳，投到凱撒玲的懷裡。我這時眼前一黑，幾乎暈倒，按著頭出來，登上街車就回到寓所。自然旅館主人還沒有發現我的信，我一到房裡就把這些信燒去，跑到咖啡店喝了許多酒，醉醺醺地回來，納頭便睡。

醒來不知幾點鐘，人有點發熱，左思右想，覺得自己出來原為所愛好的學問與知識，但現在為了這種事情受苦，未免太不值得。為一個假愛我的異族女子，而使故鄉許多真愛我與期望我的親友失望與悲哀，那未免太不知道輕重了。於是我決定明天起斷絕一切交際，回到自己所愛的學問中去，並且預備寫一封諷刺信給凱撒玲。

到咖啡館坐了一會，晚飯後又到舞場去消磨心中的憂鬱，回來已是三時，毫無睡意，乃寫信給凱撒玲。我記不起怎麼寫的，只是情緒很惡劣，當時是將我心中的氣憤都寫到紙上了。最後我寫了從此與她完全斷絕交往。

那時天已露微白，我睡在床上還是不能成眠，頭很沉重，熱度似乎是很高了。

我不知道什麼時候入睡，也不知道醒來是什麼時候。

六

起初我還以為是在夢中，或者是幻覺，我用手指揉揉眼睛，才知道的確是現實，凱撒玲帶著豆大的淚珠跪在我的床前。

「Z，我愛你。」

「我不希望再見你，凱撒玲。」

「你不愛我了？」

「我決定不再來愛你。」

「你不是說過永遠愛我的麼？」

「但是我決定不再對你說了。」

「Z，你可以讓我說說明白麼？」

「用不著，桌子上有一封信給你，你拿著去吧。」

「我已經看過了，我有許多話對你說。」

「那麼你說，說得簡單點。」

「Z，你臉很紅。你在發熱？」她撫摸著我的臉與前額。

「我，不需要你同情，也不需要一個昨天把舵的手今天摸到我的頭上！」

「Z，可以不生氣，聽我把我的話說一說嗎？」

「……」

「Z，你為什麼不將他約你決鬥的事情告訴我？」

「為什麼我要告訴你？」

「但是他告訴我了。」

「啊，所以你同他……」

「不是的，你不告訴我就是不愛我，或者就是看輕我。」

「那麼你是愛我，像昨天這樣是看重我？」

「是的，我看重你的生命。」

「我的生命？你說，到底你看重的是他的生命還是我的生命？」

「自然是你的，他是一個有經驗的打手。」

「這就是你看輕我，你怎麼知道我不是一個勇敢的決鬥者？」

「因為你是一個詩人，不是屠夫。」

「我不要你這樣帶著侮辱給我生命，我寧使死而有一份真正的愛情。」

「你這種想法完全是歐戰以前，甚至是十八世紀的落伍心理。」

「這是什麼話？」

「你有你的家，你有不少愛你期望你的人，你有過人的天才，你……現在你願意為一個異族的女子而死，這是值得麼？」

「……」我沒有回答。

「我讓我所愛的人這樣死去，我難道對得住你，對得住你的家，以及一切愛你與期望你的人，甚至我自己？」

「但是我有我家的榮譽與我自己的精神。」

「實在說，這樣空虛的榮譽都是歐洲中世紀的事物。但是我知道你是固執的，所以我不來勸你。我為你保存著這個榮譽，現在放棄決鬥的不是你而是他。」

「但是他在愛情上勝利著。」

「不，Z，我不愛他，我愛著你。」

「那麼，昨天……」

「無非叫他不來殺你就是。我對他說你是一個有名的槍手，叫他……」

「同對我現在說的同樣的一套，我不要這樣的愛情。我要你純潔，忠實。」

「純潔！忠實！都是什麼？都是中世紀變態的愛情。你要怎麼樣？你要你自己昨天死去，要我怎麼樣呢？」

「假如你是愛我的，我死了你就一定……」

「一定怎麼樣？帶著你尸骨到中國去，見你的家，見許多愛你的人，做你的寡婦——這樣是為你幸福還是為我幸福？」

「但是這才是愛。」

「這是落後的、抽象的、空虛的，或者說是神的愛。可是我們是人！」

「但是你對我這樣說謊，對他又那樣說，那麼我知道你愛保留的是誰的生命？你愛的到底是誰？」

「兩個生命都該保留。假如他死了，那麼你殺了一個人，殺了一個我的親戚，一個愛我而沒有罪的法國青年。這是應該嗎？假如你死，那麼一個我所愛的人，為我而這樣死去，這更是我的罪。至於愛，我只是愛你。假如你不相信，那麼讓我們到外國去，到美洲去，到中國去。我可以跟著你，我可以不見他，我討厭見他，但是我一定要伴著你。」

「好，那麼我們先到英國去。」

……

七

親愛的F：

讓上帝選擇一個不能並存的兩個男子的事情是過去小說中的故事了。所以我要親手來選擇，二十世紀的法蘭西精神是博愛、和平與自由，我實行著，F。伴著Z，×月×日下午已經到了英國了。

C

在英國車站上，她寄出這封信。

軍事利器

一

地：我姑且說是火車上。

時：有那麼一個黃昏。

人：比方說三個搭客——作者與一個不知國籍的老婆婆，以及一個比利時的中年人。

老婆婆：……

我：你似乎很愛同異國青年談話的。

老婆婆：也不盡然。我覺得英國的青年太狡詐，法國的青年太流滑，德國的青年太機械，美國的青年太幼稚。可以毫不拘束誠懇地隨便談談的，我在荷蘭青年身上發現他們誠篤與豐富，我在丹麥青年身上發現他們的樸實，在挪威青年身上發現他們的自然，在猶太青年身上發現他們的沉毅，在捷克青年身上發現他們的靈敏，在你們中國青年身上發現你們的博大與淡漠。

我：這樣的評語我還是第一次聽到，我覺得太籠統，也太簡短。

老婆婆：但是我說的是事實，並不是評語。假如我有這許多兒子，近英國氣的讓他去學政治，近法國氣的讓他去學藝術，近德國氣的去學工程或從軍，近美國氣的讓他去做電影明星；有荷蘭風的去學商或者去做領事，有丹麥風的去學農，有挪威風的去做漁人或航海，有捷克風的去做實業家，有猶太風的去研究科學；至於中國式的孩子，只配做冥想的哲學家與詩人。

我：但是各國都有各色的人才。

老婆婆：這是勉強造成的，所以世界弄得很凌亂，時時要打仗。

我：打仗，你說德國氣的青年合適去從軍，是不是說他們最善於打仗？

老婆婆：不見得善於，合宜於打仗就是。

我：我不相信人是有合宜於打仗的。人類總還是愛好妻子與乖孩子。

老婆婆：為此，所以人類要同鄰居打仗。因為德、法人民都愛好妻子與乖孩子，所以他們是世仇。

我：但是以勝利而論，似乎是屬於合宜於打仗的，可是……

中年：我看這次德國一定要勝利。

老婆婆：不見得。

中年：德國的軍器現在已經遠超法國之上了。

老婆婆：但是法國富有，戰爭的最後勝負決定就在金錢上，金錢可以買軍器，上次大戰，德國的軍器也被賣到協約國的。

中年：可是這次不同了，軍器的發明與運用，非常祕密，有的軍器，辦到也難運用。

老婆婆：但是法國軍器也不弱，而且英國、美國都將是法國的同盟國。

中年：英國看誰勝利了就會是誰的同盟國。
老婆婆：美國……法國……金錢……人……
我：天已經黑了，你們打算到飯車去吃飯麼？
老婆婆：是的，我肚子也有點餓了。
中年：不過，你知道，德國……還有我想……
我：快進德國境了，我們大家實際地去看看最好。
老婆婆：德國有什麼可看，我在德國只想睡覺。
中年：我覺得德國的女子真是健康，活潑，美麗。
我：那麼我要先去吃飯，飯後就可以看到健康、活潑、美麗的優秀女子了。

二

地：大概是德國的一個家庭。
時：假定是兒子們都不在的一個傍晚。
人：彷彿是一對五十歲左右的夫婦與作者。

我：……
老婦：那麼德國給你的印象是怎麼樣呢？
我：德國給我的印象，同一切給我的印象一樣，有好的方面與壞的方面。

老夫：那麼你倒批評批評看。

我：批評不敢當，我不過來了五天又不會看德國的書報，我說的印象，只是自己直覺到的事物。

老婦：是呀！我到反覺得素白的印象可靠，批評就已經用你自己的尺來量別人的東西了。

我：但是印象還是別人的東西到我自己的尺上的。

老婦：不管怎麼樣，你說就是，我們橫豎愛聽。

老夫：中國人的德國印象，一定是值得我們一聽的。

我：我只能說我的印象很好。

老夫：很好？很好是好的方面，那麼是不是還有很壞的壞的方面？

我：我只想把好的方面對你說，壞的方面讓我帶到法國去說，似乎比較方便。（我把話用笑調和得非常不認真。）

老婦：你說，你說，你儘管自自由由地說，反正我的兒子都不在，沒有人同你作對。

我：你兒子？

老夫：是的，你見了他們不要多同他們說話；同我們老年人，自自由由說說不要緊。

我：我覺得德國人的確比中國人年輕。

老婦：年輕麼？

我：不錯，年輕！世界上最年輕的民族好像是美國，他們生活得熱熱鬧鬧，撒謊，吵架，像是七、八歲的孩子；法國人就像十七、八歲的少年，爭論，講女人，盯梢，學新奇的玩藝；英國人則像四十歲的中年，幹幹練練在做事；中國人剛已到七、八十歲的老境，馬馬虎虎地過日子，因為他們已經看穿了世事；而德國，德國正如二、三十歲的青年，認認真真在體驗人生。

老夫：你不要過分誇張了。

我：我不是誇張，我說德國認認真真在體驗人生，但是一點不懂人生。

老婦：你說得對，德國人現在一點不懂得人生，只知道國家。

老夫：國家，他們也不明瞭國家。大家拚命節約，吃樹皮麵包，番茄，不吃牛油豬肉，結果槍炮多了，國家強了。於是找仗打，打完了又窮，最後再要從麵包省起……

老婦：你又發什麼瘋？說輕一點好不好？

老夫：你以為我發瘋麼？我難道怕誰？歐戰的時候我在前線四年，什麼苦沒有吃過，什麼槍彈沒有見過，我難道怕誰？

老婦：你不要發牢騷好不好？

老夫：啊？難道有人偷聽著麼？（他聲音裡也滲著恐懼。）

（窗外有風掃過。）

老婦：莫非是……

我：不是，是風。

老婦：先生，你說。還是你告訴我們一點你們國家的情形吧。

老夫：你們在別人侵略下也是很苦吧！

我：自然中國人一點不懂得國家，在大家懂得國家的世界中，中國是吃虧的。我倒以為德國是懂得國家的，但是不懂得民族；中國人最不懂得國家，但是最懂得民族。所以中國是一個弱的國家，但是一個強的民族。

老婦：德國現在正在推行民族的單位呢。

我：但是德國民族只是做了一個國家的婢僕。而中國不然，所以像中國這樣一個國家，其實還不如說是一個家族。

老夫：家族？

我：家族，不錯。中國是一個大家族。中國老年人兒子來養；中國的孩子，父親來養，國家不給津貼。所以中國的兒子敬愛父母，中國的老年人痛惜兒子。中國人要是窮了，親戚朋友都幫他忙；一個人要是富了，不用說，先要幫親友的忙。

老夫：那麼中國人既然是一家一樣，為什麼還連年內戰呢？

我：內戰，是的。這就是親疏不同；南方北方等於兩個兄弟，兄弟不是也要吵架嗎？但是如果外姓人來欺侮來，使哥哥弟弟反而聯合起來了。所以我說中國人不懂國家。

老婦：你說的真對，德國，（她把聲音放低了。）德國人不懂得民族，因為根本不懂家族。比方像我們這樣，有三個兒子，可是現在都不是我們的，個個都屬於國家。

老夫：什麼屬於國家？都屬於黨，黨你懂麼？一個屬於青年團，一個屬於少年團，一個屬於兒童團。他們一星期回來一趟，回來時，批評我們老夫婦這樣不合新法令，那樣不合新紀律……

老婦：我那天倒掉半杯咖啡，他們就說我糟蹋了一個槍彈。他有一次批評報紙的評論，大兒子就要到黨裡去告發。還有……

老夫：你說輕一點，好不好？

老婦：你為什麼不把窗門關住？

（老夫去關窗門。）

老夫：（戰戰兢兢地過來，低聲地說。）街上有一個人，不知道是不是什麼團員，好像在竊聽我們似的。

老婦：真的麼？（她戰戰兢兢地跑過去看，忽然笑著，過來說。）是王聾子，你真是瞎了眼睛，王聾子都不認識了。

老夫：王聾子麼？

老婦：這王聾子，他是上次大戰時候槍聲震聾的。

老夫：打仗，啊！那真是，好好的人，一個一個倒下去，倒下去。

我：你倒是運氣。

老夫：的確運氣。有一次一個炮彈落在我地方不遠，我暈了過去，整個的人被土埋起來了。醒來摸摸自己在土裡，還以為自己死了成了鬼。真是！

我：但是現在你們不又準備打仗了？

老夫：都是瘋子，他們懂得什麼是打仗？我打過仗，打過四年仗！你看！（他把他的腿給我看。）這是創疤！你看，要是再上兩尺怎麼樣？我不早就死了！

我：你以為世界還要打仗嗎？

老夫：要打，自然要打。我兒子們每天在想有一天顯顯身手，發瘋，年輕人都在發瘋，不相信老人話。

我：聽說德國的軍器現在進步得不得了。

老夫：軍器，第一次大戰我們的軍器難道壞過！

（這時候，鐘敲了十下。）

老婦：睡吧，先生，你也應該早點去睡了。

我：好，明天見。

老夫：明天見，明天見。

三

人：彷彿是我同老夫婦的三個兒子。

時：自然是星期日。

地：大概是同上家庭的後園。

大兒：你看我打三槍，槍槍都打中牆上的紅星。

（他打了三槍，中了三槍。）

小兒：（鼓掌）好，大哥真是能手。

中兒：這誰不會。

（他也打三槍，中了三槍。）

我：二位都是好手。

大兒：我們德國人個個都是好手。

我：自然，第一次大戰已經證明你們了。

中兒：第一次大戰？我們顯本事就在第二次。

大兒：第一次大戰我還沒有出世，要是我像現在這樣大，世界早不是這個樣子。

我：這幾年來德國真是進步得厲害。

中兒：自然，世界中已經沒有德國的敵手了。

我：你是說軍器方面麼？

大兒：軍器，我們的軍器已經超過英法二十一世紀的理想。兵工廠生產量超過英國三倍。對付坦克車我們有吸鐵子彈。你大概不懂這個發明，他可以貼在坦克車上鑽進裡面去爆炸。防空我們用掩護氣球。大炮，哈哈，第一次大戰我們一炮到巴黎，第二次我們一炮要打到倫敦。

我：這真了不得。

小兒：你們中國，不是很弱麼？只要我們三個人一去，包你變強。

中兒：中國同日本作對，沒有道理；別聽蘇聯吹牛，他們會什麼？

大兒：日本的厲害就是聯絡德國，模仿德國，中國也只要聯絡德國，模仿德國。我們德國是世界模範的民族。

我：你以為第二次大戰還遠麼？

大兒：大戰，大家服從我們，就不會有大戰，否則隨時都可以有大戰。你看我們，我們都武裝著，只等一個集合號，我們就到了前線。

我：你不怕大炮麼？

中兒：我們有更大的大炮。

我：飛機呢？

大兒：飛機，只有別人怕我們。

小兒：（揮著小劍）我只等一打仗做軍官。

我：……

大兒：你以為別國的軍器會比我們好麼？

我：但是我也不相信你們的軍器比別國好，因為軍器終是流動的，黃金可以購置的。但是我相信你們三個人就是最了不得的軍器。

大兒：我一個人至少要抵百門三十生丁大炮。

我：不止百門。

中兒：我要抵千門二十八生丁大炮。

我：不止，不止。

小兒：我至少也要抵一萬架飛機。

我：至少是十萬架。

小兒：真的麼？

我：自然，你們是德國最凶的軍事利器。

大兒：不錯，你的確是個了解德國的人。

中兒：你知道我們德國的兒童個個都像我們一樣的呢！

我：有這許多利器，德國還怕什麼！不過犧牲這許多利器去換一個世界的霸權與光榮的虛名，還是可惜的。

中兒：你這話是什麼意思？

我：因為我覺得你們都是德國美女的丈夫，德國將來聰明兒童的父親。（我帶著笑說。）

小兒：……

中兒……
大兒……
我：（看錶）啊！是吃飯的時候了。

四

人：假定是作者同一個比方說是蘇聯的軍事專家。
時：總是在上面的事件以後。
地：隨便指定地球上那一點。

我：（講完了上面三個故事我問。）到底在現代軍事上，所謂利器是在軍備M1（munitions）上，還是在富有M2（money）上，還是在兵士M3（men）上呢？這三樣在軍事上是怎麼一個關係？還有現在的軍器到底進步到怎麼樣的階段了？

軍事專家：（演說的姿勢）很早有人估計，以為第二次大戰一定要大量地用電光，毒氣，細菌之類了。轟炸機將由無線電駕駛，氣氛炮，將使飛機失效，死光或者會已成功。而且，一開戰，很短的時期就可以分出勝負的。但是這些都沒有到實用的階段，而第二次大戰已經迫於眉睫。在西班牙，雛形的大戰已經試驗過了。於是軍事專家們都覺得過去的估計不過是一種猜想；實際上第二次大戰的軍器比於上次大戰不過是量的擴充與強化，沒有了不得質的發明，而要在短時期分出勝負也不是容易的事情。

戰爭的三個M：人，金錢，軍火，假如軍火是無國際的，鑒於上次大戰時，軍火商超國際的貿易。那麼金錢該是最大的條件。

而且，速戰速決可以依賴軍火，長期戰爭則有賴於金錢與人。假如軍事專家估計第二次大戰是長期的話不錯，那麼，德國以軍火自傲有點靠不住，比較靠得住的還是人。自信力，勇敢，單純，迷信是人的軍器的成功。但是人總是生物，穿著制服拿著刀槍平常時候是威風得很，可是在飢寒交迫之時，忠誠、迷信、單純的宗教信徒，也會扯破神像來罵上天不靈的。

有許多人相信三M中之人，在中國似乎不成問題的，可是現在事實上問題還在人。第一，中國人雖多，下級軍官太少，能幹的上級軍官也不多；第二，政治人員也不夠，組織力不夠強；第三，醫生不夠，已有的，因為所學都是不同的系別，所用的藥不同，或即使用了同一樣藥，也因用不同的名字，以致很難有全盤統一的機構與預算。所以一說到人，在戰爭時也聯帶著許多問題。比較兩國力量，是不容易的事情，兒童們雖可以狂妄自信，可是當局者還是虛張聲勢，自覺摸不出對方的斤兩。如果自信操必勝之權，那何必扭扭捏捏，一口把世界吞下，豈不一乾二淨。如果這種兒童充了當局，自然不免輕舉妄動，輕敵驕己，結果弄得失敗，害子孫吃紙屑窩窩頭。

總之，估計對方的強弱，以為可以欺侮是一件不容易的事情。估計一錯，就會陷於泥濘之中而不能自拔的；拿破侖的失敗，也只差在這個毫釐之較呢……

我：謝謝你。可是你說的我都知道。我想你一定是倦了，我們去睡覺吧，辰光似乎已經不早了。

——幕下——

一九三九，二，二三。

結婚的理由

一

H2A：

出你意料以外的，我同琴妮結婚了。你一定以為奇怪吧，但是給我這份勇氣的還是你……

——是我，我想，怎麼會是我呢？我在事前一點都不知道，於是我讀下去：

你一定不相信，但是你想想你自己所寫的文章……

——什麼，為我的文章他才結婚麼？我想著，又把那封信讀下去：

你說：「也許婚姻的幸福完全在婚姻儀式上面，如果儀式是莊嚴美麗與快樂的，婚姻一定會美麗與幸福。」因此，我沒有計較幸福不幸福，我只是計較十全十美的婚儀。

現在我應當告訴你，我們的儀式是十全十美的。那天我們早起，大家穿著素色的衣裳，自己划著小艇，到海口外一個小島上。對著天，兩個人默禱了三十分鐘之久。我們預先約好了許多散在全世界的親友同時為我們祈禱：祖母在中國江南鄉下家庵裡為我念經；母親在祖先香燭前為我祝福；L在南美，D在荷蘭的北部，Y在巴黎，S在柏林，H在南非，W在赤道旅途中……（沒有約你，因為我要給你驚奇。）還有琴妮的親友，在紐約，在芝加哥，在加拿大……以及在其他各處的，都異口同聲地在為我們默禱。這是多麼莊嚴，光榮與美麗。

所以只要你的話是可靠的，憑這樣的儀式，我們的幸福還有問題嗎？

琴妮在叫我出去，我不寫了，祝福你。

沈沉

我讀完這封信不覺笑出來，怎麼他的結婚會根據我的文章？那麼我到底什麼時候說過這些話呢？

於是我想起那是出於我多年前寫的關於婚姻儀禮的一篇小品文上的。在那裡我對於中國父母之命媒妁之言的結合，有點誇大的讚揚。我覺婚禮的儀式之鄭重，中西原是一樣的，不過西洋是以宗教的證認為根基，中國則以社會承認為根基。我以為儀式的鄭重，是表示結婚不是兒戲的事。中國婚事的靡費，是會使人感到婚姻不是容易的事，而使青年的男女感到從此有一個家的責任。最後我論到結婚是男女雙方犧牲自己，預備孩子出世的事；人類的分別實在有限，什麼志趣、思想都有點庸人自擾，只要兩個人肯互相犧牲遷就，一男一女總可以成家；如果不肯犧牲遷就，天作之合也不易美滿。觀於歷史上各民族都這樣注重婚儀，大概婚姻的幸福完全在婚姻儀式上面，如果儀式是莊嚴美麗與快樂，婚姻一定會美麗與幸福。現在人類對於婚姻儀式越來越看得輕了，西洋因宗教信仰的衰微，中國因家庭經濟的拮据，因陋就簡，所以大家視婚姻如兒戲，稍有不睦，再來一次。其實他們對於家與人生的意義並沒有了解，更談不到發生愛好。

像這樣的文章，不過是談自己一時的偏見，雖然不無真理，但既非絕對，又多誇大。現在沈沉居然說是它鼓勵了他同琴妮結婚。這實在是非常可笑的事。

二

我同琴妮認識比沈沉早，但是認識琴妮的狗還比認識她本人早。那時候我在倫敦。倫敦普通的家宅，屋後都有小園，園裡大都種些花草果木。前後四家的小園普通都只隔一個籬笆，這籬笆如果壞了，也不常修理。據倫敦的法律，果木如果伸到鄰家，鄰家就有採摘之權。琴妮住在我隔壁，她家的果樹直伸到我們園中，但是琴妮於每天早晨在自己的園中打搖她們的果樹，使果子落地，於是叫她的狗從籬笆洞過來拾果子回去。

我們的房東晚起，起來忙於家務，子女早出晚歸，除了黃昏時候，不會到園裡去散步。只有我，每天早起在窗口做事，起初不注意，後來發現了覺得很有趣，不過也沒有去管這閒事。

可是有一天早晨，我起來較早，在園內散步，看見果子落下來，我就拾起，狗過來尋不見果子，於是空嘴回去了。接著我看見樹木更晃搖得厲害，又有果子落下來了，於是我又把它拾起，但是這次被這狗看見，牠就對我狂吠起來，我就拿我手上的果子打了牠一下。牠的主人知道這面有人，就叫：

「來，皮兒。」

我才知道隔壁是一個姑娘，而這隻狗叫皮兒。

我於是把這些果子都抛過去。琴妮於是到籬笆縫裡來看。她紅著臉說：

「對不起，對不起。」但是我說：

「以後你要果子，我們等它掉下抛給你就是。皮兒會踐壞這兒的花草。」

「果子麼，你們吃好了。」她說：「皮兒不聽話，它愛亂跑。」

……

這樣我就認識了她，以後當早晨出門時，碰見了就常常招呼，有時候還一同走一程。日子一多就熟了起來，也一同去散步野遊。但是她永遠帶著皮兒，除非是去到戲院或游泳池之類，那些場合是無法帶狗的。

以後我同她常常來往，星期日她也常到我地方來玩。那時候沈沉是時常來看我的，所以也大家認識了。

後來我去大陸，我把我的房間讓給沈沉來住，我想這就是他們戀愛的開始。

沈沉有一個傳統的東方嗜好，他愛貓。他的房間內養一隻貓，白天陪他讀書，夜裡伴他睡眠。貓的確減少他不少旅居的寂寞。

我以為人有兩種，一種愛貓，一種愛狗。一般而論，男子比較愛狗，女子比較愛貓。西洋人比較愛狗，中國人比較愛貓。在中國，我知道南方人比較愛貓，北方人則愛鳥，蒙古人方才愛狗。現在自然上海資本家都愛養警犬，保護人身，但這等於出錢雇保鏢，我想他家裡飯桌邊，臥榻旁一定還是貓。貓大概是農家的友伴，牠為你管穀倉，不為耗子所偷，空閒的冬天，牠伴你曬太陽取暖。至於狗則是獵家的伴侶，牠愛伴人們到各處去跑。傳留到現在，這兩種動物的確代表了兩種人。

常常有人同我談起，同一個西洋人結婚是不是幸福呢？沈沅也是對這問題有興趣的人。他們都自以為是知識階級的人，小小的問題都愛引經據典，把他在講堂裡書本中考卷上的知識，以及歷史上的名人專家的名詞都要引用過來。我可對這些不感到興趣，我常常在他們爭論中說：

「我不相信愛貓的民族同愛狗的民族結合會幸福。」沈沅有時候問我：

「你常常同那些女子來往，會不會同她們中一個人結婚呢？」

「會的，假如她們中有愛貓的姑娘。」

我說的都是沒有科學根據的玩笑話。可是，事實上，我的確沒有見過有西洋姑娘愛貓超於愛狗的。

三

沈沅同琴妮結婚消息傳來後，我立刻直感地覺得這兩個人不會幸福的。

暑期後，我從義大利回到倫敦，他們還沒有回來。回來後他們同居於西北區，離我的地方較遠，很少同他們會面。

大概一個月以後，忽然在一個中國飯館裡碰見沈沅，我看他很憔悴，問他同琴妮的情形，他說：

「她同她的皮兒一樣壯健活潑。」

「這樣說來，那麼你的貓是同你一樣的憔悴了。」我是一句玩笑的話，但是他倒認真地同我說：

「一點不錯，小琴妮現在不像樣了。」

「小琴妮？」我有點奇怪起來。

「是的，我們結婚以後，我把我的貓叫做小琴妮，實在我太愛琴妮了。但是她的狗，天天咬小琴妮。」

「那麼你現在還愛她麼？」

「自然，但是這樣生活總生活不下去。」

我沒有什麼話說。他約我星期日上午到他們家去吃中飯，幫他勸勸琴妮。我答應了他。

但是星期日沒有到，有一天傍晚，琴妮帶著她的皮兒來看我，我說：

「琴妮！啊，你比以前更加漂亮了。」

「但是我心裡可苦。」

「怎麼啦。」

「我同沈沉，他不了解我！」

「但是他說他愛你。」

「這沒有用，不了解的愛就是殺人。」

「怎麼？」

「沒了解花的人，天天澆花以過分的水，常常把花養死。」

「那麼你不是花，花不會說話，你可以同他說明。」

「說沒有用，他要叫我愛他的貓。」

「但是你愛你的皮兒。」

「是的，我要他也愛皮兒，皮兒不是一隻很好的狗麼？但是沈沉每晚要他睡在門外。」

「那麼貓呢？」

「貓每夜睡在我們的床上。他還要狗在門外吃飯，而叫貓坐在我們吃飯的桌上。」

「但是他說皮兒咬小琴妮。」我說：

「自然，這樣不平等，怎麼能怪牠咬貓？」

這樣，我知道她們的爭執很簡單，就是貓同狗的爭執。

星期日，我到她們家去，替她們調解。琴妮的意思是把小琴妮叫我養，但是沈沉則要把皮兒送我，這兩個意見一直爭執到下午。爭執到後來，雙方引了不少莎士比亞與聖經，還是解決不了。最後，我看看情形，覺得實在有點出不了門，天又晚了，明天還有事情。於是我只得犧牲自己，應承把皮兒與小琴妮都由我來養。

這樣總算解決了他們的問題，我帶著皮兒同小琴妮回我自己的寓所。

我白天要出去，這份差使自然交給房東，我講好價錢，叫沈沉每月來付。

問題似乎都解決了，但是這房東也是愛狗的人，不久小琴妮更加憔悴了，沒有辦法之下，我把皮兒送到另外一個朋友地方，她們也是愛狗的人，正需要一隻狗，不用出錢就養了下來。

於是問題都解決了，我想沈沉與琴妮一定也沒有別的爭吵，可以快快樂樂過日子了。

四

但是，出我意料以外的，兩個月以後，沈沉來了一封信，叫我星期日早晨一定到他們家裡去一趟，因為這些天琴妮同他實在吵得太凶了。

不錯，星期日早晨我到的時候，他們還在吵架。我不好意思驚擾他們，坐在走廊上等著，聽他們在裡面鬧。我聽見沈沉說：

「……那麼你為什麼要嫁呢？」

「嫁你？唉！我以為你會同皮兒一樣好，誰知你會這樣殘忍，叫我像小琴妮一樣伴你在房裡。」這是琴妮的聲音，於是沈沉也興奮地說：

「你只想學皮兒，整天到外面去走。」

「不錯，我愛牽著皮兒在馬路上走。你知道我的嫁你，也是這樣起因的。有一次我看見一條顏色可愛的領帶，我想我為什麼不嫁一個丈夫把這領帶套在他的頭上，帶他上馬路去走走呢？那時候你每天約我野餐遠足，所以我把它送給你，就嫁給你了。」琴妮用響亮的聲音在說。

「好的，好的。你要我帶你走，但是我要你像貓一樣的在家裡伴我，在座上伴我，使我在房裡不孤獨，在床上不寒冷……」

「這樣，我老實告訴你，這是不可能的，我們不能夠生活下去。」

「對的，我們生活不下去。」

「沈沉，為大家幸福，我想還是離婚吧。」

「好的，讓我們離婚，但是我是愛你的，哪一天你要家的時候，你再來找我。」

我就在這時敲門進去，進去了自然勸他們不要意氣。我說：

「你們想想，你們結婚的時候，有多少人為你們祈禱祝福。」

「但是我們現在覺得離婚比結婚幸福了！」他們都這樣說。

不錯，他們倆都在受罪，離婚的意志都非常堅決。這是一件沒有辦法的事了，我想。於是我來替他們調解的目的，竟變成替他們離婚了。

事情總算還不麻煩，當天就完全談好。第二天我把皮兒同小琴妮送到他們那裡，他們已經理好東西預備分開了。琴妮帶著皮兒，大概住到她母家去。沈沉呢，三天以後才尋到地方搬家，從此他又一個人同小琴妮生活得很安靜了。

五

這樣看來，似乎我的婚姻儀式論是靠不住的了，像他們這樣鄭重的獨創的唯美的儀式，叫全世界的親友為他們祈禱，都得到這樣不完滿的結局，那麼我還有什麼話可以說？許多朋友因此都說我的理論害人。我說：

「但是他們為什麼不想想愛貓的民族不能同愛狗的民族通婚麼——這也是我說的話。」

可是事實竟出我意料以外，兩個月以後，琴妮又帶著皮兒來看我。我看她精神不很好，好像有話要同我說，但坐了半天還是不說，非常沉默地坐著，這在她是很難得的事。我本來還問她一些普通的話，但是她總是無精打采地回答，於是我也沉默了。最後，我翻翻報紙，打破這沉悶的空氣，說：

「讓我同你去看影戲吧。」

「不。」

「那麼外面去走走。」

「不。」她說。但是實在沉默久了後，她站了起來，說：「也好。」

於是我伴她出來，在公園裡走了許多工夫，看鳥在樹上叫，鴨在水裡游，孩子在地上嬉戲，但是我們可大家沉默著。

出了公園，她還不同我告別，我覺得她終有什麼要說似的，於是我帶她到茶室裡。在角落的座上，我注視著她，問：

「琴妮，我看你總有心事似的。你儘管同我說，只要我能力所及，為你做什麼事都可以。」

但是她沒有說先哭了。於是我安慰她，我說：

「不要難過，我們是老朋友了，什麼話都對我說吧，如果有什麼祕密。我一定不同人說。」

「我……」她於是嗚咽著說：「請你告訴沈沉，我已經有三個月的……」

「啊！」我說：「我先賀賀你。」

「你還要開玩笑。」她說。

「你不要誤會……」

「你知道，我同異國人有孩子，對我所處的社會是極為不便的，將來尤其是孩子的前途。」

「這都不是問題，我去同沈沉說，一切包在我身上，明天我替你們看房子，你們立刻可以恢復以前的生活。」

「你以為沈沉……」

「決不成問題，決不成問題，但是皮兒……」

「這不要緊，我可以留在母親家裡的。」

她立刻變成很快樂，我用汽車送她到家後，即時去找沈沉。

沈沉聽了非常高興，原因非常簡單，因為他在爭論異族通婚問題時愛用一種優生學的學說，以為越遠的通婚越會有好孩子的。他高興得立刻買鮮花，去找琴妮。我為他們找房子。第三天就搬了進去，找醫生。大家都很興奮地生活著。

這樣，我總算看他們安居下來了。

六

後來我回國了，生活繁冗，好久沒有給他們信，他們也不知道我的地址。但是上星期出我意外的由書店轉來一封信，正是琴妮的筆跡。原來他們已經到了上海。

我趕快去看他們。他們倆都很快樂，孩子長得很美，黑髮藍眼，筆直的鼻梁，白皙的皮膚。但是奇怪的是他們叫他皮兒。

「皮兒？」我問。

「是的，我們叫他皮兒。」琴妮說。

「那麼你的皮兒呢？」

「牠呀，沒有帶來，我送給一個愛狗的朋友。」

「啊，」我對沈沉說：「那麼你呢，你的小琴妮？」

「沒有帶來，我送給小劉，小劉是我在倫敦的同學，也是愛貓的人。」

「我希望小劉不要再同你的朋友戀愛了。」

「怎麼，他們已經很好，我們這樣不是很幸福麼？」

「你想想當初看，」我說：「要不是我……」

「這因為皮兒。」琴妮指指膝上的孩子說。

「不，」我說：「這因為你們有一個鄭重的、獨創的美麗的儀式。」

「不，」沈沉說：「這因為母親同祖母為我們祈禱，祝我們早生美麗的孩子。」

「是的。」琴妮說：「我不再想帶著皮兒遛馬路，我要在家裡管皮兒，等他長大了，我買一條美麗的領帶套在他頭頸上，帶他到街上去。」

「那麼你也不想你的小琴妮了？」我問沈沉。

「自然。琴妮現在已經肯每天在家裡等我伴我了。」

那天我在他們家吃飯，回來想想，覺得這倒又證明了我儀式論的真理。

昨天我請他們吃飯，但是琴妮沒有來，原因是皮兒有點不舒服。我同沈沉說：

「現在你們應當快樂了。婚前愛貓愛狗都是變態的。丈夫應當愛妻子，妻子應當愛孩子。」

飯後我約沈沉去聽音樂會，但是沈沉說沒有同琴妮說過，一定要回去。我自然也不勉強，笑笑送他上車就向他道別了。

一九四〇，八，十二，中午。

英倫的霧

一

為響應對於西班牙人民的同情，我們這個藝術同志會預備舉行一個藝術會，將全部的收入捐贈給西班牙的難童。

這藝術會預備舉行三夜，預定的節目，除音樂、歌唱、舞蹈外，有一個話劇。此外是繪畫作品展覽，這些作品發售的收入，也是捐贈給西班牙的難童的。

那時恰巧一位印度藝術理論家回到倫敦，他本在大學裡講學，這次考察兩年，期滿回任。藝術同志會本來想請他講一次東方藝術的特性的，因此就請他在藝術會裡舉行，就算作三夜藝術會的第一個節目，除這個演講以外，第一夜有兩個英國小姐的高音歌唱，一個英國青年的提琴獨奏，還有一個印度小姐的鋼琴獨奏，一個法國小姐的箜篌獨奏，最後的節目有幾個小姐的舞蹈，其中有一個中國小姐，現在讓我介紹給你，那就是我結婚四年的內人。第二夜是一個西班牙的三幕劇，我們用英文來演出的，我的妻也是主要角色之一。第三夜是一個以裴多芬第三交響曲為主的音樂會，妻是第三級小提琴之一員。

藝術同志會人數並不多，這次又是一個業餘捐款的會集，所以兼藝的人並不只是我妻一個人，但是其餘的人所兼的都是音樂或舞蹈與戲劇兩藝，而妻則兼到三藝。不知是否為這個原因，還是我的妻的舞蹈，的確有她自誇那樣的佳妙，將希臘與中國的精神融在一起之故，於她舞畢的時候，獲得了不少的掌聲與花束。

當我妻還未進化妝室的時候，侍者送了許多花束進來，其中有一束鮮艷的花，在卡片裡寫著這樣的話：

> 小姐：
>
> 為一個東方小姐對於西班牙兒童的熱忱是我們全場人民都有的敬仰，但是能在你天才的表現之中，看出你內心對於西班牙兒童的熱忱，那恐怕只有，恕我這樣自夸，只有我一個人罷了。假如這不是太冒昧的話，我希望明天上午在海德公園門首能夠同你談談。
>
> 柏斯布莎

我看了覺得非常好笑，當我妻進來的時候，我笑著同她說：

「這是你最大的勝利。」

妻接著這張卡片看而又看，她像很被感動似的，說：

「這倒是一個真懂得我舞蹈的人。」

妻時常不佩服我對於藝術的見解，就因為我對於她的舞蹈不覺得有什麼了不得的地方。我總覺得她不過是有點小聰明的人，對於音樂、戲劇、舞蹈言語的技術都很容易學會，但是並沒有什麼天才可以使她有特別的成就。妻自認對音樂、戲劇不過是業餘的愛好，對於舞蹈她可以有了不得的成就，而且現在已經到了不是像我這樣對於舞蹈無修養的人可以看出她好處的境域。她自然還沒有在各處表演，不過她的教師已經看出她的天才了。據說她的教師對於學生有三種態度，一種是明知道學生不會有什麼成就，對他非常放任客氣，做不到的地方也非常原諒與和善；一種是還沒有發現這個學生的天才，但也絕對不否認他在努力之下可以成就的，則對她們作一定規則的嚴厲；還有一種是已經肯定認為有天才的人，則是和善與嚴厲並施，那就是說和善的時候特別和善，嚴厲的時候特別嚴厲。在我妻所入的校中，以第二種學生為最多，第一種學生也不少，第三種則只有我妻與另外一兩個人罷了。這就是我妻自傲的地方，而今夜則是第一次在校外碰到一個認識她天才的人，而且從她天才之中，看出了內心的感情與熱忱，自然她是認為了不得的知音了。

「那麼你明天上午去會他了？」我問。

「自然，假如你肯陪我去。」

我怎麼會不肯陪她去呢？

二

那天是十月初，霧濃得三尺內看不見人。就在海德公園門前的霧中，我們會見了這位西班牙青年，他有壯健的身格，發光的眼，紅色的眉髮。我對於世事常看不出什麼是奇異，所以對於這位青年也覺得是平常得很。妻把我介紹給他，但是竟沒有介紹我是她的丈夫。他第一自然誇讚她的舞蹈，後來他就介紹自己了。

原來他是一位西班牙的新聞記者兼畫家。他領導一群青年的畫師，畫了許多西班牙戰爭的種種景象，在英倫出賣，賣回去的錢捐給政府也已經不少了。

在這番談話以後，他自願把他的作品加入藝術會發賣。這自然是我們所歡迎的。中飯他一定要請我們，飯後兩點鐘的時候，我們方才走開，約好我們在四點鐘的時候在藝術會等他，他要把他的作品送來。

他的作品有許多幅是很可取的，布局取材以及大膽色彩的運用，表示他是一個熱情愛新奇的人，但是線條方面有許多地方太取巧一點，不夠功夫。他似乎很歡迎我們批評似的，尤其對於我妻，最後他把我妻所認為歡喜的贈送給她了。

夜裡的話劇是我導演的。戲散後我們只見這位畫家的花籃，沒有看見他人。但是第二天下午我們收到他給我妻的信，批評她戲中的角色不合她的個性，這是導演的過錯。假如不因她是東方人而來原諒的話，這戲不能算是十分成功的。最後他特別又提起妻的跳舞天才，勸她努力在這方面發展。

第三天，柏斯布莎下午就來了。說他已經寫了一篇關於藝術會的種種的文章，預備寄到西班牙報紙去發表。他把原稿口譯給我妻聽，對於妻的舞蹈藝術，有過分的誇張。據他的意思，西方的戲劇與音樂藝術無可取法於東方，但是繪畫與舞蹈可以取法於東方的地方頗多。在這位東方姑娘身上，他已經發現她的確在西洋現代舞蹈之中，加入了東方古典凝厚的色彩了。最後，他說到如果西班牙的舞蹈能夠同東方的結合，一定會有意想不到的結果。

夜裡音樂會過去後，他又來信勸我妻專於舞蹈上努力。這些批評與勸告，我在我妻的眼中已經看到是深深地打動了她的心了。

大概她們倆通信是從那時候開始的。妻住在學校裡，離我的寓所很遠。平常除了我到學校去看她，只有星期日有時候可以會面。這因為她學校的訓練非常嚴格，我呢，似乎也總抽不出多少的空閒。所以自從那次舉行藝術會以後，我們會面的日子又很少了。在這短促會面的時間中，我們從來沒有談到柏斯布莎過，因為，實在說，我也已經把他忘記了。

但是他們的交往是繼續著，青年男女交往的繼續就是感情增加的表徵，我是從他們情感的表現中，發現到他們交往的繼續的。

這是在那位印度藝術教授的一個茶會裡。那天座中大都是我們藝術同志會的會員。妻與柏斯布莎似乎談得非常熟稔與投機。我不知道他們在談些什麼，因為招待我們的那位印度教授的女兒，叫做薩芝的，不斷地同我談上次藝術會裡的節目。薩芝的母親是英國人，她同她母親一直住在英倫，所以是一個十足的倫敦姑娘。

三

要拘束自己的太太的交友，以表示自己太太的忠貞，這是中國傳統家庭所慣用的。這些家庭不但要禁止年輕的媳婦不交男友，而且還要她與整個的世界斷絕關係，不允許她進學校，謀職業，要叫她在家裡看管鑰匙與錢包。有錢的人家還要用親鄰的牌局，有害的嗜好來束縛她的身心。我家對於青年的婦女，雖沒有用這種愚民政策來束縛，但是對於妻在英倫學舞蹈則是反對的。原因自然是以為舞蹈總不是正當的學業，而是會使性情浪漫，習慣奢侈的事情。

我自然不相信這點，但是現在事實上表現著妻正開始在一段狂風暴雨的浪漫史裡漂流。

許多人來同我談起，說在什麼地方碰見她同柏斯布莎在一起，我總是裝作若無其事的，說：

「是的，我知道她們常常在一起。」

其實我並不知道。妻有好幾個星期不會我了，上星期我約她，她推說很忙，約在下一個星期日早晨到我地方來。我正在等這個日子，想詢問她這一件事情。

於是這個日子終於到了。我說：

「聽到外面的謠說，我總不是高興的。」

「那麼難道你對於我的交友都要干涉麼？」

「那麼你們的感情還只在友誼的階段麼？」

「自然。」

「你不撒謊？」

「為什麼撒謊？」

「那就很好，只要你對我不撒謊。我一定尊重你任何的感情，以後一切請你明白同我講。上次你說你忙，你是不是撒謊？事實上那天你已經約好了柏斯布莎。」這不過是我的隱測，但是竟是實事。她說：

「是的，這因為我同他約好在先。但是我說忙，也並不是撒謊。」

話是這樣終止了，但自從那次以後，妻的確不再同我撒謊，凡是我問她的，她都告訴我，雖然我要她給我看柏斯布莎給她的信，她是拒絕了。

妻雖然告訴我她對柏斯布莎不過是一個朋友，但是她的感情的變化是顯然的。她時常對我稱讚柏布斯莎的天才與趣味，看見別人的畫作總愛用柏斯布莎的來比較。我覺得這種感情非常可笑，但因此使我感到同妻在一起是一件極無趣的事情了。

寒假到了，妻搬來同我住在一起，現在可以看出她的心境與行動顯然是陷於矛盾痛苦之中。我為不願看她這種情形，對於她同柏斯布莎的約會，我一概不問不聞，我每天出去拜訪薩芝姑娘。薩芝家裡好客，座上都是青年的藝術家，自從她父親招待藝術同志會會員以後，會員中許多人現在都是這裡的賓客了。薩芝姑娘有英國人的冷靜與印度人的自然，我同她在一起沒有感到誘惑與威脅，只覺得舒服與自然。同妻的緊張、焦急、憂慮、興奮的空氣剛剛相反，這所以使我感到一種說不出的快樂。但是妻竟疑心到我愛上了薩芝。她說：

「你是不是愛上了薩芝？」

「你真是有點神經病，」我說：「怎麼一天到晚老纏著愛呀與不愛呀的問題。」

「至少你現在不愛我了。」

「算了。」我說：「我們已經是人家的父親與母親了。老是愛不愛的難道不肉麻麼？」

我們的孩子在中國，這是妻所常想到的。她說：

「因為我們已經有了孩子，所以我們應當相愛。」

「假如我們沒有孩子呢？」

「我的意思不是這個……」她吞吞吐吐說了半句。

「你儘管放心，我不會虧待我自己的孩子。假如你愛上了柏斯布莎，你儘管跟他去就是了。」

「你怎麼說這樣的話？」她頹喪地說：「不瞞你說，柏斯布莎正愛著我。」

「這個我知道，」我說：「這不是一天一日的事情了。恐怕第一次當他看你舞蹈的時候，就愛上你的。」

「是的，」她說：「他是這樣同我說的。但是我說我不能愛他，只能同他做一個朋友。」

「那不是很順利麼？何必還老同我講呢？」我說完了翻我手頭的書。

「別看。」她似乎生氣地說：「我覺得你對我真是一點情愛都沒有了，有丈夫知道別人在追求他的妻子，一點不關心，像你這樣嗎？」

「我有什麼可以關心，你不是我的未成年的女兒，你已經是一個三歲孩子的母親。別人追求你是你的事情。你不想跟他，我叫你跟他辦不到；你想跟他，我叫你不跟他也辦不到。我可以告訴你的只是你如果要跟他，對於我們的孩子你可以放心，我不會虧待他的。」我換了一口氣說：「那麼你要我關心是為什麼呢？是不是要在你們的浪漫史中更加上一點浪漫的色彩，要我在你們的戲裡做一個反角來增加你們的戲劇性呢？」

「但是你為什麼要我對你不撒謊，隨時把實情告訴你？」她說：「而現在又不願意聽我的報告！」

「我要知道實情就是省得你對我誤會，以為我要怎麼妨礙你的自由。而且我一多問你，你就要生氣，所以我不再管你們的閒事。」

「但是我現在陷於痛苦之中！」她微喟地說。

「有痛苦才是戀愛。」

「我要說的就是他一定要愛我，我只想同他做個朋友。」

「那麼同他做個朋友就是。」

「但是他不肯，他一定要愛我。」

「那麼不同他來往就是了。」

「我也想過，但是這是不可能的。他在藝術上是我難得的知音。」

「那麼我有什麼辦法？」

我說完這句話放下書拿起帽子，我戴上帽子說：

「我希望你以後不要同我談這件事。」

我隨即出去了。回來的時候，妻還沒有回來，她回來好像是十二點，很痛苦似的躺在床上想著。第二天看見她失眠的眼睛，我覺得又好氣又好笑，沒有同她說幾句話我就出去了。

四

日子有晴有雨地過去，妻也時喜時愁地出去回來。

有一天，她很快樂似的好像把什麼問題都解決了回來，興沖沖地對我說：

「好了，他答應我同我們做個朋友，明天到我們家來吃飯，請你答應我明天不出去。」

「但是明天我也有人請我吃飯呢？」我自然是撒謊，笑著說。

「那麼你太沒有誠意了。」她說了好好壞壞求我明天等在家裡，我終於答應她了。

第二天一早她自己買菜燒飯，足足忙了一上午，這一份熱情是遠比招待自己的父母要熱心許多的。

但是十點，十一點，柏斯布沙還沒有來，她於是不時到門外去望，一直到十二點，柏斯布沙還沒有影蹤，她實在有點焦急了。

大概十二點半的時候，郵差送來一封信，自然就是柏斯布莎寫的，信很簡單：

我只好失信了，因為我的情感不是那麼一回事。假如你肯的話，下午希望你到舊約處來會我。

柏斯布沙

妻把信給我看，我看完了，沒有說一句話，拿起筷子吃我自己的飯，可是妻是陷於焦慮與不安中了。

飯後我就出門了。夜裡回來不早，妻一個人在痛苦中默坐。

「消息似乎是很不好了？」我說。

妻突然把頭倒在我的胸口，哀求似的說：

「你可以幫我擺脫他麼？」

「我有什麼力量呢！」

「你有，」她說：「你帶我到別處去好不好？」

「我不懂你的意思，」我說：「別處同這裡一樣，你要見他，到天邊也會想到他；你要不見他，在這裡也可以不見他。」

「但是在這裡我不能不見他。」

「那麼哪裡都不能不見他。」

「……」妻沉默了。

其實我的話或者不對，但是事實上像妻這樣的心境，我同她在一起真是一件太痛苦的事情。她似乎極力要用我排擠柏斯布莎，可是我不是情人時代的我，我對她已經沒有過分獻殷勤的心境，結果，我越同她一起，她越會感到我的殘缺，也就越會想到柏斯布沙的。她沉默了，我也沉默了，拿起一本書，但剛要翻開的時候，妻說話了：

「那麼讓我回國吧。」

「你難道不顧你的舞蹈天才了麼？」

「……」她於是又沉默了。

第二天我們沒有說什麼，大家一早就出門。

自然我還是去訪薩芝，因為那裡是我唯一的慰藉。

最近薩芝同我的情形也略略有點變化了。本來我們總是同座上許多客人在一起的，但是現在因為薩芝的父親新購置一輛汽車，薩芝要我教他開車，一切技術在剛剛有點學會的時候，興趣常常會特別高，所以近來，幾乎天天伴她出門，雖然有時也有一兩個青年男女在一起。

那天一到她家，她就約我出去，沒有第三個人。街上都是霧，車燈開亮了，才見我五尺以內的人影，所以我把車駕得很慢。這是我們的習慣，每次總是由我開到空曠地方由她來練習駕駛的。她坐在我的旁邊，也不知道怎麼樣談到我的妻，她問我我妻在學校裡怎麼樣？我告訴她妻現在同我住在一起，這使她很奇怪了，怎麼我每天可以一個人出來伴她呢？我於是詳細把我妻的情形告訴她了。她說：

「那麼你難道一點不嫉妒麼？」

「沒有，的確一點沒有。」

「奇怪。」

「我自己也覺得奇怪。」

「除非你也愛了別人，這是不可能的。」

「愛了別人？」像有一個靈感飛進我的頭腦，我想我莫非是愛上了薩芝，當我這樣想到時，抬頭望見薩芝烏黑的眼球，我發瘋似的喊出：

「不錯，不錯，我，我是，我是……」

「是的，你愛上了我。」薩芝用冷靜莊嚴的態度說，眼睛發著奇異的光彩。

「那麼，你……」我說不下去的時候，她又冷靜地續下去了：

「我麼？我自然很喜歡你，你是我少不來的朋友。」

「也只是限於朋友麼？」我問：「那麼為什麼要提醒我愛了你呢？」

「你以為男女之間有這麼些理由可以尋麼？」她笑笑說：「讓我來開吧，你再開下去要撞人了。」

……

五

夜裡，我在薩芝家裡吃飯。飯後出來，想想雖然薩芝的話沒有說下去，但是薩芝的愛我似乎是一件可以肯定的事了。

回到寓所，妻已經回來，正燒好咖啡等我。我進去了，她一聲不響，等我坐下來，她給我一杯咖啡說：

「我想想實在對你不起，X。」

「你絕對沒有對我不起。」我說。

「因為我已經承允了愛他。」

「你本來早就愛他的，早在他是你觀眾的時候，」我說：「所以你不承認的原因，只是為我們的一個孩子。」

「你是再聰敏不過的，」她說：「現在唯一的辦法，是讓我脫離你。」

「是的，這是再自然不過的事情，我一點也不怪你。」

「但是我總覺得對不起你，你一直對我很好。」

「人待人應當是好的。我待你好，你不一定要永遠做我妻子。」

「那麼我們大家寫一張手據好麼？」

「好的。」我說：「需要到領事館去聲明麼？」

「這隨便你，我們都互相相信，這點手續有沒有是沒有關係的。」

這樣，我們寫好離婚的手據。我問：

「明天就去結婚麼？」

「不，後天我同他走。」

「走，到哪裡去？」

「到西班牙去。」

「蜜月旅行了？」

「是的，看看西班牙的為自由的流血，作為我生命的紀念。」

這次她的確下了決心，說完了就開始理東西。但是我知道她心境是不安的，因為在床上她一直沒有入睡。

早晨三點鐘我醒來看她正熟睡著。不知怎麼，我們過去種種集到我的眼前，我有說不出的情感，帶我自己到悽苦的深淵，我禁不住自己的淚滴了。

事情自然已經無法挽回，但是假如我離開丈夫的立場為她想想，她之跟這個男子到底是有點冒險的。事實的究竟，我也不詳細，究竟這位西班牙青年是真愛她呢，還是同她玩玩罷了？妻不過二十歲的孩子，在異國，我到底要盡點保護人的責任，那麼我最低限度的責任是對於這個男人是否真愛她，總應當知道一個究竟。愛情固然不是不變的東西，但是真愛她的人，將來總知道為她留一點幸福的餘地的。於是為要知道這一點，我立刻披衣起床。我要去看他去。

清晨的寒冷是侵人的，霧彌漫著滿街，不知為什麼我忽然變了念頭，坐上街車，沒有去處，隨口就說出薩芝的地址。

薩芝自然還沒有起來，在霧中我竟忘了時間了。到了那邊，不知著落，最後我向她家管家借了薩芝的汽車，我隨即駕了出來。

似乎並沒有遲疑，我一逕開到柏斯布沙的寓所。他也還沒有起來，我敲門進去了，他當時很驚異，但隨即非常有禮貌地招待我了。我說：

「很對不起，我這樣早來打擾你。」

「不要緊，我時常醒得很早的。」

「我今天來拜訪你，」我說：「是關於我妻同我離婚的事情的。」

「啊，那都是我的不好，」他說：「但是……」

「你沒有不好。這原是很自然的事情，」我說：「不過我希望的是你以後能使她快樂。」

「自然，」他說：「這是我的責任。我愛她，這是實情。」

「是的，」我說：「這是我沒有會見你之前，就知道了的。」

「沒有會見我之前？」

「是的。」我說：「當我第一次讀到你花束卡片上的字句。」

「那麼你可以放心了。」

「我是放心的，」我說：「但是她的家，你知道她家裡只有她一個女兒。」

「那麼，這是她的事情。」

「但是她家裡把她交給我。現在是在異國，我要盡保護人的責任。」

「那麼你打算怎麼樣呢？」

「我在幾月以前就有信給她家。」

「……」他注視著我。

「她家已有回信給我，叫我無論如何送她回國。」

「送她回國？」

「是的，」我冷靜地說：「但是我尊重你對她的愛情，我不能這樣做。我要這樣做，必須徵求你的同意。」

「這個我很感謝你。」

「我現在要知道的，就是你到底愛她哪一點呢？」

「我整個的愛她。愛情原是盲目的。」

「但是盲目的愛情是靠不住的。你應當知道她跟了你，你自己會有幸福麼？」

「我不計我的幸福，我要她幸福。」

「但是假如你不幸福，她怎麼會有幸福呢？」我說：「她不是什麼天才，也不是什麼超人。你是藝術家，一個祖國正在流血的藝術家，你的一生將是無底的爭鬥，現在叫你負擔著一個人的幸福的命運，在你是幸福麼？」

「這不是理論，這是愛情。」

「但是這裡不是愛情。我已經同她離婚了，現在只是代表她家裡來說話。她家裡是富有的，她是享樂慣的。但是家裡的富有對她沒關係，她家裡把她嫁出了就算，這享樂慣的欲望，要由丈夫來負擔，所以離婚在我倒是幸福的事情。我可以坦白地說，我們都是藝術的同志，我們終身的理想還在我們的藝術。現在她家裡要我送她回國，說是不管我們離婚了沒有，也不管她跟誰同居，他們要她回國，並且還寄來一百鎊錢，叫我把她和同居的人分開。現在你們雖然還沒有同居，但事實上快同居了。所以我負著這個使命到這裡來，給你一個忠告。據我為你著想，你還是接受這一百鎊錢將她拒絕了，於你最合算……」

「你這是什麼話？這樣對我侮辱！你以為我的愛情只是一百鎊的代價麼？」他站起來，堅決地說：「不可能，這是絕對不可能的。」

「那麼，隨便你，」我也站起來了，說：「現在讓我告訴你正面的事情。妻在我那裡實在陷於極痛苦的情形中，我想，你最好同我一同去，早點把她接接出來。」

「好的。」他說完，立刻就準備出門了。

六

有人說倫敦的霧使英國民族有冷靜遠見的特性，使英國產生了有才幹遠識的政治家與外交家，也有人說東方的島國之所以不能有英國這樣的氣度持久性與力量，沒有英國這樣有序的議會與公開的政治，就因為東方沒有這樣的霧。

不知是不是因為那天濃霧的緣故，我在車上驟然發生新奇的念頭，我把車子駕駛得很慢，我說：

「現在讓我告訴你，我剛才所說的都是假話。不瞞你說，我是不忍同我妻分開的。」

「但是藝術同志會的朋友都說你同薩芝有了特別的感情。」

「但並不如你同我妻這樣浪漫的感情，」我說：「浪漫的感情是自私的感情。在東方是沒有的。在東方，愛情是犧牲，在西方則是打獵。現在，我告訴你，這是我為妻犧牲的時刻了。」

柏斯布莎鎮靜地坐在那裡，不響也不動。於是我又接下去說：

「我再三考慮，妻跟你去是絕對不會幸福的，你也不會幸福。所以，這裡有兩條路你可以選擇，一條請你放棄我的妻，拿這裡一百鎊的錢走你的路……」

「還有一條呢？」柏斯布莎閒適而幽默地笑。

「還有一條是：我要用十倍的速度，將這車子撞在倫敦橋的鐵欄上，賭一賭我們倆的命運。」

「我選擇第二條。」他鎮靜地說。

「好。」我說了把車速加上四倍。

大家沉默著，車燈撞開霧直射過去，倫敦橋的影子已經在我們面前了。

我把車的速度再加了一倍，側面看他的神色，他竟毫不為動地抽著他的紙煙。

一棵黑色粗柱的影子電一般的向我車窗撞來，時間已經在這千鈞一發之間了，我突然收住車子讓它向斜面滑過去。這是我駕車技術最深的試驗，也是我對於這位陌生西班牙青年最深的試驗。但是他竟毫不變色地笑了：

「那麼你膽怯了？」

「不，」我說：「這不過是我對於你情感的測驗。」

「那麼現在怎麼樣呢？」他伸伸他屈著的腿說。

「你勝利了。」我再不說什麼，把車子逕駛到我的寓所。

妻正在理她的東西，看見我們兩個人，她有點不安了，但是從我們的態度中，她又得到了慰藉。我說：

「我想今天你跟他去，也許比明晨好些。」

「在我是一樣的，」妻說，但隨即拿一本照相簿說：「把這個給我吧。」

「自然，這本來是屬於你的。」

此後我們大家都沉默了。二十分鐘以後，我送他們上了街車，同他們客氣地握別了。車身在霧裡沉沒，但是兩條車燈的光芒似乎還在霧裡震動。

我沒有回到房裡去，隨即駕車到薩芝地方。我不知道我的面容到底是變成怎麼樣，弄得薩芝全家都驚奇了。在深濃的咖啡杯前，我把詳細的經過都告訴他們。

他們對我們都非常同情，知道我是其中最苦的一角，還知道我回到原來的寓所是再無力量來支持了。謝謝這位教授的好意，提議在他們家裡撥一間房租給我住，使我可以天天有友朋與團體的生活……

從此我就成了薩芝家的房客。

讀者可以預料到的，是我與薩芝感情的激增。但是這裡可是沒有浪漫的熱烈的戀愛生活。平和安靜閒適的安慰，使我更加緊了我的學業與工作。這自然不是我涵養。冷眼地觀察對方的情感與人格，是薩芝的專長，因為她是倫敦的霧裡薰陶出來的人。

於是第二年暑期我們訂婚了。但是在宴請藝術同志會會員的茶會中，正當我們在甜笑歡談的當兒，突然進來一個不速之客，這使我們全座都驚奇了，尤其是我，因為進來的不是別人，而是我的前妻。

她態度是鎮靜的，面孔是冷澀的，人是清瘦了，眼睛中帶著西班牙的情熱，我敢說她比以前要美，因為她的感情與氣度好像比以前深刻許多了。

她向大家招呼，沒有說什麼，眼睛望著我。我驟然意識到她的意志，於是我過去帶她到我的房內。我說：

「這是怎麼回事？是他遺棄你了麼？」

「柏斯布莎死了！」她冷靜地說。

「死了？」

「是的，致死的原因是他工作的熱忱與勇氣。」

「在被轟炸中死的麼？」

「不，在巷戰中。」

「唔……」我陷於悲悼之中。

「但是，」她說：「這是我的愛鼓勵了他的人生的熱忱與勇氣。」

「也許，」我說：「但是這也是他過分浪漫的緣故。」

「過分浪漫？你這是什麼意思？」

「他太富熱情，他要刺激，他要震動，他要在青天白日之下，聽一聲霹靂，他每天期待，尋覓，這是他愛你的緣故，也是他致死的原因。假如他不去找戰爭的刺激，他會厭倦你的愛情……」

「也許，但是我的愛他，完全是為倫敦的霧。」

「倫敦的霧？」

「是的。」她說：「我在倫敦的霧中看他，期待他，等候他，同他會見，同他一同散步，使我的視覺迷糊，情感泛濫，理智消失，意志堅強，使我只見對方的情感，沒有看見對方的人。」

「你是說你並不如你所想的愛他。」

「是的，」她說：「離開倫敦我就覺到。」

「那麼你一直跟著他？」我奇怪地問。

「因為我感到，他要我支持他緊張的工作與出死入生的生活。他在法西斯的炸彈炮火之中，為人民的自由與生存奮鬥。我為什麼不願克制一點自己？」

「好的，」我撥開這些空虛的問題，說：「那麼現在你打算怎麼樣呢？」

「我回國。」

「但是你知道今天是我與薩芝訂婚的日子。」

「我知道，進來時候佣人同我說過。」她說：「不過你放心，我並不想再跟你，我也不見得再愛你，我發現我現在所最愛的只是我的孩子，我希望你給我。」

「但是你的舞蹈的天才呢？」

「為我的孩子，我要犧牲。」她說：「我要立刻回去，一個人，我要一個人。我來這裡不是為什麼，除了向你要那個孩子外，是為錢，我需要盤費。」

「好，」我說：「沒有問題，什麼我都可以答應，但是現在請你快樂起來，因為這關聯著這裡茶會的空氣。」

「自然，」她說著就走出去，又回過頭來說：「我們說了這許多工夫，薩芝不會多心麼？」

「不會的，」我在她的後面說：「要是她要多心，她不會同我訂婚的。英倫的霧把英國的女子薰陶成冷靜，沉著，含蓄，敏見，遠識，不失足，不莽撞，不後悔，無熱情的動物。她是這個典型的代表。」

「但是英倫的霧把我迷糊了，它使我不安，使我瘋狂。」

「是的，」我說：「因為你不是從小薰染的，你是一個旅客。」

……

七

薩芝果然一點沒有多心，我把一切同她說了，她說：

「那麼明天讓我設宴，我們用盛大的宴會歡送她。」

……

在宴會中，薩芝對我前妻非常親熱與關心，大家都很快樂，只有我前妻的目光中隱藏著一種難填的空虛，這影響了我，心裡起了一種說不出的局促。

沒有幾天，我們在車站上送我的前妻啟程，在送別的禮物中，是薩芝致贈最大的花籃與最熱烈的吻。

一九四〇，五，十一。

拉茜的歸宿

有人喜歡養貓，有人喜歡養狗；好靜的人喜歡養貓，好動的人喜歡養狗；然而貓是農村家庭的伴侶，狗則是游牧生涯的朋友；在人類做了世界的主人以來，數千年中，只是貓與狗可以很自然的同人類共同生活。而狗因為是在游牧社會中就做了人類的伴侶，牠做人類的朋友算來該是遠早於貓。到現在，養貓養狗的人家很多，但不知怎麼，在我的感覺中，貓總像是溫暖家庭的點綴，而狗則是孤獨寂寞者的慰藉。

把狗訓練成獵犬、警犬、跑犬……，這當然是以後的事，普通我們在人家家庭中見到的犬，因為牠們種別上遺傳上不同，性質上雖然各有差異，但是人家養牠的原因，倒是因為他認識主人，非常忠誠的肯與主人相依為命。

說是狗是勢利的動物，看見衣冠不整的人就狂吠，這也不見得。我常見一個乞丐帶著一條狗沿途行乞，狗始終沒有把主人歧視；所以我想狗的勢利大概還是反映主人的心理。一般在花園洋房裡的狗，牠的主人對富貴貧賤的客人有不同的面孔，反映在狗的態度上就自然特別明顯了。

我小的時候，記得家裡的人都喜歡貓，有一個時期幾乎人人都有一隻，他們整天都把貓帶在身邊。尤其是冬天，姑姑姊姊們，做活計的時候，也把貓抱在膝上，吃飯的時候總讓貓坐在桌角。夜裡，貓也一同睡在她們的被窩裡。我雖然有時候也同貓玩玩，但始終沒有十分喜歡過。後來我養了一隻狗，從牠斷乳期養起，幾個月就長了很大，常常同我在一起，出去時牠總跟著著我，但是沒有多久，因為我住到學校裡去，同牠就疎遠了。以後我出門，這隻狗一直在家鄉。隔了幾年，據說是被人毒死了。家鄉的人們談起來還是覺得牠很可惜。

在我流浪不安孤獨的生活中，狗永遠是我想有的伴侶，但是近代的都市生活，不是游牧時代，養貓養狗都是奢侈的事情；尤其在一個沒有固定的家的人，吃飯沒有一定的地方，跑東跑西，火車輪船，沒有條件可以使我養狗；有時候看朋友家裡的狗，我總是覺得可羨。我常常心裡想，如果我有一個安定的家，我必須養一隻狗。

於是在我似乎有一個家的時候，我接受了一個朋友的贈送。這隻狗的主人患著肺病，幾個月來牠一直在床邊伴著主人，所以主人同牠的感情很好。現在這位主人要離開上海，很想把牠送給一個可以善待牠的人，而我就擔承下來。但在一切都說妥以後，這隻狗還是遲遲不送來，我以為他們改變了初衷，也就沒有去問；但突然有一天晚上，他們派一個人把牠送來了，我知道這位主人是要同那隻狗相處到最後一刻方才同牠分離，這當然是很可同情的一種情形。

這隻狗就叫拉茜，是牧羊犬與警犬的混血兒，很高很大，有長長灰色的毛。在送牠來的人走了的時候，牠跟了出去，但是門已經關上，牠就一直待在門口。給牠吃，牠不要；想給牠一點撫慰，牠咧嘴相向，使人不敢近牠。這樣大概隔了一天，牠方才同我熟起來。

我所謂家，原是別人借給我住的一所公寓房子，養這樣的狗並不合適，一天總要一兩次帶牠出去，而牠似乎還不夠；我出去赴約訪友，當然不能帶牠，除非是買東西或者散步。夜裡，我們給牠安頓在走廊上。天冷下來，我為牠預備了一塊棉毯，牠就睡在上面。早晨，牠知道是帶牠出去的時候，牠需要排泄，一到時候還不放牠出去，就要跟著你嗚嗚地叫起來。夜裡我有時候寫作得很晚，牠總一直睡在地板上陪我。夜深了，我的一隻僅有的炭盆也滅了，房間內有時候很冷。拉茜總是從地板上起來，很快的跳到沙發上去，繼續牠的睡眠。但等我擱筆關燈，牠總一定醒來，跟我到浴間去，一直等我盥洗完畢，走進臥室，牠才在走廊裡躺下。

許多狗是守門用的，但有的狗專訓練保護物件，生人可以進門，但在房內不能動任何東西；有的狗專保護人身，只要不侵犯主人的身體，牠並不干涉來客的自由。拉茜過去受過什麼樣的訓練，我不知道；但對於我邀進來的客人，牠不狂吠，有我在座，別人拿東西，牠也不會干涉；至於侵犯我人身，則一直沒有這個場合，也無從知道。但牠有一個特別之處，就是牠會捕殺老鼠。在米櫃裡，在菜桌下，憑牠超人的嗅覺牠會去尋覓，但因為身軀太大，牠不能追逐時，就用非常的耐心在外面窺伺，有時也聲東擊西，虛張聲勢種種的方法去嚇老鼠出來，如果我們發現那裡有老鼠，只要告訴牠，牠就用很大的耐心去嗅採窺伺。牠捉到不少老鼠，殺死了，牠是不吃的。貓作為捕鼠之用時是當作食品，而貓的智慧似乎還不懂人的指揮，你拉牠去捕鼠，牠常以為你在迫牠作什麼，牠一定不肯去做，這點我覺得拉茜比貓還有用。當時我想到了重慶的老鼠，在那裡，貓都不是牠的敵手，那麼，像拉茜這樣的狗一定是特別有用的，我想。

很是拉茜有一種毛病，這種病叫做gun shy，中文或者可譯作槍羞症。牠聽到放鞭炮，爆竹，槍聲，雷聲，飛機聲，轟炸聲……牠都要害怕，這種害怕是神經性的。牠馬上會東跑西跑，忽然跳到床上，忽然躲到爐邊，前腳亂跳，常常推翻東西。起初我們不知原因，以為這隻狗難道瘋了，後來發現是這類聲音的關係，於是有這類聲音就把牠拴起來；而牠可仍是全身抖索，眼睛發獃，後腳站起，前腳亂抓牆壁門窗。這時候牠很需要人的撫慰，你拉牠的腳，抱牠的身子，牠都覺得是一種慰藉。

關於動物心理學這種學問我也曾略涉，我很想驅除牠心理的病態，據我的推測，牠一定是在幼小時在這類聲音中吃過虧，譬如有人把鞭炮拴在牠尾巴後點放。但是我無從知道牠究竟遭受過什麼樣的驚嚇，牠的世系遺傳，我也無法考據，我的環境，我的生活也無法專心作這項實驗。那時候正是過年的時候，到處都燃放爆竹鞭炮，還有兒童們手擲的摔炮，因此拉西時常不知所措，這弄得家裡大家很苦。新年正月初一的早晨，爆竹聲響得很密。我把牠帶到樓下院中，將牠拴在一株樹上，我希望牠對這些鞭炮聲習慣起來，但是當牠聽到這類聲音時，竟是瘋一般很想從那裡逃走，情形非常狼狽可憐，我一放了牠，牠就很快的跑回家裡了。在大家很忙的時候，竟還需要一個人專門看守牠，這使大家感到我們實在無法養牠了。

陰曆初三、四下午，我到一家親戚家去拜年。我騎一輛自行車，拉茜跟在車後。半路上，牠一聽到鞭炮，就沒頭沒腦的亂跑，我只得去追尋牠，我發現牠在一個僻靜的路上，躲在一家人家的門口，怎麼也拉牠不回來；我從門上的銅牌，知是一個西洋醫生的住宅。我很想同主人說說，讓拉西進去，或者就送給他們算了。就在這時候，一個手拿烟斗的西人從門裡出來，我於是就告訴他這隻狗的情形，他看了半天，也覺得很奇怪，我於是提議把拉茜送他，但是他拒絕了，他笑著說：

「我們從來不養狗不養貓的。」

等了許多辰光，我一點沒有辦法，只得先到親戚家去，預備回頭再來找牠。

我在親戚家，心裡一直惦念著牠，吃了晚飯，歸途中繞到拉茜所在的地方。那地方在夜裡更見僻靜，但已沒有牠的影踪，我在黯淡的燈光下叫牠的名字，又在鄰近各處遍找，但都沒有，我想牠或者已被喜歡牠的人領去，或者被那裡的人趕跑，失望之餘，我只得回家。回到家裡，拉茜竟已先在。牠很熱烈的歡迎我。據家裡的人說，牠於九點鐘怱忙地回去，一進門就找水喝。看來是很疲倦似的。

這以後，我就不敢帶牠隨便出門了。而我逐漸發現我無法養牠，我很想為牠找一個喜歡牠而有較好情境的主人，這竟不是那麼容易找。

一個月後，我有機會搬到比較便宜的地方去住，地區雖然偏僻，但較空曠，有一個私用的院子，這於拉茜當然是很好的。我馬上發現住在鄰近的人家都養著狗，隔壁三層的房子，每層住著一個獨身的女人，每人都養狗。樓下是一個英國老太婆，她養著兩隻狗，一隻小的，一隻大的。大的是Irish Settler。她同我談起，她愛牠的狗等於愛自己的子女，又告訴我，她生活艱難，要回英國去。我當時就問她如何處置她的愛犬，她說她恐怕只能帶一隻，另一隻祇好毒死了。我覺得她的話很怪，但是她說使牠沒有痛苦死去，比牠流落在中國吃苦為好。三層樓是一個早出晚歸有一定工作時間的小姐，也養著一貓一狗，但是我沒有同她接觸。二層樓上則住著一個在中國多年的德國小姐，她在一個醫院裡做護士，有時候日班，有時候夜班。她養著兩隻狗。但是另外她竟常常備了許多飯菜到處對狗捨施，有幾隻狗幾乎經常在她們後門口等她餵養。一隻老狗則一天到晚不是躺著就是佇立在她的門口。牠已經沒有一切奔跑嬉戲叫囂的興趣，似乎活著就靠著那個女護士的捨施。牠走路已經非常吃力，毛也已禿脫，每當那個女護士自己的兩隻狗出來的時候，總是對那隻老狗咆哮，但是牠只是置之不理，或者僅僅緩慢地踱了開去。

我搬去了以後，拉茜就被這隔壁房下的英國老婦同樓上的德國女護士所注意。在兩家的院子中間，祗夾著一個竹籬。有時候我們因為怕拉茜追雞，把牠拴在樹上。這位英國老婦一聽他不安的叫聲，就過來同我談話，她告訴我不應當把牠拴在樹上，說狗非常需要自由，也特別會感到寂寞，牠喜歡同人在一起，必使我把拉茜放了才安心。那位德國護士則總以為我們沒有把拉茜餵飽，時常用牛肉拌飯招待拉茜。我於是告訴她，如果她喜歡拉茜，我可以把牠送她。她說她已經有了兩隻狗，沒有法子再安頓另外一隻，但是她願意為我注意，如果有好的人家，她當為我介紹。

天氣暖和起來，我想拉茜應當作預防瘋犬症的注射了。那位德國護士竟自告奮勇的，說由她來注射。於是她約好日期，臨時還請來她們樓下的一個男佣。她叫我們兩人把拉茜按在地下，但是拉茜竟非常驚慌，對他們兩人唁唁然有敵意，經過許多周折，總算按住了拉茜，但仍無法使牠不動。我怕拉茜會咬了他們，人家好意，如結果反而傷害了他們，這就太過意不去，所以我主張作罷，因此當時就沒有注射。以後因為懶惰，亦沒有帶拉茜到公安局去注射，只是常使拉茜於出門時套上嘴罩，以免傳染。

好些日子以後，那位德國護士告訴我，她找到了一家人家要狗，問我是否願意送給他們。這當然是再好沒有，我謝謝她，說定由她打電話去通知，由我們派人送去。我們一個女佣非常喜歡拉茜，她說她倒要看看那面的環境，很捨不得的把拉茜送去，回來她告訴我們說那面是一個大園地；主人並不住在那裡。那邊只住著兩個佣人，他們已經養著一條狗，還想再養一條。是為看守這個大園地用的；她還告訴我，他們在拉茜一到就給牠吃很豐富的飯菜。這樣我們也安心了。

但是第二天早晨，拉茜竟獨自碰門回來。這很使我棘手，我當然同那位德國護士去商量，她答應為我打電話去。第二天傍晚的時候，那面的男佣人來領拉茜了。他的態度很不好，好像還透露出他們是出錢買的，意思是這隻狗不好，他們可以買到好的。這使家裡的人很不開心，好像大家對於這位德國護士從中取利也有點不滿意。我則覺得這是西洋人的習慣，而只要他們沒虐待拉茜，還是讓他們帶去乾脆。當時拉茜就被他們帶去，我們的女佣也一同跑了一趟。但是第二天天沒有亮，拉茜又碰門了。我們都睡在床上，但一聽聲音，大家都知道這是拉茜回來了。

以後，大概對方也不願再要，那位德國護士非常熱心的誠懇地勸我把拉茜用注射毒死。我告訴她這個想法是我們東方人所沒有的。我們甚至談到了哲學的觀點。我告訴她這是一個人生態度，中國人有話，好死不如惡活，既然養了牠，沒有把牠殺死的道理。最後我說我要慢慢地為她再尋主人，現在我自然願意自己養著。

這樣，拉茜就仍舊同我在一起，而那德國護士則常常來問起拉茜。她告訴我她不久也要回德國去了，她的愛犬也都預備殺死。我反對她，她則說上海的西洋人回國時都是把狗殺死的，而這種注射，則可以使牠們死得毫無痛苦。於是，她又列舉她在街頭巷尾所看到的中國人虐待狗的情形，覺得把牠殺死是最慈善的舉動。

她的話也許很有道理，但是求生則總是一切生物最基本的要求，人在窮途末路，孤老殘廢，貧病交迫的時候還想求生而不願自殺，足見生物都有求生的意志。人有理智來了解自己活在世上是毫無希望只有痛苦，而死後是一種完全的解脫，而尚不肯求死；那麼其他較低級的生物，牠們既然無法自己知道，自然更是永遠對生有堅強的戀執。那麼為什麼人類會對牠有另一種想法呢？

這原因很簡單，在西洋的傳統觀念中，人類是有靈魂的，動物是沒有的；人類在死後會存著靈魂，動物則死後就變成烏有的。西洋人反對虐待動物，但不反對殺生，而東方人始終有點佛教的薰染，覺得殺生總是虐待動物最凶的舉動。在這點上，我是無法與西洋的觀點一致的。

在那位德國護士不斷的對拉茜關心之中，我知道她一方面怕我送給一個慣於虐待動物的人，一方面也許也疑心我不夠善視拉茜。她或以為我之不要拉茜是為單純的不喜歡牠，實則在我的情境中，我已經是無法再養這隻狗了。

我的房子必須退去，而我也要離開上海。

我終於在沒有為拉茜找到新主人前離開上海；我走後，家裡必須退那個房子，拉茜就成為很大的問題。

在家裡的來信中，我知道拉茜每天尋我等我；而在急於要搬出那房子時候，竟找不到一個願意接養拉茜的人，最後還是那位德國護士說有人願意要牠了。我家裡的人就一同把牠送進了一個醫院，滿以為這總是醫院或者裡面的醫師要養，當然是很可放心的環境。可是我家人在送去以後，曾經多次到那個醫院去探望，始終沒有見到拉茜，於是推想到那位德國護士還是怕拉茜流落在人世受罪，不惜欺騙我們把拉茜交她，由她去注射處死了。他們很後悔把拉茜送去，但是這已經晚了。

我沒有怪那位德國護士。她對於狗的慈愛遠超於我，但是我始終對於把牠處死有一種邏輯上的不滿足。如果安詳的死真是比痛苦地生存好，那麼對於人類也應當一樣。我們對於明天的世界不一定抱著光明的希望，而今天的痛苦也並不一定有勇氣忍受，但是我們還是活著。這因為「生」還是生物的基本要求。雖然我們無法叫狗在安詳的死與痛苦的生間下一個選擇，以求生為生物要求來推想，人類為牠們下這樣的選擇總是很武斷的。在物質與精神的打擊與威迫之下，自殺之風在許多時代中曾經風行，然而這是在任何信仰的道德立場上都在反對的。這就是說，我們的社會道德不允許我們對於自己的生命可自由結束。而我們竟有權結束其他生物的生命。一切的殺生原是為人類的利益，為人類的需要，而對於殺作為人類伴侶的狗，則既不是為他對我們有害，像殺蒼蠅蚊子一樣的動機，也不是為牠對我們有用，像殺鷄鴨猪羊一樣的動機。而是完全為狗本身的幸福著想，這是一種較高的動機。我不知道這中間道德的感覺是否較東方人道德的感覺為進步，但是我知道上古野蠻民族在逃荒流離時，也是把老年的祖父、祖母殺掉，以免他們受這無法忍受的人間痛苦。而還有嬰兒的殺戮，在現在個別的情形中還是常常發生的；許多做母親的人感到自己身世的淒涼與生活的無依，想及與其使自己的孩子在痛苦的人問流落，不如讓他在未知道什麼以前安詳死去。這兩者的動機完全是「愛」，而其情是可憫的。西洋人對於狗的看法，同老年殺戮與嬰兒殺戮的動機是一樣的，而我則總以為如果這是對的，那麼在邏輯上對人之不能耐痛忍苦而自殺，該是社會應當接受的事情了。

我曾經把這個問題同幾個朋友談過，而據朋友們所知道的，則所有養狗的西洋人離開上海之時，都是把牠們殺死的。有一個朋友住在一家西洋人的三層樓上，樓下花園裡他們養著九隻狗。他說每天早晨都被這些狗吵醒；後來那住樓下的一家人離滬去美，他一早沒有聽見狗叫，起來到花園一看，發現九隻狗都已經東一隻、西一隻的死在園中，整個的花園顯得非常悽慘。這使我想像到上古野蠻民族逃荒的情形。當一個部落離開一個地區之時，一定也是滿地堆著他們祖父母、外祖父母的死屍，其情形也許是同堆滿狗屍的花園一樣的。

要我們在理性上對於不同道德觀的諒解似乎還比較容易，而在情感上感覺上則似乎很難解脫。我們雖然為自己受苦受難的家族朋友不安，但聽到死訊則還是有一種說不出的悽愴，這因為我們自己在痛苦的人生挨受，如我自己所感覺的，儘管常常有自殺的想法，但基本總還是貪生怕死的。這因為自殺只是一時的衝動，如果這衝動強烈到馬上結束，自殺也就完成，倘眼光遠望，思維擴大，馬上會發覺自殺的無意義並不少於生存。

而拉西的死，則是有人在為牠設想，覺得牠生的前途是無望的，而死是最安詳的歸宿，這因為除了人類以外，沒有一種生物會有自殺的衝動與意志的。

說到送我拉西的人，現在美國。在我同她最後接洽領養拉西的時候，她養病在床上，拉西則倚在她的床邊，她撫模拉茜的頭說：

「希望我回來的時候再看見拉茜。」

「你回來了，我再送還給你。」我半假半真的說。

我所謂半假半真，是我一面覺得我的話是真誠的，一面也覺得她的話是渺茫的。在滄桑變幻的世上，我的閱歷已經無法相信將來的期望與允諾，而她還是一個天真的女孩子，我不願毀壞她樂觀的憧憬。

但是就在幾個月之中，我終於打破了她小小的渺茫的願望了。

傳杯集

《傳杯集》序

在未來散文中，有兩方面一定會大大開拓——小品論文與筆記。你們記得十九世紀中，小品論文與筆記在英文的發展遠不及法國，其原因是小品論文與筆記的作者實在不能和小說家抗衡，所以小說把散文壓倒了。彷彿是一塊大石投在一片青草地上一樣，要草兒生長，花兒盛開，非移開上面的壓力不可。這壓力似乎不久就要移開了，小說的衰敗愈快，小品論文與筆記的開花與吐放芬香也愈容易。這一類文章，在淺見者眼中雖不值得注意，實際上在大多數情形中是遠比小說耐久而有價值的。一篇好小品論文可以生存到幾千年——不見西賽羅的那些小論文麼，現在被譯成各國文字，到處有人誦讀，欣賞它們的表現與思想的優美了。

至於筆記呢，我想它前程也是無限的，即在今日，它已經與小說稍可對抗了。筆記（sketch）這個字，我是指無論哪一種簡單的散文，只要它的內容是一幅耳目所見的實生活的圖畫，或是心中所感的對於生活的圖畫，或是心中所感的對於生活的一種意象。你們知道，sketch這個字，嚴格地說，是一張速寫的圖幅。一篇筆記，不妨是一篇小說，只要它能不逸出於記載事實與真實的情感；它也不妨是兩個人的對白，只要這所記的對白為我們造成一個完全的戲劇的印象；它也不妨是一篇獨白的散文，記述從一個城市或一個鄉村的經歷中得來的感想；它也不妨是記錄一件眼中看見的東西，只要看得親切，記錄下來以後，能像一幅畫一樣。一言以蔽之，筆記可以有幾百種形式，幾千種形式，它的範圍最廣泛，差不多每種文學的才能，都可以藉此而有所表現。在筆記一個範圍內，你的最高的想像力，描寫的或情緒的表現力，都綽乎有回旋的餘地了。當然，筆記文應該短，但妙處就在沒有一定的規則要怎麼短……

上面兩段關於散文的看法與說明，是小泉八雲《論散文小品》裡的話，引在這裡，作為我們這個小小的集子的序言，是再好也沒有了。小泉八雲在幾十年前看到了小說漸趨衰頹，而散文會興旺，這是很有趣的事。他說：

……在小說中，差不多任何題材都已經窮盡了，現在沒有一個活人再能想出一個新的角色，或者講出一個未經前人道過的故事來。不錯，每年有九百種小說出版，但每種都不過是把前人說過的話重複一遍，現在的作家所能做的一件事情，只是把舊材料重新配合成篇，而這樣配合方法，現在似乎也已到了窮盡地步。

這種看法與想法，當然是過分的，而事實所證明也是不對的。因為人生既無窮盡，反映人生的小說怎麼會有窮盡。相同的人物在時代變動中就不同了，相同的事件在道德觀人生觀宇宙觀不斷的變化中，這事件也就不同了。

自從小泉八雲說這話以後，幾十年中，小說並沒有他所想象的衰微，突出的小說家與作品也不少。不過，因為小說問世既多，突出就不容易了。而寫小說的方法已經作多方面的開擴，技巧又發展得非常繁多複雜。所謂「突出的」，當然是在形式以外，作者還要給我們獨特的思致與情操，是我們以前所沒有見過的。但先以形式而論，也無形之中對於小說這個名詞的範疇有更多的要求，以前可以稱為小說的故事，現在只能算作是小品了。

這並不是小說與散文在文藝價值上打什麼高下，而是人們在分類的態度上是有變化罷了。這種名詞上範疇的變化，在別的學問也是常有的。比方古希臘，哲學這個名詞可以說是包括一切學問的意思；以後科學一一發達，成為獨立的學問，把哲學的範圍弄得越來越小；有人甚至說，科學再發達下去，哲學就可以完全沒有了。但是事實上並不是如此，而是哲學這學問越來越專門化，以前所謂哲學上的問題現在都不屬於哲學的範圍，而哲學的問題則更確定與深入，哲學這個名詞已經不是以前的意義了。

小說也是一樣，以前幾乎是一切的故事，除了神話，都可以稱為小說的。在小說史上不是有許多小故事、筆記、傳說都列入小說裡麼？現在如果有人寫這些東西，當然是不會有人把它當作小說的。足見小說這個名詞，也是隨著時代而改變它的意義了。

小說這個形式既然條件越來越多，氣質上不合寫小說的作家是不願意採取它的表現方法，想更自由、更輕便、更可以發揮作家的自我與個人人格的調子，自然都採取寫小品與筆記了。

在文藝價值上講，小說與小品是不分上下的。因為可稱為小說的也可以是很壞，稱為筆記的也可以是很好。這當然只是在欣賞上講。在批評上講，小說可容納的當然要比小品為廣為深，小說可以更多地表現人生，含蓄更豐富的人生意味。這等於兩隻一大一小的酒瓶，我們沒有嘗到酒，就無法知道哪一瓶酒為名貴；但假如同樣是五十年陳的花雕，那麼大瓶的一定較小瓶的為豐富了。反過來說，我們在欣賞的一瞬間，則等於倒瓶中的酒來飲，倒小瓶的酒與大瓶的酒則總是一樣的滋味。

莫泊桑與契訶夫的短篇小說，有許多，現在看起來，實在只是些小品，是不夠短篇小說的條件的。可是在欣賞的一剎那，雖也覺得是這作家的味兒，但讀了以後，就越覺得沒有他們完整的短篇小說的意義深長了。用這個經驗來說明小品與小說的高下，或者可作我上面所說的一種補充吧。

但是我所感到有趣的，是小泉八雲對於小說衰微的話，似乎無形之中說中了現在香港的出版界。報告文學與小品的蓬勃幾乎有壓倒小說的趨勢。我相信這是這個時代與情境的關係，讀者的興趣，報刊的篇幅與寫作者的情緒與生活當然都是因素。

這裡所收集的一些小品，不用說，也正是這個時代這個環境的產物。這些小小瓶子中到底藏著什麼酒，則是要讓讀者自己來鑒賞了。

一九五四，一，十。

華人洋名

一

「我現在找房子的第一個條件，就是要二房東沒有洋名。」

「這又是為什麼？」

「你知道我們為什麼要搬家麼？」

「為什麼？」

「就是因為二房東的一個小女孩有一個洋名，叫做Catherine。」

「人家的小女孩叫做Catherine，關你什麼事？」

「偏偏一個朋友送我一隻狗，也叫Catherine。」

「那又有什麼關係？」

「沒有關係？糾紛就出這裡。每次他們一叫小女孩的名字，我們的狗就搖著尾巴跑過去。他們叫Catherine吃牛奶，放在桌上，他們的Catherine貪玩，晚一步去，我們的Catherine就把它吃了。我們有時候罵我們的Catherine，他們以為我們在罵他們的Catherine。因此誤會就越來越多。」

「你為什麼不把你的狗改一個名字呢？」

「是呀，這也是房東的意思。房東的太太說：『你們的狗什麼不好叫，要叫Catherine？』但是我總覺得他們的孩子是中國人，為什麼不叫一個『寶貝』或『阿毛』的中國名字，而要用一個洋名。」

「這就是你不對了。你的狗不改名，倒叫人為狗改名？」

「我自然也想為狗改一個名字，可是家裡有一個人叫Catherine，一天到晚Catherine，Catherine的在叫，我們的狗就永遠以為在叫牠，所以怎麼也改不掉。因此我提議，最好他們的女兒先改一個中國名字，家裡沒有人再叫Catherine，我們就可以為我們的狗另外叫一個名字了。可是他們不肯。因此我們也沒有法子改。我的太太就時時同房東為這個事情吵鬧，他們的意思以為狗不該叫人的名字；我內人的意思，以為狗是洋狗，有一個洋名是常事。人是中國人，叫個中國名字豈不是好。就是這樣，我們現在就被二房東趕走了。」

二

「搬房子還是小事。我覺得中國人叫洋名很危險。原因是中國人同姓的多，西洋人同名的多，華人洋名，往往姓名都相同，因此什麼亂子都會出來。

我有一個朋友，他的情人叫做Dora Young。兩個人相愛頗篤，偏偏女方的家庭反對，他們就約定私奔，在車站會面。可是那天早晨我的朋友在報上看到有一個叫做Dora Young的自殺新聞，他就趕到警察局，又趕到醫院，醫院的醫生先是不准他進去，他在走廊裡足足等了三個鐘頭。等女的已經甦醒，他進去一看，才知道自殺的並不是他的情人；他知道有錯，趕緊回到車站，時間已過，女的一生氣早已回家。以後那位小姐再鼓不起勇氣同他私奔。他到現在還是個光棍。」

「啊，你的朋友也太多情了！照我說，私奔不成功倒是一個美麗的缺陷。要是成功了也不過是那麼一回事。」

「可是悲劇就出在華人洋名上。」

「悲劇出在你的朋友太多情。」

「那麼你可知道朱古靈麼？」

「知道，他不是已經死了麼？」

「你知道怎麼死的？」

「自殺的。」

「你知道為什麼？」

「聽說是鬧桃色糾紛。」

「也是因為一個洋名。」

「怎麼？」

「他認識一個舞女，叫做酡羅斯・林，恰巧鄰居有一個太太也叫酡羅斯・林。那個舞女寫情書給他，被朱古靈的太太發現了。朱太太就誤會是那位鄰居的太太。她偷偷地去告訴那位鄰居太太的丈夫。可是那位鄰居的丈夫什麼也不說，竟同朱古靈的太太戀愛起來了。後來發覺，朱古靈才知道事出誤會，可是朱太太與那位鄰居木已成舟，下堂求去。朱古靈原是靠太太的錢生活的，太太一走，那個喜歡他的舞女也不要他，他就自殺了。」

「遠的且不說，就說你昨天請客吧，一桌子十二個人，倒有三個叫做James張。我就無法弄清楚。」

「可是一個是James C. T. Chang，一個是James T. C. Chang，一個是James T. S. Chang，三個人還是有分別的。」

「這分別誰記得清楚，到底C. T.，T. C.在中文裡有什麼意義？」

「你不知道，這正是他們的中國名字。」

「中國名字都有意義，中國字每個字至少有個解釋，改成了C. T. C.，誰知道是什麼？有意義我們很容易記。沒有意義我就沒有法子記。」

「可是，你知道我們現在在香港，誰都有幾個外國朋友。有一個西洋名字，他們容易叫。中國名字，他們總是弄不清楚。」

「那麼你也有一個西洋名字了？」

「自然，我在洋行做買辦，沒有西洋名字還能算得洋行買辦麼？」

「我們老朋友，竟還不知道你的洋名叫什麼。」

「你不知道我叫James？」

「也叫James？」

「可是我是James Wang。」

「真是有眼不識泰山。」
「你去年難道沒有接到我的聖誕卡？」
「就具名James Wang？」
「不要裝傻了，你也回過我一張。」
「我只是收到一張，回一張，實在不知道James Wang 是你。」
「我想你到了香港，也該叫英文名字才好。」
「為什麼？」
「你不知道，你不是叫我為你找事麼？前幾天我們洋行裡就有一個空缺。可是我向洋經理推薦你，他竟想不起你是誰，他說：『你們中國人太多Mr. Shu，他記不清楚是哪一位。』結果他用了James Tang。你想，這個位子少說說也有兩千塊錢一月，豈不可惜？」
「你們洋經理，是Mr. Brown麼？」
「可不是？」
「我碰見過他這許多次，他不認識我？」
「他認識你，可是弄不清楚你的名字。所以我以為你該有個洋名才好。」
「那個飯碗已經沒有了，我還取洋名幹嘛？」
「可是以後也許還有機會。而且，我還要告訴你，你如果想在銀行有一個支票戶頭，非有個洋名不可。」
「為什麼？」
「支票上簽洋名，可比簽中文名字不知道要吃香多少。」

「真的？」

「你簽中文名字，人家拿到你支票要看半天，恐怕你是假的。」

「這也是香港風俗？」

「全世界都一樣。」

「真的？那麼你以為我一定應當有個洋名才對？」

「自然。」

「那麼……我想，我想我還是改個洋姓吧。」

「中國人用洋姓，沒有聽說過。」

「改個洋姓，用我中國名字，至少不至於太容易同人家一樣。比方我改姓Brown或者Truman就不會像James Shu一樣與人相同。」

「可是洋人還是記不清你的中國名字。」

「他們可以記我的姓氏。最多叫我一聲，中國的Brown或者中國的Truman，倒也清楚明白，是不？」

馴獸的哲學

最近報載法國一個女馴獸家被控，因為她在家裡養著一頭雄獅、一頭雌獅，每夜吼叫不寧，擾亂鄰人安眠，驚駭附近孩子。被告則力稱她的獅子極其良善，白天受訓，夜裡熟睡，雙方爭辯，結果法官判罰六千法郎，乃引用法律上「不得在住宅區設立工廠、屠場及動物園」之規定。

我想，一個人在家裡養兩隻獅子，正如同一個人在家裡養兩隻貓或兩隻狗一樣，養兩隻貓或兩隻狗不能算是「設立工廠、屠場或動物園」，那麼，養兩隻獅子為什麼就可引用這條法律來判罰款呢？

說是獅子要咬人的，但這位被罰款的畜獅者的獅子事實上並沒有咬人。而許多養狗的人家，她們的狗咬人則時有所聞。最近香港的報紙還盛載一隻雄貓在夜半把牠女主人咬傷的新聞。

因此我想到這或者還是因為一般人對於貓、狗與獅子的看法不同，總以為獅子是凶猛的，而貓、狗是馴良的。即使我們有馴良的獅子，沒有人會相信牠可以有貓、狗的德性。

許多年前，我在往義大利到法國的火車上碰見一個馴獸家。他是一個五十多歲，身材矮小，其貌不揚，頭髮禿頂的人。當他告訴我他的身分時，我幾乎完全以為他是撒謊，後來他大概也意識到我看不起他，他同我談到許多馴獸的哲理。到了法國，第二天報上刊出他的照相，我才知道他不但是一個馴獸專家，而且是馴獸專家的訓練者，他的兒子、女兒、兒媳婦都是馴獸家。

他告訴我說：

「馴獸並不靠你的體力，任何大力士都無法與猛虎、凶獅、巨象相抗衡的。」

「那麼是靠智力？」我問。

他搖搖頭，於是微笑著說：

「智力不過是馴獸的方法，不是原則。」

「那麼難道靠魔術？」我笑著說。

「靠愛。」他說：「信，愛，望，這是宗教的本質，也是一切事業的本質，馴獸也是一樣。你必須相信猛獸也有良心，你必須愛牠像愛你自己的情人，你必須對牠永遠抱著牠也會愛你的希望，你才可以馴獸。」

這樣我就靜默了，我聽他侃侃地談下去。他說：「假如野獸咬傷了你，你想鞭打牠，或者餓牠，那麼你的愛心不夠，你的信心也不夠，你無法做馴獸家；如果一個老虎傷你三次，你以為這隻老虎是無法感動，無法教育，那麼你的耐心不夠。你換一隻老虎，也還是一樣。你永遠不會是一個馴獸家。」他又說：「你見了一隻虎，你怕；你應當想到牠見你也是在害怕。你為什麼怕牠，我想你一定只是憑書本上的話，實際上你並沒有被虎害過；但是牠可的確被人駭過，害過的。所以牠如果傷你害你，那完全是牠在謀自衛。譬如你有槍在手，見了一隻老虎，你會馬上對牠射擊；你真是想殺害牠麼？不，你也是為自衛。普通在深山荒野的猛獸，牠們肚子飢餓，所以要攫掠食物，如果你給牠們吃飽了，牠就決不會要殺人的，除了自衛。所以馴獸的辦法就是要同牠建立諒解，使牠對你信任，當牠知道你不但不會傷害牠，反是願意供給牠食物的人，牠就慢慢地做你的朋友。只有在牠知道你是牠的朋友以後，牠才會聽你的話。一句話，對付猛獸的方法完全同你們青年人交女朋友一樣。」

「同交女朋友一樣？」我覺得他的話有點離奇。

「可不是？」他看著車廂的四周笑著說：「比方，你看，那面有一個女孩子，你想接近她，你怎麼辦？你過去同她說話麼？她會想到你不懷好意。你想拉著她問她住址麼？她會駭得叫警察來干涉你了。都不是辦法。你必須窺伺機會，在她為難時去幫助她，危險時去救護她，於是她會覺得你是一個好人，才肯對你有點信任，才肯當你是她的朋友。對猛虎、凶獅也是一樣。啊，自然，比對付女人要容易。」

「你說什麼？比對待女人要容易？」

「啊，啊，我是說比對待人要容易。這因為人的社會太複雜，種族的偏見，信仰的偏見，傳統習慣的偏見，這些是野獸社會所沒有的。」他說：「比方說，我們在一個車廂裡，你不知道我，我不知道你，我們彼此提防著對方。你的一舉一動我以為是有害於我的，我的一舉一動是有害於你的，這就很難建立友誼。彼此警惕著，就可以不斷地造成誤會、摩擦、鬥爭。是不？」

我點點頭。他又說：

「不但個人與個人如此，團體與團體，國家與國家都是如此。現在國際上的緊張局面，也是彼此以為對方的一舉一動都是有損於自己，所以就越來越緊張；倘若大家以我的馴獸原則，使野獸對我信任一樣的儘量使對方相信自己沒有惡意，那麼天下也許就太平了。」

……

這是多年前的際遇了，以後我同這位馴獸家沒有見過面，但是我常常想到他的話。我覺得中國也許因為社會長期的紊亂，人與人相處就特別具著戒心。時時以為別人是對自己有敵意的，所以日子過得特別緊張。

譬如說，電車上有一個人碰了我，他說「對不起」，我說「不要緊」，這不就很客氣可以走開？如果我以為他是故意撞我的，我會惡狠狠地說：「你瞎了眼睛！」他就說：「你自己才瞎了眼睛！」那麼就勢必扭作一團打仗不可。

我看到許多路上吵架大概為這一類誤會。這當然不能說是因為中國人不懂得禮貌，事實上是如果兩個人是相識的，他們為買車票付款就可以客氣許久。其原因就是大家對於不相識的人都當作猛獸，不提防與警惕好像就有被吞噬的危險。

有人說，在女人，是沒有友人的；不是情人，就是路人；而在中國人的社會裡，好像根本就沒有路人的，不是友人就是敵人。因此處在這樣的社會裡，情緒的緊張很容易使人不正常。

在朋友的往還之中，信任與諒解就有更進一步的需要。因為成了朋友，就有來往。如果一切往還要小心提防，小小的事情，就懷疑別人惡意，那就是使你像野獸一樣，覺得為自衛必須先發制人，於是明爭暗奪的事情就來了。我們不是馴獸家，除了在動物園鐵欄外，只有在電影裡看到過猛虎凶獅。如果要同獅虎在一個屋頂下過夜，儘管它睡在鐵籠裡，恐怕我們還是無法好好睡覺的。不過我們是社會裡的人，我們至少要同路人可以在一個房間裡睡覺，而彼此信任對方不會加害於我。但這竟不十分容易做到，而社會上也有許多路劫與謀財害命的事情，倒不如狗貓之容易相信與可以相處。

現在，似乎又正是一個警覺、懷疑、提防的時代。國家與國家，社會與社會，人與人，父與子，母與女，政府與人民，彼此都像面對著猛獸，彼此都覺得對方隨時會加害於我們。因此大家惴惴不安，或作先發制人而先行屠殺，或則暗示隱諷作暗地之準備，神經緊張，消化不良，心跳頭暈，正如我們面對著猛虎兇獅一樣。

其實，一個人對於別人不信任，也就是對於自己無信心，也就是對於世界無信心。只要你仔細一想，星球可以脫軌，地震原是常事，颶風可以爆發，水火隨時可成大災，瘟疫疾病，銀行倒閉，房子坍圮，街車失事，一睡不醒……諸如此類，一一放在心中，你活在這世界上就會整天如對著猛虎兇獅，不知該怎麼樣才好了。只有我們具有馴獸家的哲理，對一切能有信任與愛，那麼我們方才可以活著。那位女馴獸家可以與獅子相處泰然，像是與自己孩子相處一樣，就是這個道理。據我們所知，有多少人與自己孩子相處是像我們同獅子相處一樣，無時無刻不是戰戰兢兢提心弔膽著呢。

一九五二，二，十九。九龍貧民窟。

當心惡犬

最近我去澳門一趟，住了兩個月。回到香港，發現朋友們有許多變化，大肚子的張太太，已經養了孩子；獨身主義的張君，已經同一個舞女同居了；常常到我們辦公室來玩的莫小姐，有了愛人，不常來了；素以體格美著稱的彭君，說是得肺炎死了。而老馮搬了家，我竟找不到他。一直到他知道我回港，寫信報告我新住址，我才去拜訪他。

老馮本來住在東方臺，什麼車子都不能到門口，炎陽烈日，狂風暴雨，你必須走九九八十一的階梯才能到他們家，另外還要走四層樓的樓梯。但是我還是常常去看他，原因當然是因為我同他是老朋友，而他的太太也很喜歡朋友，我去了總肯燒幾道可口的菜招待我。

現在搬到了太子道，說是一個花園洋房的底層，環境比較清靜，空氣比較流暢，公共汽車又可以直達，叫我隨時去玩去。

我自然很高興。當天就過海，搭一路車子，很快地到了太子道，下來順著門牌，很順利地就找到他的住處。

洋房是白色的，花園不小，外面是綠色的柵門，敞著，我對於門牌沒有懷疑，自然一直就闖了進去。裡面是大大的草地，東首種著好些樹木。我繞著草地順著路進去，才發現這房子並不大，大概是三層樓。底層前面是一個平臺，但是鐵柵門拉緊著，無從進去。平臺的前面堆著幾個木箱，不知是不是新到的啤酒，老馮原是經理德國的高牌啤酒的。木箱上面放著鐵斧子，大概是為開木箱用的。

我走上六級的石階，我想隔著鐵柵就可以看到裡面的人了，但是裡面竟沒有人，於是我不免抬頭看看，突然我看到了一個電鈴，同時也看到一張紅紙，紅紙上寫著：「當心惡犬！」

我素來怕狗，當然尤怕惡犬，當時不免吃了一驚。我馬上按了一下電鈴，我希望早點見到主人，但是裡面並沒有人來應門，而就在右面的草地上竟吼起一陣可怕的狂吠。我馬上看到這是一隻四尺高的洋狗，全身灰黃色，長長的耳朵尖豎著，咧著血盆的嘴，露出鋸一般的牙齒狂吠，聲音簡直有點瘋狂，目光灼爍如火，死盯著我，不斷地衝躍。於是我看到牠原來是被拴在一株小樹上，心裡雖是比較放心，但深怕這鐵鏈沒有拴好。我就走下三級石階張望了一下，誰知這竟激怒了這隻野獸，牠一躍三尺，對我竟如臨大敵，想掙斷這鐵鏈衝來。鐵鏈拉著一株小小的槐樹，槐樹晃搖著大有被它拉倒之徵象。我開始有點害怕，我趕緊跑到上面，拚命地按電鈴，但是裡面竟沒有人應門。而那隻野獸可對我越叫越凶，越跳越高，牠好像更加高大巨碩。我與牠的距離，照牠所跳的高度來測量，那不過是牠一躍之遙。那株小小的槐樹不斷地震盪，已經有點斜側，鐵鏈在樹幹上一上一下。我忽然發現這鐵鏈根本沒有拴好，現在已經鬆散，只要這隻野獸再上下進退幾下，它就可以脫離束縛。那時候如向我衝來，我就會被牠咬死無疑。

我一害怕，就本能地想退出大門，我躡手躡足地走下階梯。這時候那隻野獸竟瘋狂一樣地狂跳暴叫，鐵色的嘴裡流著唾涎，綠色的眼睛閃著殺人的凶光，尾巴豎起著像是可以遠投的匕首。我一時急智，我看到木箱上的斧子就搶握在手，預備萬一牠衝過來時可以抵抗。

我一面望著這隻野獸，一面繞著草地，走向柵門。但就在一回首之間，我發現柵門裡還有一隻灰毛的狗，牠沒有鐵鏈拴著，垂著尾，沉著頭，眼睛發著綠光，陰狠地望著我。牠沒有發聲也沒有動作，牠比拴在那面的野獸要小，但是我竟發現牠的性格要比較陰毒。我想到「叫的狗不咬人，咬人的狗不叫」的話，我對牠竟更加恐怖起來。牠似乎就為怕我逃脫，所以才守在門口的，我自然不敢走過去。這時候，我心怦怦地跳著，汗涔涔地下來，我握緊了斧子，深覺這一次與惡狗搏鬥是不能免了。

那面拴住樹上的野獸還是不停地吼叫，而裡面竟沒有一個人出來救我。我知道在牠的吼叫下，即使我呼救命也不會有人聽到的，我只可希望柵門外有警察走過。我望望柵門，突然我發現柵門上也貼著一條紅紙，上面寫著：「當心惡犬！」

我心裡就怪老馮怎麼將那字條貼在裡面？不貼在門外，如今方才知道大門上原也貼著，只因門開著，所以我進來時沒有看到。不然誰會冒這個危險？就在這時候，拴在樹上的野獸竟在暴跳狂吠中脫離了羈絆，鐵鏈已經散了。這一瞬間真是生死關頭，我汗如流雨，心跳如雷，但力使鎮靜，退到牆邊，握緊斧子，準備背城一戰，發揮我原始人類所遺留的本能。

但是，事情竟完全不是這樣。

那個野獸倒並沒有向我衝來。牠馬上停止狂吠，垂下尾巴，載歌載舞地一心投奔柵門裡灰毛的狗，那隻灰毛的狗迎著牠竟彼此親暱起來。於是兩隻狗並頭搭肩，很快地跑出門外去了。

不用說，那隻灰毛的狗是那隻惡犬的女朋友或者是情婦，甚至是愛人了。因為我站在那裡，那隻灰毛的狗不敢進來，而拴在樹上的狗開始對我叫，也許是請我為牠解縛。但看到我鬼鬼祟祟，手裡掄一把斧子，就以為我不懷好意，也許想趕走牠的愛人，也許思謀害牠的愛人了。牠雖然知道牠愛人雖沒有金鋼鑽在身上，但至少那張皮有很美好的毛。

這一場虛驚，完全是彼此太「當心」「提防」「警覺」，正是馴獸家所說的，使大家都苦。但幸虧我沒有先下手，否則也許我殺死了一隻狗，而我也被咬傷甚至咬死了。細想起來，錯處還在老馮門口貼著宣傳的標語。否則我也會想到多凶的狗也無非是為吃飯與性欲。

閒話少說，言歸正傳。當時我對老馮實在有點不高興，拋去手上的斧子，揩揩面上的汗，獨自預備回家。

但就在我出門轉彎的時候，迎面就碰到馮太太，她說：

「麗明！」

「啊，馮太太！」我說：「你一個人？」

「老馮在前面，他在追狗。」

我果然看到老馮在前面追那隻伴著愛人去「拍拖」的野獸，我於是就站在馮太太身邊等老馮。我說：

「我差一點把那隻狗殺死。」

「怎麼啦？」馮太太驚奇地問。

「你家裡怎麼沒有一個人？」

「傭人走了。我們出去看一場電影，真對不起。」

這時候，老馮已經拉住了狗，載歌載舞地過來，喘著氣，流著汗，他一見我什麼都不說，開口就責問我：

「是不是你把牠放了？」

「我？」我生氣地說：「牠還不是自己帶著太太到外面去『拍拖』。我管得著？」

那隻狗過來對我身上嗅嗅。老馮拍拍管窺蠡測的頭說：
「牠叫赫爾貝特，德國種，很好，是不是？」
「你好不好，養什麼狗？」
「是我的朋友，房東的。」他說：「我住在樓下，也很需要。」
「那麼你貼什麼標語？」
「什麼標語？」他說。
「那些不是標語是什麼？」我指那張門上的紅紙條說。
「我住在樓下，大門整天開著，貼著這紙條，至少可以駭跑一些小偷。」
「那麼你最好先開一個小偷訓練班，叫每個小偷都認識這幾個字。你以為小偷都有你一樣的中文程度麼？」我餘氣未平地說：「老實說，我剛才差一點把牠殺死。」
馮太太似乎知道我受到了驚嚇，她幽默地說：
「你真把牠殺死了，今晚我倒可以用狗肉招待你了。」
「你把牠殺死不要緊，我的房東怕也要自殺了。」
「怎麼？」
「你知道她是一個獨身的老婆婆，丈夫兒子都過世了。這隻狗是她兒子養的，她愛它比愛自己兒子還厲害。」
「我想她頂好把牠存放在保險箱裡，省得在這裡瞎叫。」
「駭了你了，是麼？」老馮笑著說：「我叫牠同你道歉。」
那時候我們已經在園內了，老馮就叫：

「赫爾貝特，stand up! Shake hands with Mr. Tsie!」那個野獸果然搖搖尾巴，兩腳站了起來。

以後，赫爾貝特果然當我是牠的朋友，每到我去看老馮的時候，牠比老馮同他的太太還要熱誠地來迎我，送我。

一九五二，五，二十。九龍貧民窟。

妻的花錢

一

妻是一個老實人，不抽煙，不打牌，不跳舞，不學摩登。現在的太太小姐，十六歲以上八十歲以下的哪一個不是愛香水，愛口紅，愛時新的衣裳，愛尼龍的襪子。妻不過廿四歲，但還是同二十年前的中學生一樣，藍布旗袍，紗襪，平底鞋。幸虧她有一個非常健美的身材同一頭漆黑的頭髮，皮色又是天生麗質，走出去別有一種風韻，不然同別人的太太在一起，才真像一個女佣人呢。

但是她會花錢，一出門一花常常是一百、兩百的；這在我這樣一個月千把元收入的丈夫，實在是一件可怕的事情。

花錢是奇怪的事情，有人花錢看得出，有人花錢看不出。看得出花錢不外乎衣食住行，雖然花了錢，總還是自己享受，或者有東西在，如果通貨膨脹的時期，等於囤積居奇，算不得花錢；看不出的花錢才是真花錢，才是浪費。

我當初愛我太太就是她花錢的風度，她有多少錢就花多少錢，第二天沒有飯吃是另外的事情，女人有這樣的氣魄是很少的。但結了婚，她美麗的花錢風度就變成生活上一種可怕的威脅。我原希望她會自動改正自己的脾氣，不願意管小孩子似的去管她；我每個月的薪水，總還是全數交給她，而她常常三天就花完了。

那麼她的錢花到什麼地方去呢？

她愛朋友，不是男朋友，是女朋友。那些女朋友大都很有錢，可是混在一起，是玩是吃，都是我太太在付賬。

等我的薪水在三天內被花完後，妻自然也感到我們的經濟情形是不能夠這樣慷慨，於是內心就浮起了懊惱與後悔。我呢，就趁這個時候勸勸她，安慰安慰她，這樣她可以一直不出門。但等到我再發薪水，三天四天又被她花完了。她常常恨她自己慷慨的個性，覺得對不起我，有時候花了冤錢，一個人不免垂淚。

上星期四的晚上，我公畢回家。妻一個人就在房間裡，一面孔不高興。我知道又有了什麼事。我走到她身邊問：

「怎麼回事？」

「唉，」她說：「沒有什麼。」

「我看你很不高興。」

於是她眼角上潮溼起來，囁嚅地說：

「還不是錢！」

「怎麼啦？」

「劉太太來過。」她淡淡地說。

「你又同她一同出去了？」

「她坐了許久。」

「那麼你請她吃點點心，吃點冰，也是應該的。有限，是不是？」

「啊……」她不願多提似的說：「你不要管啦。」

二

劉太太名片上的名字是劉李愛娜，是妻的老同學，自己有錢，嫁個丈夫又有錢。每次出來，手上的鑽戒總是不同，手錶也常常換樣，手提包更是每日一隻，同衣服相配，有大有小，有的像酒瓶，有的像軍帽，有的像茶壺，有的像花盆，皮鞋更是花式繁多，日新月異，頭髮燙得彎彎曲曲，一臉粉白脂紅，滿身香水氣味，真是一個摩登漂亮的太太。她的丈夫是有名的婦科醫生，一天到晚很忙。劉太太每天沒有事，常常同幾個太太們在一起，買東西，喝茶，看電影，吃飯。妻不打牌，打牌的場合不會有妻。但除了打牌的場合以外，妻是劉太太最愛結伴的友人。這因為我們沒有孩子，妻閒而無事，容易找到，也容易從興。但最要緊的是妻老實而慷慨，妻常常陪她買一天東西，同她大包小包地拿，到頭來，的士費，吃茶，吃飯，一切外用都是由妻請客。

「你為什麼那麼傻？」我知道了自然要說：「我們又不是富裕，她買得起這樣那樣，吃茶，吃飯，吃冰倒要你付？」

「她真有本事！」這是妻最大的抗議。

據妻說，劉太太的確有一副本事，不管同誰在一起，不管是幾個朋友在一起，玩也好，吃也好，她總是有自然而巧妙的辦法避免付賬。

妻很想學習，所以也下了一番研究，不斷觀察與細細地分析，妻發現劉太太有兩大絕技，第一是舉動自然，第二是口齒伶俐。天才多於修養，隨機應變，恰到好處。

比方幾個朋友喝茶，她叫「算賬」，這裡面就與人不同，別人叫「算賬」總是叫空閒的侍者，她則總是叫正忙著的侍者，這侍者自然要忙完一件事，才會把賬拿來。就在這時候，她打開了手袋。

你以為她拿錢麼？不，不。她拿的是一塊手帕，於是，她非常認真地，輕輕地，很祕密似的對她鄰近的朋友說：

「啊，我倒忘了告訴你，你知道上次的李太太，多美麗一個人呀，養孩子，死了。」於是她同情的眼光中潮潤起來，兩手用手帕抑抑眼睛，低微而可愛地說：「做人真是，做女人，你看，多可怕？」

這時候，侍者的賬已經拿上來了，她當然不會交給一個在哭泣的主顧的，等別人付了賬，她還在感慨：

「也是命運，紅顏薄命，她丈夫也太疏忽，那醫院也……唉。」

她又用手帕揩眼角，於是又打開手袋，把手帕納入袋中，敞著袋口，露出一點鈔票的顏色，回過頭叫：

「僕歐！賬呢？真是慢！」

「已經付過了。」

「怎麼，你們那麼快？我說我要請你們。你也太客氣啦，張太太。」她於是笑著說：「老朋友，太客氣不好，我是不會客氣的。」

這一個短短的應付，雖是簡單，但包括學問技術甚廣，問題是不能每次都是一樣。知易行難，個性不同，天才殊異，妻雖想學，但難有成就。但是妻不是笨人，自從發現劉太太的性格後，她開始注意與觀察，她於是發現了許多可學的技巧。

譬如一同去看電影，走到電影院的門口，劉太太一定碰見熟人，碰見熟人她就招呼交談，等妻買好票子出去找她，她才談完，但假裝很急似的要去買票，妻說：

「票子已經買好了。」

「真對不起，又要你花錢。」

但是劉太太怎麼每次去看電影，都可以在電影院門前看見熟人呢？妻後來發現劉太太在未走到電影院時已經在觀望，看到一個可以招呼的人就馬上想好了話。電影院門口常站著人群，這些人裡面誰沒有直接間接認識的人，即使沒有，一個漂亮的太太過去同陌生人說幾句話，人家也會裝出似乎相識的禮貌，有時候她可能也是假裝認錯人也說不定。而同她一同去的女伴，在她同男人招呼時，決不會站在旁邊觀望的，所以劉太太永遠可以那麼做。

看了電影，該去吃飯了，酒足飯飽，劉太太永遠有伶俐的口齒，談許多有風趣有情感的話。她一直不疲倦地坐在那裡，按兵不動，等到有人因想念丈夫想念孩子要回家的時候，她們就會自動地叫侍者算賬，賬上來，別人拿出鈔票，劉太太才故作慌張地找手袋。這是她一個方法。還有一個方法是在飯吃了一半的時候，她去打一個電話，回來的時候，常常面露驚惶，不是說她丈夫喝醉酒，就是說有舞女在迷她丈夫。當全桌的太太們對她表示同情時，她似嗔似泣地抱歉著就先走了。等她走後，大家不斷批評男人的不好，主張女性的團結時，賬單上來了，我太太覺得付這賬正是提倡女權的行動，勝利地搶到這份光榮。

三

劉太太的丈夫，當然也認識我太太。他既是我太太好朋友的丈夫，又是婦科醫生，我太太有病找他去，原是情理中的事。但是我太太竟很少生病，一直到今年二月初，妻忽然懷疑自己有孕了，劉太太說：

「瑪格麗，你去叫他看看好了。」

「他」，當然是說她的丈夫，第二天妻就去找他。劉先生對妻有說有笑，態度和藹，禮貌周到，檢查得非常仔細，他先問她有沒有孩子，我太太說沒有，於是他說：

「可能有孕，可能沒有孕。有孕將來一定可以檢查出的，可以放心；沒有孕，將來也不難知道，沒有問題。問題倒在你的身體不容易有孕，有了孕也容易小產。現在我替你打一種針，一星期三次，這針很有效，這針可以使你如果沒有孕，則容易受孕；如果已有孕，則不會小產。」

我太太同我結婚三年，沒有孩子，常常希望有個孩子，聽他這話，非常相信，從此每星期到劉醫生那兒去打針。

一個月以後，我忽然接到一張劉醫生寄來的賬單，裡面寫著醫藥費手術費一千八百六十五元八角六分。

「怎麼？你難道打針以前沒有問他價錢？」

「他是我老同學好朋友的丈夫，我問什麼價錢？」

「哪有那麼貴？」我說：「這叫我們怎麼付！」

「現在有什麼辦法？」妻說：「你湊借一筆錢付給他就是，以後我也不去打針了。他昨天才斷定說我不是懷孕。」

「自然不是懷孕，我也知道，要不然，隔了一個月，肚子還不大起來。」我說：「但是這賬，這賬叫我怎麼付？你既然同劉太太是好朋友，你不會同她去講講？」

「這怎麼講，又不是買什麼，有討價還價。而且我們為這點錢去講價，也顯得我們氣派小，不夠朋友。」

「我們不夠朋友？」我說：「你這人也太好了。我倒覺得你的朋友太不夠朋友。」

「反正只一次，以後我也不會去請教他，何必同她去計較這些，傷朋友感情。」

「笑話！笑話！」我說。

但不管怎麼說，妻不願意同劉太太去講，我胸有成竹，也不去理她。第二天劉太太來了，我出妻意料的自己出馬，半滑稽半認真地提出抗議，妻弄得很窘，但是劉太太究竟是漂亮的太太，態度自然，口齒伶俐，她說：

「豈有此理，豈有此理！男人真是糊塗！我再三告訴他，他還是記不住，這賬一定是他們的會計員開的，他糊塗蟲事情忙，沒有預先關照會計。自己朋友，寄什麼賬單，真是笑話。丟我的臉。」她一面說，一面接過賬單就把它扯了。於是，不知怎麼，兩顆淚珠從她粉頰上流下來，她挽我的太太弱不禁風似的說：

「你看，你看，所以我要同他離婚。這算什麼，我的好朋友，他這樣丟我臉，開這樣一個斷命賬來。我再三關照他，他還是不記得，不去關照會計。你知道，他有認識的舞女在打『六〇六』，他就不會忘記了，早就關照會計不要開賬，看這樣的男人，真的，我只有同他離婚。」

當一個太太的朋友在我家裡哭著罵她丈夫，要同丈夫離婚，做男人的有什麼辦法。我眼看我太太已經在怪我恨我怨我，一時不知所措，覺得三十六著，走為上著。我就一溜煙似的跑了出來。深夜回家，免不了受太太責罵一頓，說男子漢大丈夫不該氣派那麼小，要是為筆賬害劉太太同丈夫離婚，不要說良心上說不過去，外面說出去有什麼好聽？

她告訴我劉太太真是痛哭了許久，後來我太太請她看了電影，在雪園吃了飯，劉太太還不願回去，伴我太太回家，又談了一個鐘頭，才勉強回家，說一定要和丈夫拼個你死我活，不該這樣丟她的臉。

最後我太太勸我不要貪小，還是明天一早湊了錢照數付了賬，免得以後不好意思。

我沒有辦法，只好第二天去付了賬。但是隔了一天，劉太太笑嘻嘻伴著劉醫師到我家來，劉醫師對我太太一再道歉，說是他早就關照會計，偏偏會計糊塗，沒有弄清楚，真是不好意思。可是對我付清賬的事則一字不提，我心裡實在不舒服。我太太則好像非常滿意，提議一同到外面去吃飯，我們是主人，當然由我付錢，連劉先生的威士忌，一共付了六十三元八角。我因為也喝了一瓶啤酒，不免心直口快，於是就告訴劉醫師我已經照賬單把錢送到他的診所，不曉得他知道不？

「啊，真的真的！」劉醫師說：「我倒忘了，你實在太客氣。」

劉醫師說著從袋裡摸出一包包藥的牛皮紙紙袋，對我太太說：

「這錢請你無論如何收著。」

我太太一再同他推來推去，最後劉醫師把紙包交給我，我一時倒也有點不好意思，不免推了半天。最後我就接受下來，於是劉醫師說：

「熟朋友看病，我向來都有折扣。我知道完全不收費，別人不願意，常常要送我許多東西。所以有一定的折扣比較簡單，而我們的會計不行，害我得罪朋友。」

我摸摸他給我的紙袋封得很牢，當時當然也不好意思打開。

吃了飯，回到家裡，太太就說：

「真不好意思，他們還親自來還錢，你也真好意思收了。」

「反正這錢我也交給你，你要送再去送他好了。」我說著從袋裡摸出紙袋，桌上正有一把小刀，我就順便拆開了封袋。

我從紙袋拿出錢，發現是十元的票子，數了一數，原來是三百六十五元八角六分。我說：

「劉醫師到底是你好朋友的丈夫，他只收你一千五百元。」

四

就在上面所說的事情發生以後，妻才知道丈夫究竟是丈夫，用丈夫血汗賺來的錢對朋友表示慷慨俠義，有時候不見得合乎情理。以後雖然從體驗與觀察上知道朋友的本事，但自己可並沒有學會。唯一的辦法，她最後發現，是少同人家在一起。

但是今日劉太太登門來拜訪，那有什麼辦法呢？

我當時見她不願意說，也就不敢再問。女人對於自己吃虧丟臉的事情不願提，原是一種保護自尊的本能，這也是女人容易被阿飛流氓一類男人所玩弄的原因。

但是我知道這類吃虧的事情鬱悶在心裡也有礙於她心理的健康，我用了種種方法去使她開心，我還帶她到外面吃飯，勸她喝了兩杯葡萄酒。於是回到家裡，她總算把今天劉太太拜訪的事情告訴了我。

原來劉太太一進門就告訴妻一件妻所從來不知道的事情。

「真是不得了，」劉太太說：「我的女兒前些天來香港了！」

「你有女兒？」我太太問。

「自然，今年二十一歲。」

「你有二十一歲的女兒，我怎麼一點不知道。」妻說：「你自己也不過二十八歲，怎麼……」

「自然，她不在這裡，你怎麼會知道？」劉太太說：「她當然不是我養的，你知道劉醫師，他還不是……」

「她從哪裡來？」

「從大陸來。」

「為什麼你來香港時候不帶女兒一同來呢？」

「你難道不知道我是最佩服報上常常寫文章的曹什麼先生麼？我的主張同他完全一致的。我總覺得年輕人可以迎接光明的遠景，像我們這一代，石灰質多了，只好來香港遊歷遊歷。」

「那麼她為什麼要來香港呢？」

「是呀，我也問她，你猜她怎麼說？」

「怎麼說？」

「她說三年來她的石灰質也多了不少，所以也到香港來遊歷遊歷，好在大陸有不少比她石灰質少的人在等待光明的遠景。」

「那麼她來也沒有什麼不好呀！」

「來到香港怎麼辦？她要做衣裳，買自來水筆，買手錶，買香水，香粉，口紅，尼龍襪子，手皮袋，游泳衣……啊！我說，在大陸經過長期的學習，怎麼還這樣迷戀資本主義的毒物。你猜她怎麼說？」

「怎麼說？」

「她說這裡同她一樣思想的朋友，男女全身都是資本主義商品的配備。連大公報費什麼民先生都是全身美帝的打扮。」

「那也應當的，女孩子總是女孩子，二十一歲了，誰不要打扮打扮？聽說蘇聯的女孩子也時興打扮了。」

「但是錢，錢……」

「她大學畢業了？」

「可不是！」

「那麼她也可以找個事情做做。」

「偏偏她學的是音樂，她爸爸早告訴她學音樂沒有用。爸爸祖父都是科學頭腦，母親外祖父都是商業經驗，怎麼孩子會有藝術天才。別的東西學不好，不成大器，還是小器；藝術不成大器，就是不成器。他爸爸還告訴她，全世界音樂專門學校每年無數畢業出來的學生，成音樂家的寥寥可數，剩下的什麼都沒有用。但是護士學校畢業生，則個個都可有事做，所以希望她學護士。她說中學校裡人人都說她有音樂天才，獨獨爸爸不相信，這一定是他爸爸不懂音樂，不會賞識音樂的天才。」

「那麼現在……」

「現在，」劉太太說：「現在她已經在音專畢業。」

「那不很好？」

劉太太說：「她在香港聽了幾個音樂會，她所以也想開個音樂會。」

「這也是很有志氣的行為，是不？」

「你倒贊成？」劉太太說：「你真是她的知己。哈哈哈哈，我知道你是同情有志的青年的，所以我第一個來找你。」

劉太太說到這裡，她打開了手皮包，這次拿出的不是手帕，不是鈔票，是一疊音樂會的門票，她說：

「這就是她音樂會的票子，希望你肯買十張。」

「我買五張好了。」我太太不是沒有進步，也總算學會了還價。

「那麼買六張吧，湊一個整數。」

我太太沒有細看就接受了六張，她滿以為這同電影票價是一樣的，想是貳拾元錢就差不多了。誰知道劉太太說：

「那麼剛好三百元。」

我太太吃了一驚，但是劉太太是知道我太太放錢的抽屜的，她馬上拉開抽屜說：

「那我就自己拿了，老朋友我也不客氣。今天我不吃飯，我還要替她到別處去銷票。自己的女兒，有什麼辦法！」

巧就巧在我太太抽屜裡的錢，不多不少，剛剛是三百元。

討債

雖然現在我與饒散仁不常見面，但是我們是老朋友。抗戰時期，我們都在內地，他幫過我許多忙，我也幫過他忙。好朋友不用多見面，一見面談起來總是好朋友。

前些時候，他突然來看我，問我借一千元錢。當然，不用說我手頭有錢，沒有，我也要向別處張羅給他的。他拿了錢去了不久，又來問我借一千元。恰巧那時我手邊也有這點錢，當然就交了給他。隔了不久，他又來問我借錢，這次是四千元，這在我是一個很大的數目，我拿不出，但看他很急，我就替他去想辦法，我以五分利息借到四千元，答應一個月歸還。饒散仁說，也許一星期就可以連本帶利歸還，叫我放心，他拿了錢就去了。

我對於饒散仁是放心的，他是一個好學安貧的人，不賭錢，不戀愛，不跳舞，連紙煙都不抽，偶爾喝一杯酒，但是在宴會的場合，他還是滴酒不入。他喝酒喜歡一個人，在書桌上，簡單的小菜，一隻手拿一個杯子，一隻手拿一本書，自斟自酌。他的衣服不講究，住也不寬舒，應酬交際都不喜歡。像這樣的朋友需要錢，當然是有正當的用途，各人胸中有一本難念的經，我也不好意思去問他。

但是他竟一直不來還。頭先兩千元還不要緊，另外四千元事關我的信用與前途，不能不還，因此我必須去討債。

討債原是比借錢還難的事情，但世上竟有許多事都比借錢難，而我們竟無法躲避。我一天一天地拖挨，希望他會突然來看我，但是沒有。於是到了無可奈何的期限，我只得硬著頭皮去拜訪他。我從來沒有到他的家，無事不登三寶殿，但為討債這樣的事，就有點不好意思。

找到門牌，走上樓梯，敲門的時候就覺得不自然，既怕他不在家，又怕他在家。

幸虧他在家，也幸虧他來開門，他很自然，一點也不驚訝，好像是約好的一樣，他很輕鬆地說：

「裡面坐，裡面坐。」一面讓我坐，一面又說：「家裡只剩我一個人，你來得正好，喝一杯酒。」

我看他桌上有兩碟殘肴同一瓶白酒，但手邊沒有書，他馬上拿一隻空杯，為我斟了一杯，於是喝了一口說：

「一個人到了中年，有一個女兒是有趣的事情。但是這個女兒必須很好看，或者很難看，必須是七歲，或者是廿七歲，千萬不要十七歲……」

「這怎麼講？」

「沒有什麼怎麼講，如果真好看，也會成事；如果真難看，也不會去找麻煩。如果是七歲，還不知道出風頭；如果是廿七歲，也不會想去出風頭……你看我，這幾個月來，弄得這副神情，白頭髮少說說也多了百來根，你猜什麼？都是為我的女兒。」

「你的女兒已經十七歲？」

「可不是。」

「但是她長得很好看？」

「她要真是長得好看，倒也好了。」

「總不能說她長得難看？」

「就因為她長得不難看！」

「到底怎麼回事？」

「說起來話長，你有工夫麼？」

「沒有什麼事，」我說：「我是專程來找你談談的，那筆……」

「好，好，我正要找個朋友談談。」他說：「我告訴你，你如果有一個十七歲的女兒，你決不會那麼閒，多熱天你也得為她做牛做馬。」

「怎麼回事？她給你什麼麻煩了。」

「啊。說起來話長。」他說：「我就從她的生日講起吧。」

「她已經過了十七歲的生日？」

「可不是。」

「那麼她該說是十八歲了。」

「啊，到底你聰敏，但是我是她父親，我只記得她是十七歲。」

「但是十七歲、十八歲也沒有什麼分別。」

「是呀。」他說：「但是你聽我說。香煙？」

於是他給我一支煙，繼續說他的話：

「生日前一個月，我的老婆就問我說：

『你知道下月五號是佩蓓的生日呀。』

『佩蓓的生日怎麼樣？』我說。

『是佩蓓十七歲的生日呀！』她又說。

『誰沒有過過十七歲的生日？』我說：『她要怎麼樣？』

『她是一個女孩子呀！』她又說。

『女孩子怎麼樣？我也有過十七歲的生日。』我說。

『啊，十七歲，十七歲！啊，我十七歲的時候，啊，那時候，你才廿六歲。你記得，公園中，月亮下，匯中飯店……啊，啊。』她說：『自然，她不能同我比，時代也不同了。我的父親是有商業天才的，而她，她的父親，啊……當然也不能怪父親。但是我們做父母的，啊，女兒十七歲的生日，你知道，過了十七歲是十八歲，就不會再有十七歲了。十七歲，那是女孩子的……女孩子的……』

『你的意思是，是不是要為她做做生日，慶賀慶賀？』

『這年頭，也談不到做生日，也談不到慶賀，不過她在學校唸書，也有些朋友，我們總得為她開一個party。』

『開party，那麼你去辦好了，同我講什麼？』

『但是我總先要知道我們預備用多少錢。』

『你是說要錢？是不是？那麼你說大概要多少錢？』

你知道我的太太是一個胸有成竹的女人，她雖似同我討論這party的規模，其實她早已與佩蓓討論又討論，規模早已在她的胸中，所以她當時就說：

『我想省一點，兩千塊錢，總也夠了。』

『兩千元？我嫁一個女兒也只預備兩千元。』

『嫁女兒倒用不著兩千元。』她說：『現在不比以前，以前我們的上輩都為兒女婚嫁以後打算，一切在兒女婚嫁時候去排場。現在的兒女，尤其是女兒，一切的排場都要放在婚前。你也算看看書的人，怎麼不知道現在的社會是不同了，現在什麼都要廣告宣傳，什麼東西都要在主顧沒有上門以前，向他們做廣告，等已經上門，定了貨，還不是一個死人不管。不要說別的，就是說世界大局，還不是先要事先宣傳，擺場面。是不是？十七歲，你想正是要吸引主顧上門的時候，如果不做廣告，不擺場面，哪一家富兒郎會登門求親？你想省錢，反倒要養她到二十七歲，三十七歲，那時你可不要怪我沒有把女兒嫁出去。』

你說我太太的話是不是有理？」

「有理，當然有理。」我說。

「我就花了三千塊錢！你知道這是我所有的積蓄。」

「不是說兩千塊麼？」

「兩千塊是party的錢。但是女兒生日，她當然要做衣服。我太太是她母親，當然也要做衣服。還有是我自己，她們說，我做父親的不能丟女兒的臉，也一定要做新衣服。」

「但是你一定有了很熱鬧很快活的一天，多少要追求你家小姐的人，不要恭維你幾句？而你的小姐一定很感謝你這個好父親。」

「恰巧相反！」他搖了搖頭。

「怎麼回事？」

「來賓叫我女兒演講幾句，她講完了，叫我講，我就站起來，面孔拉足了笑容說：『謝謝諸位，今年我女兒十七歲，得大家來參加這個party，我感到非常光榮；明年她十八歲，我內人三十六歲，剛剛一倍，我想同時慶祝一下，希望諸位仍舊肯來參加我們的party……』」

「你講得很得體呀！」

「我也以為很好，但是客人散了以後，我太太同小姐竟大哭起來。」

「怎麼回事？」

「她們說，佩蓓對外面都說是十八歲的生日，怎麼可說是十七歲。而我老婆人人都知道明年也不過三十二歲，怎麼可以說是三十六。我說哪有十九歲女兒的母親是三十二歲的。你猜她怎麼說？」

「怎麼說？」

「她竟指指鄰居園中一群雞說：『這群小雞是一歲，那只母雞是幾歲？』」

「但是……」

「沒理講。對女人，你知道用不著講理，三十一歲就三十一歲，十八歲就十八歲，我說我一時糊塗，大好生日，哭哭啼啼算什麼？何必給自己過不去。」

「你真是好丈夫，好父親。」

「我只希望大事化為小事，小事化為無事。」

「那麼終可以無事了。」

「但是我老婆說，她倒無所謂，反正她三十一歲，我看她也是三十六歲，嫁雞只好隨雞，但是她希望她女兒的丈夫，會在她女兒八十歲的時候，看作十八歲。而我竟忍心毀壞自己女兒的前途。」

「這怎麼說？」

「原來她竟計畫著佩蓓去參加什麼賽美會，一定要滿十八歲才能參加，所以她們不願外面知道佩蓓是十七歲。你聽說過沒有，香港有什麼賽美會？」

「賽美會？」我想了一想說：「沒有聽說過。」

「是呀，所以我就奇怪了，我說是不是哪個皇宮招宮娥，還是埃及皇法魯克覓皇妃？」

「可是太太竟說我每天看報會不知道這麼大的事，賽美會就是香港世界小姐的競選。你說，她偏要說成賽美會，我當然被弄得莫名其妙了。」

「那麼怎麼樣？」

「我當然告訴她，佩蓓仍舊可以用十八歲的年齡去報名，決沒有人引用今天生日的證據去檢舉她的，用不著大哭大號。」饒散仁嘆口氣又說：「啊，誰知這又說錯了，本來我對於女兒去參加什麼賽美不賽美，我當然可以反對。現在好像是默認了，沒有兩星期，我老婆來問我要錢。」

「要錢？」

「是呀，她說，為佩蓓買衣裳呀。」

「我說為什麼又要買衣服，是不是要補做十八歲的生日？你猜我老婆怎麼說？」

「怎麼說？」

「『你要你女兒去參加賽美會，不做衣裳怎麼去參加？』我說，我幾時要她去參加賽美？她說是生日的晚上，明明是我親口叫佩蓓去報名的。這樣我就發脾氣了。」

「你發脾氣了？」

「是呀。但是我一發脾氣，我老婆就軟下來。她說是她聽錯了我的意思，不過現在已經報了名，衣裳當然是省不下來的。她又說，以佩蓓的好看，一定可以中選。中選了以後，名利雙收，我的錢她也可以還我。她到外國去也許就可以嫁給汽車大王福特的孫子，那時候，我老婆同我想到美國重新度一個蜜月也不難。你說我老婆的話有理沒有理？」

「有理，著實有理。」

「於是我就問要多少錢，她說能多能少，一件旗袍、一件游泳衣、一雙皮鞋、一身晚禮服，一千元錢也可以對付了。這就是我第一次向你借一千塊錢。哪裡曉得隔不了多久又來要錢，我老婆說賽美要比賽七次，游泳衣、旗袍、晚禮服都不能兩次一樣，還需要每種去做一件。我說將就將就算了。她說我即使不願長自己威風，也不能滅女兒志氣，否則佩蓓一生都會恨自己的父母。」

「你說我老婆的話有理沒有理？」

「有理，著實有理。」

「所以，我又向你借了一千元。」

「現在不是選定了香港的世界小姐了麼？那麼你女兒……」

「當然沒有中選。要是真長得好看也就中選了，我還不早來還你的錢？要是長得難看，就不會去競賽，也不會向你借。現在借來的錢倒花了，還花得不開心。不過我太太說是公證人不公正。你看我太太還不錯，她沒有怪我，但是女兒可直罵我。」

「罵你？」

「罵我為省錢，禮服、游泳衣都不像樣，把她美麗的身材都穿壞了。其次說別人都有人捧場，而她自己爸爸，一點也不熱心，大小報館都認識，也不為她請請客，拉拉朋友多發表一點她的消息同照相。早知道她要恨我，我何必借了錢去給她做這麼些衣裳。」

「後來怎麼樣？」

「後來我就勸她還是乾脆找一個香港有錢的人嫁了便當些，福特的孫子到底太遠。」

「她怎麼說？」

「她說，她要去學汽車，準備下期參加比賽香車美人。我想學汽車倒也是一技之能，想學習總是好的。所以又湊了五百塊錢給她。」

「現在汽車學得很好了？」

「一點不錯，她領到了照會。但是她沒有車子。」

「要你買車子？」我問。

「倒沒有，她常常向朋友借了車子，同一些人去兜風。」

「那倒花不了什麼錢，是不？」

「是呀，可是上星期，她們把車子停在去淺水灣的路邊，下車去玩，不知怎麼，車子沒有剎好，一滑就從公路滑到了海底。」

「人沒有傷？」

「可是車子完了。」

「但是車子總有保險的，是不是？」

「可是保險公司不承認，說保險章程上並沒有責任賠償一個故意把車子放到海裡去的。所以我又問你借了四千元。」

「啊，但是你不是說一星期就歸還的麼？」

「可不是，那是我老婆對我說的。」

「但是一星期已經過了。」

「是呀，我問我老婆，到底憑什麼可以答應人家一星期一定可以歸還這四千元錢？你猜她怎麼說？」

「她怎麼說？」

「她說看相算命的都說她夏季有橫財，她相信她買的十八張馬票不中頭彩，總一定可以有一張入圍。」

「但是馬票已經開過了。」

「是呀！當然沒有中，中了我還不來還你錢？」

「那麼……」

「那麼我就責問我老婆，這六千塊錢總得想法還人家。」

「她有什麼辦法？」

「她想出的辦法倒是不錯，她說佩蓓雖沒有選中出席世界小姐，但也成了名小姐，來追求她的人倒不少。有一叫做卻利的少爺，雖不能比福特的孫子，家產也不在千萬以下。她可以叫他們先訂婚，要一隻大金剛鑽戒指，她可以換一隻假的戴在佩蓓的手上，把真的賣掉來還你的錢。你說這是不是沒有辦法中的辦法？」

「當然也是一個辦法。」

「他們明天就要訂婚了。」

「那麼，明天就可以有那只金剛鑽戒指了。」

「可不是？」饒散仁說著，喝了一口酒，忽然又嘆口氣說：「但是天下事竟這樣不可意料！」

「怎麼啦？」

「昨天夜裡，卻利和佩蓓在石澳回家的途中翻了車子。」

「怎麼？那麼人，人有沒有……」

「可憐的卻利死了！」他說：「因此明天當然也無法訂婚。」

「那麼你的小姐，佩蓓呢？」

「佩蓓沒有死。」饒散仁說：「可惜她保的是人壽險，沒有保意外險。她受了傷，說是一隻手臂必須鋸去，現在在醫院裡，我老婆在等她。」

「手臂要鋸去，這太慘了，這樣一位小姐……」

「這也許倒可以使她安安分分做一個女人，我也用不著老是貼錢，不過，現在沒有辦法，醫院裡等著要付錢，我也想找你，希望你再借我兩千塊。這是最後一次向你借錢了，你說是不？」

錶

「聽說你離婚了，真的嗎？」

「是的。」我說：「她已經回上海去了。」

「我早告訴你娶有錢的太太是不會幸福的。」

「倒不是因為她有錢，事實上她沒有什麼錢。」

「那麼，是她太浪漫了，愛上了別人。」

「沒有，沒有，那倒也沒有。」

「那麼是你自己，你自己在尋花問柳。」

「笑話，笑話，我始終是為她做牛做馬，那裡有工夫尋花問柳。」

「那麼難道是經濟，是不是她為錢的事情，你……」

「於錢沒有關係。」

「那麼……」你想了一想，又說：「是不是政治思想上有了衝突？」

「我們談不到什麼政治思想。」

「但是夫婦之間，利益不一致，於是就有了衝突；有了衝突，就有了爭鬥；有了爭鬥，就有了離婚……」

「沒有，沒有。」我說：「我們還是很好的朋友，她最近還寫信給我。」

「那是怎麼回事？」

「夫妻的事情很難講。」

「但是你們是一對理想的夫妻，她有錢，你有本事。興趣也相同，你太太也漂亮，又愛你，就算有點小姐脾氣，你也應當忍耐忍耐，你年紀也比她大幾歲。我想一定是你不好。」你說：「我想她不會有別的男朋友吧？」

「沒有。」我說：「但是你說她有錢，難道你以為我在靠她生活麼？」

「我不是這個意思。我是說，她就算比別的太太奢侈，也自己可以想些辦法。」

「她也不比別人奢侈。」

「真的？」你說：「那麼真是難得，你想有錢人家的小姐不奢侈，多難得。那麼一定是你有什麼不好了，你有別的女朋友？」

「我？我只有一個女人都活不下去，還去交女朋友，我發瘋啦？」

「你活不下去。」你說：「這樣的太太，又漂亮，又有錢，又不奢侈……那麼，她是不是有什麼怪脾氣，比方說虐待狂，被虐待狂，或者，或者有其他的變態心理……我想你一定不知道請教醫生，其實你只要請教醫生，就不會……」

「都不是那麼回事。」我說。

「到底是為什麼，那麼？」你說：「我倒想知道知道。也許我可以叫我太太寫信給她，叫她再回到你的地方來。」

「也沒有一定的理由，總之……」我囁嚅地說：「總之，她看不起我。」

「她看不起你？」你說：「啊，我知道，娶有錢的老婆都是這樣，她看不起丈夫，但是有一利必有一弊……」

「你怎麼老說她有錢有錢的，老實告訴你，她嫁給我，並沒有帶來一文錢。」

「怎麼？誰都知道她是鐘錶大王的女兒，外面謠傳她嫁給你帶了十萬美金的嫁妝。」

「那與我一點沒有關係。」我說。

「不管有關係沒有關係，我當然知道你娶她不是為這十萬美金，但是她的嫁妝是不是十萬美金？」

「也許是的。」我說。

「那怎麼說她沒有帶來一文錢？」

「但那不是現錢。」

「不是現錢有什麼關係，不動產也是財產。」你說：「有十萬美金生息生利，你們應當不會有經濟上的問題。」

「但我的經濟問題也就發生在她的財產上。」

「這怎麼回事？是你們被清算了？」

「也不是。」我說：「你知道，她的嫁妝是什麼？」

「是什麼？」

「是錶。」

「十萬美金一隻錶，這是什麼錶？」

「當然不止一隻，她父親給她一千六百七十三隻錶作嫁妝，此外什麼都沒有。」

「一千六百七十三隻錶，那還了得？是手錶還是掛錶？」

「什麼錶都有，指環錶，手錶，掛錶，大大小小，長長圓圓，各色各樣都有。」我說：「天下就有這種怪人，我說我太太，她從十歲起就收集各色各樣的錶。她是獨養女兒，她父親又帶她交際，每年生日都有人送她錶。她在自己公司看到不同樣子的就要。她收集了一千六百七十三隻的錶，隻隻不一樣。出嫁的時候，她父親問她要什麼，她說什麼都不要，只要她十年來收集的錶⋯⋯」

「那麼你們自己可以開個鐘錶行了。」

「開鐘錶行？笑話！她的錶不是為買賣的，這是她的嗜好，她的興趣。」

「嗜好？」

「你沒有聽見過是不？」我說：「世上有人收藏字畫，有人收藏古董，有人收藏郵票，我太太愛收藏錶。她嫁我以後一有錢還是收買錶，逢到她生日新年聖誕節，我還是送她錶她才能開心。後來我一再勸她，叫她不要玩物喪志，她才答應我收藏兩千隻就不再收買。」

「那麼兩千隻到了沒有？」

「自然。」

「有兩千隻錶，還不夠闊麼？」

「但是，她並不賣出去，她養在那裡。」我說。

「兩千隻錶一直放在家裡麼？」

「可不是，她有一口特製的櫥放這兩千隻錶。」

「那也沒有什麼，比愛做炒金，愛賭錢的女人總好。」你說：「這至少也是很美麗的嗜好。」

「很美麗的嗜好？」我說：「沒有這些錶我們就不會離婚。」
「怎麼，你難道連這點自由都不給她？」
「但是你知道要養兩千隻的錶，得要多少開銷，少說說也比養二十個孩子要貴。」
「怎麼？」
「她當初嫁我的時候，我們用了兩個鐘錶師三個佣人管理這些錶。」我說：「你想想五個人的薪水，膳宿，這要多少錢？」
「為什麼要這許多人侍候？」
「她要兩千隻錶都不停，每天在走，而且要兩千隻錶都走得一樣，一秒一分也不差。」
「怎麼？她難道自己天天在對麼？」
「自然，說起來你不信，她對世上一切都不感興趣。鑽石，她說是死的；衣服，她說有穿就得；吃，她說什麼都差不多。有一個時候，我很想弄點花木來，希望調劑她的興趣。但是她說花木不是她可以支配，是上帝支配的，她感不到興趣。後來我也養鳥，養貓，養幾隻狗，養兩匹馬，她說這些屬於大自然的，同人在一起非常不調和。她只是對錶有興趣。」
「啊？你有沒有孩子？我想有幾個孩子，女人就不會有怪嗜好了。」
「自然我們也養過，但是她養了以後沒有興趣，什麼都不管，兩個很好的孩子都死了。」
「對孩子都沒有興趣？」
「她說，孩子是人，人是主動的，他有他自己的個性。」
「那麼錶呢？」
「她說錶是人造的，而又有自己的生命，乾淨，純潔，安詳，寧靜又靈巧，又美麗，是最好玩的東西。而玩錶不像玩弄生物，沒有什麼殘忍或虐待。」

「這真是怪人。」

「是不？」我說：「所以她的生命就活在這些錶裡面，她整天不是拿出這隻看看，就是拿出那隻玩玩。她給每隻錶都叫一個名字，她的三個女佣人都會認。比方說，她要看Grace，佣人就會把Grace拿給她，Grace是一個細長的手錶；她要看Marcia，佣人就會把Marcia拿給她。Marcia是一個小巧玲瓏的指環錶。她一個人這樣就可以玩半天，她還要拉著我同她一起玩看，深更半夜陪著她，坐在沙發上，看看這隻，看看那隻。不但這樣，她還要為這些錶舉行派對，我得出錢備茶備酒備菜，她碰見喜歡看她收藏的人就要請她來，於是一隻一隻地拿出來給人家欣賞……」

「那麼，難道你也必須永遠陪著她們麼？」

「當然不一定，我也有我的生活。」我說：「但是這些都有開銷，開銷都是我的錢。」

「那也沒有什麼，女人在家沒有事，總要尋點嗜好，不然她也許就會偷漢子。這嗜好總要比吸鴉片，打牌，捧紹興戲子好，是不？」

「你的話也有理，但是問題就在喜歡的程度，一個人吸鴉片固然不好，但總不能整日整夜地吸，而她簡直把整個的生命都迷於這些錶裡，自從我們到香港以後，兩個鐘錶師告老退休，她就自己來負責保管，簡直再沒有時間看一眼自己的丈夫。」

「她也懂得修理鐘錶？」

「這是她唯一的本事。她可說是一個最好的鐘錶師，她從小就混在鐘錶師的修理桌玩，而她的確有這方面的天才與興趣。但是這有什麼用，她又不肯開鐘錶行去當作職業賺錢。」

「難道這些錶常常要壞麼？」

「不見得常壞，但總有不準的時候，她是不許兩千隻有一點點快慢。她說，時間只有一個，好的錶就不能夠不準。」

「但是錶也有停走的時候。」

「是呀。所以上錶也是一個問題，有的兩天開一次，有的一天開一次，你想兩千隻錶光是上上錶也夠我們忙了。家裡三個佣人都幫著她上錶，還有我，當然是義務差使，而且還應當裝著非常有興趣的樣子，否則就是不愛太太，是不？」

「那麼，是不是就為你對於這差使不勝任，所以就鬧翻了？」

「不，不。」我說：「問題出在她姐姐身上。」

「她的姐姐挑撥你們夫妻的感情麼？」

「不是，不是，她的姐姐在新加坡，不久以前約我太太去玩。她去住了一個月。」

「那麼，你不是也等於有一個月的假期了麼？」

「不見得。她臨走的時候，告訴我這兩千隻錶都非常健康，只要按時上錶，是不會差什麼的。她叮嚀我不要弄錯，叫我負責，我就答應了她。我滿以為光是指揮佣人上上錶，總還不難，但是事實上竟不是這樣，兩千隻錶真是一個數目，頭三天還好，到一星期，我就馬虎了，兩星期以後，我就弄亂了。有的忘上，有的多上，有的上得太早，有的上得太晚，於是這些錶就有點不準起來，有的快半分，有的慢一分。害她回家，竟發現有的錶快了四、五分，有的錶慢了四、五分，而兩千隻錶竟隻隻不同，個個有別。這使我太太大發脾氣，她罵我飯桶，罵我沒有責任心，沒有良心，沒有愛心……她最後說：『你連叫兩千隻錶走得一樣快都辦不到，真是飯桶。』

我說：『但是你為什麼要嫁給我這樣的飯桶呢？』

她說：『我當初還以為你是幹才呢，誰知你連錶都不會上！』我說：『那麼你現在同我離婚還來得及。』

這樣，我們就離婚了。她回到大陸去了。」

「什麼，她回到大陸？那麼她有沒有改嫁呢？」

「沒有。」我說：「而且她發現上海全市人民的思想雖被人控制著，可是每條弄堂裡的鐘錶所指的時間，竟沒有兩隻以上是完全一樣的。」

「這是證明鐘錶比思想還難控制麼？」

「她倒沒有說。她原想如果大陸的鐘錶是一致的，她的兩千隻錶就打算獻給共產黨去管理；現在她不想那麼做了。」

「那麼她對你已經有諒解了。」

「我也不知道。」我說：「不過她最近的信裡又說，她很想做一個正確的錶在大陸生活，但是別人要她只做錶裡的一個齒輪，擠在別的齒輪下轉動，而轉動出來的時間偏是不正確的。」

「那麼她一定失望了，我想她本來也許是想回去做個開錶的人的。」

「但是她說，大陸也許是一個大錶，人民擠在錶的肚子裡無目的地走動，但是開錶的人，看錶的人，判定時間正確不正確的人都不在大陸。」

「不在大陸在哪裡？」

我說：「自然是在蘇聯。」

「那麼我想她也許在想同你破鏡重圓，你要不要我叫我太太寫信給她？」

「但是我已經沒有這個意思。」我說：「我發現我做她十多年的丈夫，實際上也只是她收藏的一隻錶。每天忙忙碌碌，做出來的事情等於一隻錶報告出來的時間，於我竟毫無關係，而正確不正確又只是她的標準。」

「還是我的話，娶有錢的太太是不會幸福的，」你說：「那麼你只打算同她做個朋友了。」

「是的，」我說：「我想做她的朋友是有趣的，偶爾去看看她所收藏的錶，吃點茶點。」

「那麼你還打算再結婚麼？」

「不，不，」我說：「我只要想買一隻會報告十三點的大鐘掛在房裡。如果有時候我想有個太太，看看那隻可怕的鐘也就不敢妄想了。」

一九五二，七，二六。

禮尚往來

一

老路搬家的時候，我們七個人偶然湊在一起，合議送點什麼。後來老成自告奮勇，由他去主辦，結果買一隻地球型金質的煙罐同一個寶塔型金質的日曆，每人攤分了十五元。大家雖覺得這禮物不合實用，但已經買來，當然就只好誇讚了幾聲。就在送禮以後的第四天，我去拜訪老成。湊巧他不在家，我碰到了他的太太。我同老成是老朋友，他太太是知道的，所以招待我很周到，敬了我茶，又敬我煙。但是當我一見到地球型金色的煙罐，不免吃了一驚，原來它同我們合夥送老路進新屋的禮物是一模一樣的。我說：

「咦，老成買了兩隻呀？」

「啊，」成太太說：「是呀，還有一隻是金色的日曆，不是在桌上麼？」

我回頭一看，果然寫字檯也放著一隻寶塔型金色的日曆，也是同我們送老路的一樣，我不免走過去，一面吸著煙，一面拿起日曆看了看，我說：

「竟是完全一樣，老成真的買了兩份！」

「什麼兩份，」成太太說：「啊，你是說以先一份麼？你看見過？那是別人送的。」

「那麼怎麼又買了一份？」我故意探成太太的口氣。

「啊，那一份他送了人。」

「送了人，那為什麼又買一份呢？」

「你不知道。說來話長，前些日子他的弟弟不是進醫院麼？他去看他弟弟，結果碰到住在隔壁病房裡一位老太太在動手術。她丈夫等在病房中焦急異常，一面流汗，一面流淚，老成就過去同他談談，勸慰他一陣，叫他放心。後來老太太動手術後結果很好，老先生很感激老成的一番勸慰，恰巧他是一家百貨公司的老闆，就送了一個煙罐同一個日曆。我說這兩樣東西沒有用處，想叫老成去換些衣料、尼龍襪去，他說有機會還是送人吧。前幾天聽說有朋友進新屋，他就把這兩樣送掉了。」成太太說到這裡，我當然就想到我們上了老成的當了。原來我們七個人合夥送的禮物，托他代辦，他把他家裡沒有用處的東西賣給我們了，但是我還是想不出來，他自己又買了一份的道理。沒有辦法，只好再問成太太，我說：

「這是新買的？為什麼他又同樣的買一份？」

「真是！他還怪我呢！」成太太說：「說我不該說這東西沒有用，害他不得不去買一份。」

「為什麼要買呢？」

「那位老先生要到我家來吃飯，老成就不能不把人家禮物擺出來的。」

「啊，老成真想得周到！」我說。

「你不知道，那位老先生也真是好，他要請老成去做經理。老成因為自己鋪子忙，走不開，不能去，所以想到拉他一點資本，老先生一口答應十五萬，老成覺得不應該把這樣一個有心人的禮物去送人，所以又買了一模一樣的一份。」

我沒有再說什麼。不過心裡覺得老成雖是會打算，也沒有什麼便宜。結果還是自己去買了一份沒有用的東西。我喝了茶，在那金色地球型煙罐裡，又拿了一支三五牌，吸了兩口，就告辭了。

二

香港這地方太小，不適宜於聰敏人住的。聰敏人善於撒謊，但在小地方，往往英雄無用武之地，很容易就被人揭穿了。

事情也真是巧，就在我從老成家出來過海回家的時候，在輪渡碼頭上碰見金小姐，我看她身邊沒有男伴，就招呼了她。先稱讚她漂亮，以後就談天氣，談了天氣以後，就提到上次吃飯，於是又談到上次一同吃飯的人。她說：

「老成真是客氣。」

「怎麼？他又請你吃飯了麼？」

「不是。上次送禮的錢，我說好了是一份。我還他，他怎麼也不受。你說這多不好意思。」

「他已經付了也就算了。」

「哪有這事情。」金小姐說：「大家是朋友，怎麼……」

「你下次請客好了。」我以為金小姐也只是沒有話說隨便表示她的風度罷了，所以也隨便開了一次玩笑。

「我沒有辦法，只好把這錢買了一點東西送他。」

「送誰呀？」
「送老成呀。」
「你送些什麼？」
「也很難想東西，後來也就買了一隻煙罐同一架日曆給他。」
「你是說同我們送老路一模一樣的煙罐與日曆？」我恍然大悟了。
「是呀，怎麼啦？」她不知道我有什麼奇怪，輕鬆地笑著說：「這兩樣東西不是很好玩麼？」
「不錯，不錯，很好玩，很好玩。」我說著，心裡可覺得老成真是鬼，他連太太都騙在裡面了。
船到了碼頭，我與金小姐分手，我覺得在金小姐面前拆穿老成的西洋鏡是不好的。

三

但是我也沒有同別人談，因為幾天來，那些合夥送禮的朋友都沒有會面，只是一次在路上碰到黃素光。我知道他是小心眼兒的人，我如果告訴他，他說不定會向老成去算賬，事情也許會鬧到傷感情的，因此我也沒有同他提起。可是有一天黃素光忽然拉住我說：
「你碰見老成、老路他們嗎？」
「沒有。」
「我隔天請你們吃飯，大家敘敘。」
「真的？」
「我太太生日，隨便請幾位老朋友吃一次飯，外面頂好不要講。還是那天老路家裡吃飯幾個人。」

「好極了，好極了。」我說。

當時走開了，我也沒有想到什麼。第二天，果然接到了黃素光請客的帖子，我當時就想到了我到時候買一隻生日蛋糕去送送。可是，下午老成打電話給我，說老路、老張、老郭、孟夫子都在他的寫字間，有事情同我商量，叫我就去。

我以為有什麼要緊事，原來是他們大家也接到黃素光的請柬，要討論送禮的問題，我說：

「我送個生日蛋糕好了。」

「你也太寒傖了。」老張說。

「黃素光這個人心眼小，你送老路禮重，送他禮輕，這不是明明表示看不起他麼？」孟夫子到底年紀比我們大，話說得合情合理。

「我想孟夫子的話很對。」老路總是贊成孟夫子的意見的。

「我想還是一個人十五塊吧。我去辦禮物，保管又便宜又好。」老成很自恃地說。

「好，好，好。」老路說了三聲好，馬上從褲袋摸出一隻鹿皮皮夾，掏出一疊鈔票數了十五元錢給老成。

老成接過鈔票，自己也馬上從香港衫袋裡掏出一張十元一張五元的票子，清清楚楚地同老路的鈔票摺在一起。

孟夫子是一個袋裡只帶支票不帶現鈔的人，他馬上拿上支票簿開了一張四十五塊錢支票給老成。把三十塊現鈔接了過來。他說：

「我正想要一點現錢。」

老張、老唐、老郭一一都很爽快地從袋裡數錢給老成。大家付了錢都望著我。我當時實在有點不願意把錢交給老成，但是如果我不付，不是大家要以為是我太小氣嗎？我當時一面慢慢地摸錢，一面說：

「是不是應該找找金小姐呢？」

「不要了，不要了。」老成說：「金小姐同黃素光太太又不認識。」

「那有什麼關係，她同黃素光是朋友呀。」我說。

「你不知道黃素光太太，」老成說：「她要看到黃素光有女朋友，那還不吃醋。」

「是黃素光太太的生日，還是不要約金小姐吧。」孟夫子說。

「萬一弄得不開心，多不好。」老路又附和著孟夫子。

「而且黃素光最怕太太，你約金小姐去，黃素光連飯都吃不穩了。」老郭附和著老路。

大家都在擁護老成，我沒有辦法，只得掏了十五元給老成。我心裡想，還是下次找機會同老成單獨算賬吧。

四

到了黃素光家裡的時候，大家都已經在喝茶了。孟夫子一見我就說：

「晚到，晚到，要罰。」

「罰酒。」老成說。不是他請客，他是不怕我多喝酒的。

「好好，我罰酒，回頭我多喝一瓶白蘭地。」我說。

「罰你猜猜今天的禮物吧。」黃素光知道罰酒對他是不利的，所以他轉換了口氣。
「他一定猜不著。」老唐說。
「衣料。」我說。太太生日，衣料當然是最合適的。
「不是，不是。」
「尼龍絲襪。」
「不對，不對。」
「手皮包。」
「不對，不對。」
「香水。」
「你這樣猜，一輩子也猜不著。」
「猜不著罰喝一瓶白蘭地。」老成說。
「猜不著不給他酒喝。」黃素光說。
「對，對，這個酒鬼罰他不許喝酒。」老唐說。
「再讓他猜三次。」
我猜了古玩，猜了禮服，猜了首飾。
「都不是。」
「好，今天不許他喝酒。」黃素光說。
「現在可以告訴他了。」孟夫子說。
「你看，你看。」老郭兩隻手放在背後，慢慢伸出來給我看。

「真是笨！」我自己怪自己說：「原來……」

老郭手裡不是別的，右手是一個地球型的煙罐，左手是一架金質的日曆。左右閃著炫目的金光。

五

原來黃素光根本沒有預備真正的酒，請這許多人吃飯，只備著一瓶啤酒，還說我認罰所以就沒有酒喝，大家都是不會吃酒的人，所以好像主人的小氣倒是識大體。我無精打采地坐了兩個鐘頭。也沒有吃什麼菜，豐富的菜肴，看它一道一道地滿滿地放上來，又滿滿地撤下去。

飯後，大家散了。我想黃素光大概四、五天都不用去買菜了。

路上沒有人批評黃素光，倒是人人都誇讚老成禮物買得好。

「黃素光一看就知道這是什麼價錢。」老張說。

「黃素光心眼小，送一模一樣的東西最好，不分彼此。」孟夫子說。

「而且，那兩樣東西有老價錢，照實價不用還價，便宜了不少。」老唐說。

我沒有法子說別的，只是拍拍老成的肩胛說：

「老弟，你真是能幹！」

六

故事到這裡本來完了。可惜我兩天以後，又碰見了金小姐，我先誇讚她漂亮，又談到天氣，於是我說：

「那天黃素光太太生日，我想來約你的，他們都反對，說是黃素光太太……」

「是呀，所以我沒有去。」

「你知道的？」

「我也接到了帖子，怎麼不知道？」

「那麼你為什麼不去。」

「黃素光臨時打電話給我，就是怕他太太誤會，老朋友，說實話，請我原諒。」

「不去也好。」我說：「也沒有什麼意思，還要送禮！」

「送禮？我當然也送了。人家給我帖子，我怎麼能不送。」

「你送什麼？」

「我想老路搬家，我送了一百零五元的份子。他太太生日，也不能少送，想了很久，最後還是黃素光自己提醒我，我送了一百元一席的菜去。」

「啊，那麼那天黃素光請客就是你送去的菜，原來根本沒有花錢。」

「可是酒總得他自己備了。你這個酒鬼，喝起來也不會少呀。」

「我那天一點酒也沒有喝。」

「為什麼？」

「我被罰不許喝酒，你看，我不許喝酒；還有誰呀，老成，只會喝可樂；孟夫子，半杯啤酒臉就紅了；老路血壓高，不能喝；黃素光自己說太太在座，不敢喝；老郭、老唐根本從來不喝酒。」

我說：「怪不得黃素光怕我喝酒，早知道這樣，我不陪同他打賭，喝他四、五瓶白蘭地，給他一點顏色。原來他這麼小氣，哪一天非去同他算賬不可。」

七

故事到這裡終結完了吧。但偏偏我同老成有一天到黃素光家找黃素光，在門口就聽到黃素光太太在大發雌威，她一面拍桌子一面罵：

「你用不著騙我，舞女就是舞女，說什麼你朋友們送的？那些狐群狗黨的朋友，都不是東西，說是合夥送的。幫你撒謊。」

「也許他們知道我怕老婆，所以故意同我開玩笑的。」黃素光聲音很低，還有點抖索，像是倒了嗓子的青衣。

「別胡說啦，這兩個刻在煙罐底下的簽字就是女人的筆跡。你看，你看……」接著我就聽到哭聲，於是有沉重的腳步聲，跟著又有帶哭帶號的責問：「『曉娥贈』。曉娥到底是誰？你說，你說，你非說不可，你不說我同你拼了……」

「我們走吧，我們走吧！」老成拉我的手臂說。

「進去勸勸吧。」我說。

「進去？你不怕麼？」老成說：「你沒有聽她說我們不是東西嗎？你進去吧，我先走了。」老成真的下樓梯了，我也就只得跟了下來。

在路上，我問老成：

「到底怎麼回事呀？曉娥不是金小姐的名字麼？」

「我怎麼知道她送我的煙罐底下刻著簽字的名字呢？」
「啊，原來是金小姐送你的！」
「老朋友，包涵包涵。」老成一面打我招呼，一面又說：「幸虧我轉送給黃素光，不然要是我太太發現了，還不是……」

八

故事也許還沒有完，但是我一直沒有再見黃素光出來，所以也就不知道下文是怎樣了。

無題的糾紛

一

前些日子我們寫字間非常緊張。自從總經理要去日本考察召集同人談話，發表同甘共苦的論調以後，同事中就分為兩派，一派是裁員派，一派是減薪派。裁員派都是皇親國戚，知道自己不會被裁撤，主張縮小範圍，由他們小圈子的人來幹；減薪派是我們一群人，主張公道，倡議平等，暫時困守，再行奮發。兩派一度明爭暗鬥，甚為激烈。如今總經理帶了裁員派到日本去開發，減薪派的主張勝利，寫字間的緊張已去，同人感情特別和洽，閒來無事，大家非常快活。但是大概也是太閒了的緣故，是非口舌就趁機而生。雖說我們都是減薪派的人，但在清一色的局面中，派內就開始分系。

老高與老李整天在下棋，兩個人棋藝不相上下，所以時常吵得面紅耳赤。孟夫子喜歡談世界大事，每天翻開報紙就同素光爭辯。老成與老余愛談女人，一談就談到金小姐，彼此都以為自己同金小姐有交情，水火不容。因此無形之中，我們棋桌上有擁高派、擁李派；在報紙消息上有親孟派、親黃派；在金小姐問題上有信成派、信余派。只有一樣事情我們是一致的，那就是我們的聚餐會。

我們的聚餐會由來已久，大概總是一星期一次，大家都非常熱心，很少有缺席的。

二

可是，居然在一個聚餐的日子，孟夫子忽然臨時說有事，不能參加了，我們大家都非常驚異。起初大家還想勸駕，但看孟夫子鎖了寫字檯，忽然跑了以後，知道他一定有約在先，無法分身，我們也就自己去了。那一天的席上我們談的就是對孟夫子約會的猜度。

「我想一定是女朋友的約會。」老余說。

「也許就是同金小姐的約會吧？」素光說著望望老成。

「不會，不會，金小姐剛才還同我通過電話。」老成很自信地說：「她今天在家裡不出來。」

「胡說，你又要自作多情啦。」老余說：「金小姐才不會打電話給你。」

老李怕他們爭起來，趕快把問題轉到孟夫子身上說：

「奇怪，這些日子孟夫子的電話也特別多。」

「都是女人的聲音。」老高說。

「你怎麼知道的？」老成總以為自己年輕，對孟夫子有女友，覺得不相信。

「我坐在電話機旁邊，兩三次都是我接的。」老高說。

老成沒有再說什麼，喝了一杯酒，忽然說：

「孟夫子要有女朋友，我很容易就查出了。」

聚餐會沒有孟夫子，空氣非常不愉快，大家似乎都對孟夫子有點妒嫉，可是孟夫子不在，也不能對他譏誚諷刺，吃了飯，付了賬，大家就散了。

三

「孟夫子到底哪一點好，人這麼胖，頭髮白了許多，衣服也不講究……」老成口若懸河地在發議論。

「也許因為他的學問好。」老黃說。

「學問好，誰知道！」老成說。

「你們是不是看見過了？」

「可不是。昨天孟夫子先走，我同素光跟著他，在娛樂戲院面前，看他等在那面，後來來了一位很漂亮的小姐，就親熱地走進去看電影去了。」老成說。

「比金小姐怎麼樣？」

「比金小姐不知道要漂亮多少倍。」素光說。

「那……那也不見得，金小姐有金小姐的風度。」老成到底對金小姐有交情，不願太滅自己的威風。

話說到這裡，孟夫子滿面紅光地進來，手裡提了一大包東西。像是食物，也像是去游泳的衣物。

「怎麼，去游泳麼，孟夫子？」老成迎上去問。

人是勢利的，一個人有錢，大家對他態度會不同；一個人有漂亮的女朋友，大家對他態度也會不同的。老成的態度，顯然同以前有點兩樣。也不只老成如此，大家的眼光都在注視孟夫子，素光平常愛同孟夫子辯論國際問題的，這時候也過去看看孟夫子放在桌上的那包東西。

「是書？」素光看了說。

「是我新出版的書，你拿一本吧？」

寫文章是孟夫子的副業，現在新書出版，大家都過去看。老黃已拿出一本，書名是《東西兩集團現階段軍力的比較及其將來可能的發展之預測》。

對於這問題，我們既外行又沒有興趣。我們對它並不看重，但是素光明白新書出版是有錢拿的，他說：

「上次聚餐會你沒有來，這次總該請客了。」

「我請客，我有什麼資格請客？」孟夫子說。

「你的書又出版了，還不有一千、兩千的進賬？」素光說。

「有一千、兩千的進賬，也有一千、兩千的用處呀。為什麼要請我客？」老成話裡有骨頭，意思是說孟夫子能交到漂亮的女朋友，還是靠花錢的。

「現在我們公司減薪，不幹點副業怎麼過活？」孟夫子說著，每人發給一本《東西兩集團現階段軍力的比較及其將來可能的發展之預測》，就獨自坐下看報了。

四

我說：「孟夫子，咱們是老朋友，大家都不是小孩子了，交交女朋友沒有什麼，可是你可不要忘了你在家裡的漂亮太太呀。」

「哪裡有什麼女朋友？」孟夫子抓著頭皮說。

「不要賴了，他們看你同她親熱地在看電影的。」

「啊，那……那是我的學生。」孟夫子笑了，笑容裡顯得很坦白自然。

「學生，什麼時候的學生？」我說：「這裡你又不教書。」

「你不知道我夜裡還在做家庭教師麼？」孟夫子說：「公司裡減薪，只好多找點副業。」

「公司裡減薪，找個副業是對的，太太不在這裡，找個副什麼就不對了。」

「笑話，笑話。」孟夫子直率地說：「哪一天我可以同你介紹，你見了她就知道她還是個小孩子，同我女兒差不多年紀。」

五

幾天以後一個星期日，孟夫子果然帶著他學生來看我了，她雖然年紀很輕，但並不像是個小孩子，我請他們到半島去吃茶。我說：「小姐，你吃客冰淇淋吧。」她笑著說：「我不是小孩子，先生，我喝咖啡。」接著說：「可以給我一支煙麼？」

對於陌生的小姐，我向來不會說話的。獻煙點火以後，我就不知所措起來，可是她倒口若懸河地同我交談起來，從電影談到生意，從生意談到孟夫子的新著《東西兩集團現階段軍力的比較及其將來可能的發展之預測》。

這實在使我感到窮於應付。恰巧這時候，我看到老黃，他一個人坐在那面看報，我當時就招呼他過來坐在一起，我馬上同他介紹林小姐。素光的口才是有名的，與小姐談話尤為能手。不出所料，他們倆侃侃地談論不休，我也就樂得不理會他們了。

茶點以後，也就散了。林小姐住在對海，照例是孟夫子要送她回去的，可是老黃也住在對海，搶著要送，結果我與孟夫子送他們到碼頭。

這種場合，原是很普通的。可是，一星期以後，一件意外的事情竟發生了。

六

那是星期日的早晨，佣人說有一位小姐來看我。

「小姐？」我奇怪了。沒有約定的人是不會看我的，尤其是女性。

「周小姐。」

「周小姐？」我一面猜想著，一面出去看看。

我從門上小方洞中望出去，果然是一個漂亮的小姐，帶著太陽鏡，一頭捲髮，滿嘴口紅。但是我不認識。

「你找誰呀？」我問。

「啊，徐先生，你不認識我了！」這聲音我認得是素光的太太，但是我吃驚了，我馬上開門，請她進來。

「你看，你不認識我了。」她脫下黑眼鏡。

「你……你怎麼……而且說是周小姐，我一時怎麼也想不到是你。」

「我瘦了黑了，是不？」她說：「我每天上午在健身房，下午游泳。一夏天我減了十八磅。」

「啊，真是，怪不得我不認識了，你這麼漂亮。」我對於這不速客有點窘，當時不知道來意，勉強說：「素光怎麼樣？怎麼你一個人來？」

「我有事求你。」

「什麼事，有吩咐，我能力所及，一定効勞。」

「我要你替我介紹一個男朋友。」

「那……那麼素光知道了怎麼辦，到底大家都是朋友。」

「你這個人！」素光太太一挺眉尖爽快地說：「既然大家是朋友，你為什麼替素光介紹了一個女朋友？」

「我？」我說：「女朋友？」

「還要賴！」她說：「那位林小姐，素光現在天天同她在一起。你把我的丈夫介紹給別人，不替我介紹一個男朋友，行麼？」

「那，那位林小姐是孟夫子介紹的。」我說。

「什麼孟夫子，孔夫子，」她說：「素光自己說是你替他介紹的。」

「你聽他胡說，我自己都沒有女朋友，替他有太太的人介紹女朋友？」

「不管怎麼樣，我現在要你替我介紹一個男朋友。」

「不要急，不要急，喝一瓶可樂好麼？」我一面倒著可樂，一面說：「有話慢慢商量，我叫素光不要交朋友好了。」

「他交他的，我不管他。他嫌我老了，我也要交個男朋友給他看看。」她說：「好在我現在也不胖了。」

「素光真不是東西，有這樣漂亮太太，還要交女朋友……」

「你不要假惺惺，都是你們這群鬼朋友把他帶壞了，他本來很乖的。」

「你不要生氣啦，喝可口可樂吧。」

「誰喝你可口可樂？限你三天，你一定要好好介紹一個男朋友給我，否則你不要說我不講面子。」

「好，好，我一定照辦，我一定照辦。」我說：「不過期限……一星期好不好，三天太……太。」

「三天。」她說著，一口氣喝了一杯可口可樂，拿起皮包，就大步地開門走了。

七

第二天，我把素光太太來看我的經過告訴孟夫子，孟夫子忽然搖搖頭說：

「小小的事情竟闖了大禍，老余也在對我大不高興呢。」

「為什麼？」

「他說我替素光介紹女朋友，他托我那麼久，我為什麼反而不替他介紹。」

孟夫子摸摸頭皮，想了一會忽然說：「你知道老余認識素光太太麼？」

「不認識。公司裡朋友，除了我，誰也不認識她的。素光從來不在家裡請客，誰有機會認識他太太。我因為在桂林時候是素光的上司，所以他讓我認識他的太太。」

「他太太漂亮麼？」

「以前很漂亮，後來胖得像一隻豬。」

「那不行，不然，我想倒可以同老余介紹。」

「不過，昨天她來找我，她又瘦了，瘦了十八磅，現在真是又年輕又美麗，到底沒有養過孩子，一運動就變成像一隻小鹿了。」

「那麼我們就同老余介紹吧。也省得他怪我。」

「那麼哪一天你請吃飯，我們四個人，你我素光太太同老余。」

「我請客，我為什麼請客？」

「照道理應該我請客，不過公司減薪，我又沒有副業，是不？你究竟出了一本《東西兩集團現階段軍力的比較及其將來可能的發展之預測》，可以收到幾千塊錢，是不？」

孟夫子素來不小氣，這麼一說，他也就默認了。

我通知了素光太太，孟夫子通知老余，兩方面都說我們夠朋友。我同孟夫子約定，吃了飯以後，叫老余送素光太太回去。

這樣三天以後，我們一切都照計畫辦了。

至於後事如何，我們就什麼都不再管，好在總經理來電報，一星期後就要回來，有什麼，由他來調解，什麼都不難解決的。

妹妹的歸化

一

我頂不贊成中學剛畢業的學生到美國去讀書。他們不懂中國，還未接受中國好的傳統，連中國文字都沒有弄通，但又不能完全改造成美國的好公民。他們學會了一切的奢侈與時髦，養成了狂妄的自大，看輕中國，但又不得不對美國人誇揚中國。這群人是國家所造成，社會所培養，我們希望他們將來可以為中國服務。但大半一回中國，與中國格格不入，做事有中國的習慣，享受有美國的水準，營私舞弊，壞事多於好事。尤其是女孩子，她們沒有學會美國家庭婦女的刻苦耐勞，倒學會好萊塢電影明星的浪漫與時髦。一個中國的男人要養這樣的太太，他如果是一個官吏，就必須貪污；如果是醫生，他必須私人掛牌，敲人竹杠；如果是工程師，他必須揩油；如果是大學教授，他必須兼做生意……

所以當我接到家裡來信，說我的妹妹得了一個教會裡的獎學金要來美國的時候，我寫信極力反對。我對我父親說，如果你以為這是為中國造就人才，那麼還是讓她到中國鄉村裡去教書；如果你是想為她謀幸福，那麼還是讓她早點嫁一個規矩誠篤的中國男人。我又寫信給我母親，我說，如果你想有這個女兒，千萬不要讓她出來；如果你不想有這個女兒，也請你為我保留一個妹妹；如果你想她將來像你一樣的做個中國的好母親，好妻子，你還是讓她在中國結婚；如果你要她求學深造，那麼且讓她在國內大學讀書；如果她大學畢業，在社會做了兩年事情，那時候如果她不想嫁人，你再讓她出國不遲。但是這些話都沒有用。我的父親在社會服務多年，但後進的美國留學生都比他吃香，所以他要他的兒女都在外國混混。我的母親愛我妹妹，覺得她領到獎學金，非常驕傲，以為我因為自己混了許多年才到外國，對於妹妹早出國，不免有點妒嫉。所以他們事先都一聲不響，一直到妹妹上船以後，才給我一個電報。

不用說，我既然是她的哥哥，就不得不到舊金山去接她。

我同她分別已經四年，一見她，幾乎不認識她了。她原來是一個很天真好玩的孩子，現在竟變成很成熟的少女！滿臉脂粉口紅，還穿一套時髦的洋裝。

「女大十八變。」我心裡想。

「哈囉！」她第一聲。叫我第二聲呢？還是：「哈囉。」

「蓓君！」我叫她。

親熱一番以後，她忽然笑著說：

「你怎麼不叫我愛立絲？」

「愛立絲？」我望著她還是孩子氣的笑容問：「怎麼，你沒有到美國，已經掛上了美國的招牌。」

她給我看她的護照，不錯，護照上寫著：Alice Hsu。

「可惜你的照片還是中國人，雖然穿著菲律賓的服裝。」

「菲律賓服裝？」她驚奇了，收斂了她的笑容，嚴重地問：「你說我的衣服不是美國的裝飾麼？」

「你的臉、你的身材加上西洋的服裝，就等於菲律賓。」我說。

她天真地笑，似乎沒有聽懂我話，但不得不表示已懂。

弄好了行李，我同她上了汽車，她忽然問：

「你到底在這裡叫什麼名字？」

「我的名字你不知道？」

「我是說外國名字。」

「但是你難道不知道你哥哥是中國人麼？」我說著馬上把我的護照給她看，我特別指著國籍的一項，但是她則只看我的名字，她說：

「你的名字多難叫！」

「你叫我這個名字也不只十年，怎麼一到美國就難叫了？」

「我一直叫你哥哥的。」她說。

「你不見得在別人面前都叫我哥哥的。」

「但是你到了美國兩年，還沒有一個外國名字！」她說：「比方說我向我外國朋友介紹……叫我怎麼說呢？」

「我的外國名字叫『哈囉』！」我生氣地說。

二

到了旅館，她理行李，拿出兩件晨衣，她說這是專程帶給我的，都是中國出口製品，我說：

「為什麼不給我帶一件棉袍子？這有什麼用處！」

「誰知道你還是沒有美國化。」她說。

理好行李，說吃飯了，我想她船上一直吃西菜，該請她吃一頓中國飯了吧。但是到了中國飯館，兩道菜上來，她忽然哭了。我說：

「怎麼啦，蓓君，啊，愛立斯？」

她還是哭。我想她看到中國菜，一定想到中國，想到母親。她還是小孩子，天真爛漫，沉不住氣，這當然是難免的。我勸慰著她說：

「剛剛到外國，想家自然是難免的。但是已經來了，哭又有什麼用，何況你還有我在這裡……」

出我意外的，她忽然推開飯碗說：

「我不吃！我來美國是為美國的文化，你還叫我吃中國菜，這些難道我在中國沒有吃過？」

我的妹妹是嬌養慣的，她在家裡頂小，從小長得好玩，討人歡喜，又是獨養女兒，我們都愛她。她對我一直最好，父母的話她有時候還不聽，但是肯聽我的話，所以我同她最親密。她是一個很可愛的孩子，心地良善，性情爽直，活潑天真，但是會撒嬌發脾氣，一碰到這樣的時候，我們誰都要讓她，如今在國外，我自然要更加疼她了。我說：

「蓓君，啊，愛立斯。我想你在船上吃西菜，所以讓你換換口味。你既然不喜歡，以後我們吃西菜就是了。現在，已經叫了來，你先吃一頓，好不好？你知道這些菜比西菜要貴，我做哥哥的請你吃這麼一頓，不知道自己要洗多少衣服哩。」

她不響，但也總算不哭了。

「吃一點，馬馬虎虎吃一點！」我說：「吃了飯，我們去看電影好不好？頂新的片子，回頭買一份報紙，你挑一個片子。」

「我不要看電影。」

「怎麼，你現在不喜歡看電影了？那麼，那麼我們去跳舞去，你不會跳舞，我們去看看，聽聽音樂。」

橫勸豎勸，她終算收斂了脾氣，揩乾眼淚，露出了笑容。我看她已經快樂起來，就同她談談國內情形，問問親戚朋友，以及以前我知道的她的一些同學。不知不覺中，我突然發現她竟狼吞虎咽津津有味地吃了三碗飯，三盤菜……

夜裡，我們到了舞場。我聽了三、四支音樂，後來來一隻很慢的狐步舞。我說：

「我帶你去試試，好不好？」

她笑了笑。我帶她到了舞池，啊，我奇怪了，我妹妹的舞藝竟是如此熟練，遠比我要好許多。我說：

「怎麼你跳舞跳得那麼好？你在國內一直在跳舞麼？」

「難道在國內就不能跳舞麼？而且後來我們在香港。」

「你難道不讀書，專門跳舞麼？」

「讀書，我樣樣八十分以上；跳舞，我頂喜歡；游泳，我第一；網球，我也不壞；汽車，我開得一定比你好；我還學過鋼琴，我在唱詩班裡唱女高音。你真的一點不認識你自己的妹妹。」她天真地說著。

「那麼洗碗，掃地，種花，燙衣服，燒飯呢？」

「我會打毛線衣，做蛋糕，我會籌備豐盛的party。」

「好，好，」我說：「你沒有資格做中國人的太太，也不配做美國家庭的主婦。」

舞畢回座，我說：

「現在你預備學什麼呢？」

「學文學同鋼琴。」

「這學它幹麼？」我說：「照我的意思，你應當學一技之能，譬如無線電，譬如家政……但是最要緊的你應當學學英文，你先總要會說能聽。」

她似乎要反對我的意見，但正要開口的時候，隔座一個西洋人忽然招呼她了。奇怪，她剛到美國，怎麼已經有外國朋友了。

「這是英國人，同船來的。」蓓君對我說。這個英國人這時已經過來，蓓君馬上用英文同我介紹說：

「白萊門，新聞記者。徐……我哥哥。」忽然又用上海話同我說：「儂迭個名字多討厭。」

我同白萊門握握手。蓓君就同白萊門交談起來，親熱自然。一口流利的英語，說得活像是香港的鹹水妹。接著一聲「Excuse me」，白萊門同她跳起舞來，一隻跟著一隻，一會兒rumba，一會兒samba，一會兒paso doble，奇奇怪怪的步子，各色各樣的腔調，不用說我不會跳，我看都沒有看見過；不要說我沒有看見過，似乎舞場裡也很少有人看見過，大家都看得新奇好玩，跳完了全場鼓掌。我妹妹面上滿臉光彩，笑容如花地對我看看，我可弄得目瞪口呆了。

原來我妹妹已不是當年的故鄉園籬上曬手帕的姑娘，而是殖民地交際場中的小姐了。

三

妹妹在我的面前還是一個小孩子，但是看了她同白萊門交際跳舞以後，我突然發覺她的心同她的身體一樣，已完全是個大人。我想到可以不必太當心她，也不必太干涉她，一切聽她自然。除了她要嫁人的時候，我必須代替父母對她的對象稍稍注意。

第二天夜裡，白萊門請吃飯，那是一個很高尚華麗的地方。我妹妹一早就穿起她香港帶來的晚禮服，對著鏡子，左看右看，不斷地問我是不是不錯，我自然順口說是很好，但哪裡曉得這又說錯了。她一直不快樂，早餐吃得很少，臉上沒有笑容，我可摸不著什麼道理了。一直到一同到街上去的時候，突然她在一家大百貨公司前站住了，我發現她不斷地在望櫥窗裡的晚禮服，這才想到原來她是要我提議來買一件新的晚禮服的。於是我為證明這個臆測起因，我就說：

「這件衣服你穿起來一定很好看的。」

「我麼？」她的手按著心口說：「你覺得我需要買一件麼？」

「你覺得需要麼？」

「貴不貴？」

「不會太便宜，」我說：「不過……」

「我想總是需要的，是不？」她望著我說：「買一件總可以穿很久。」

「但是明年就不時新了。」我說。

「明年，那也可以用一年。」她說。

「你要買就買吧。」

於是我們就走進了那家大公司，摸到三樓禮服部。說也奇怪，我妹妹穿上那種晚禮服，竟真是十分美麗出色，不用說要比她香港帶來的那件要漂亮不知道多少。但是對著鏡子，她發覺了配那件禮服還要一雙鞋子。店員是一個聰敏老練的女人，她一面指指點點，一面就說：

「應當配一雙這樣那樣的鞋子。」

我妹妹笑了笑。旁邊一個在指揮的男子，鉛筆一動，一個小郎過來，幾句嘀咕後，小郎飛也似的叫來了一個滿面笑容的狐狸，跟著兩個男人捧來了十來隻鞋盒。

於是她們請妹妹坐在大梳妝檯的面前，一雙一雙地給她換。十來雙鞋子試換了，搬了回去，又搬來十來雙。起初妹妹也許想省一點錢，說幾句這樣那樣的不滿意，後來就說這雙也好，那雙也好了。於是兩個女店員就說這雙可以在普通宴會裡穿，那雙可以在正式的場合用，三寸高跟的可以在年輕人酒會裡用，五寸高跟的可以在老年人的舞會裡用。我妹妹拿拿這雙又拿拿那雙，不知買哪一雙好，我看情形再下去一定可能買七雙、八雙，不如快刀斬亂麻，忍痛割愛地提議說：

「這兩雙很好，就買這兩雙好了。」

我催著店員裝好，寫了旅館名字，叫他們送去，拉著妹妹出來，偏偏走出那裡是鐘錶部，妹妹又站住了。她說：

「應當買一隻錶。」

「錶？」我說：「你手上的一隻不是很好麼？」

「這是媽借給我的，有便人要帶還給她。」

「以後再買吧，現在總可暫時用用。」

「舅媽答應送我的。」

「舅媽？」

「她剛給了我一筆錢，指定給我買錶的。」

我沒有話說，跟了她進去，買了一隻路來克斯的拉克斯。店員又是老狐狸，笑笑說說，在我不注意的時候，忽然推薦了耳環、項圈、手鐲，價錢不貴，東西靈巧，她們一樣一樣裝在我妹妹的頭上頸上，連連誇說仙女下凡。哪一個女孩子不想做仙女，何況我妹妹也算是半仙女，沒有辦法，只好買了四、五件，每件不算貴，四、五件算起也成了一個數目。

從那裡出來，我說：

「早點回旅館吧。」

「我想看看春大衣，」她說：「我不是要買，我不過要知道美國現在時新什麼樣子。」

我正要說什麼的時候，妹妹已經看到了對面的櫥窗，櫥窗裡不但放著春大衣，還有春圍巾，還有手皮包，還有手帕，還有手套。一到櫥窗那面，妹妹看了半天，忽然說：

「我去買一條手帕。」

手帕的標價是五角一條，我當然不好反對。但是天啊，我們一跨進門檻，一呆是兩個鐘頭，出來的時候，我想，我們回去也可以這樣擺一個櫥窗了。

這以後，妹妹就有說有笑了，到晚上，在白萊門的宴座上，更是滿面春風，心花怒放，我在旁邊心裡想，難道妹妹真的要嫁人了麼？

四

舊金山待了三天，臨行的時候，不得不再買兩隻皮箱來裝她多添的行頭。我想早點送她到學校，為她找好住處，總算盡了我做哥哥的責任了，但是她說學校開課還早，想先到風景區玩玩。我說風景還不是一樣，有什麼好玩的。但是她的地理知識可豐富，什麼地方有樹林，什麼地方有名山，什麼地方有海濱，什麼地方有地泉，什麼地方有瀑布，說出來滔滔不絕，又拿出地圖指手畫腳地說這些那些都是必經之路。沒有辦法，只得照她計畫行動。

這樣，由舊金山到華盛頓，我們足足走了半個月，她帶來的錢一半已經用去，我的錢也貼進不少，我心裡很著急，但是她滿不在乎。她說：

「到了學校，我有獎學金，省點用也足夠開銷。要是外面吃飯、跳舞、看電影，反正總有男朋友會付的。」

沒有人可以說她的話是錯的，我也不再廢話，一切聽她擺布。

半個月的時間，我們當然玩了不少地方，而我對於我妹妹也比較了解許多。她對於玩的知識與技術，真是樣樣精通，件件有興趣，而對於讀書，她實在一竅不通。她的地理知識限於旅行社的廣告宣傳，她的音樂限於流行歌曲，她的文學體驗限於電影小說，她的一切都是花錢的技能，不夠作為職業的本領。你說索性學舞蹈吧，充其量不過做交際舞的助教。你說她也會駕車，騎馬，游泳吧，做汽車夫挨不著她，做騎師還遠，游泳比賽也難得錦標……我想來想去覺得只有一樣是可以成家立業的，那是「女人」而「年輕」而還懂得「撒嬌」與「裝腔作勢」。

於是當我把她送到華盛頓，辦好注冊，租好房子，完全把她安頓好了以後，我對她誠懇地說：

「學文學，實在太苦；學鋼琴，也不好學；你想學還是學，但是當心身體與青春。女子不學還可以有『術』，一學就一定無『術』，切記切記。」

我同她分別以後，一個人到了紐約，但我對於這個妹妹，心裡實在不放心。我常常覺得她不到外國還可以是我母親的女兒，到了外國就很難安排。如果學而無成，人又老了，跟我回國，那時候，派頭大，生活水準高，脾氣壞，這怎麼向母親交代？想來想去，大為不安。我於第三天買了一本紀念冊，上面寫了兩句話：

學而優則嫁，學而不優則速嫁。

我用掛號寄了給她。

這本紀念冊大概有點功效，因為不到三個月她寫了一封信來。她說，她現在愛上三個男子，不知怎麼辦好。第一個是白萊門，這個英國新聞記者在我們離開舊金山的時候，他留住那裡，現在也到華盛頓；第二個是一個中國學生，人很smart，又有錢，只是他父親是以前財政部長之類，一定是貪官污吏，我妹妹每次跟他出去，覺得花的都是民脂民膏，心裡很不舒服；第三個是一個美國學生，家庭很好，父親是一個牧師，他從小是基督教徒，身高六尺，面目清秀，活潑健談，只是只比我妹妹大三歲，實在太年輕。

我為她想了許久，覺得很難貢獻給她意見，但似乎我應當先知道她要這個決定到底是為結婚還是幹麼？我於是寫信同她說，如果這決定是為結婚，我應當來看看這三個男人，如果不是為結婚，那麼不必決定，三個人都要稍稍疏遠，保持朋友距離才好。

這封信去了兩個星期，沒有回信，我想她一定不想結婚，聽我的話，同三個人都疏遠一點，交際交際，應酬應酬，在過著很快樂的生活了。

但是，出我意外，突然有一天她發給我一個電報，叫我馬上就去看她。

我以為我妹妹病倒了，倒很著急，我於當天夜車就趕到華盛頓。但到了她的住處，發現她身體很好，可是一見我，眼淚竟像抽水馬桶一般地湧出來。

「什麼事？」我說。

她索性靠在我身上哭了。

「怎麼啦？」我說。

她越哭越響，我沒有辦法，於是只好低聲下氣地勸慰她，她這才揩揩眼淚告訴我說：

「湯美同法萊德打了起來，法萊德被打傷了，在醫院裡，怪可憐的，我去看他，他家裡人說我不要臉……」

說著說著又哭了起來。

「到底湯美是誰？法萊德是誰？」

「一共也不過三個人，你還弄不清楚。」

「一個是白萊門，」我說：「還有一個你不說是中國學生麼？」

「就是法萊德。」

「法萊德是中國人？外國名字，我怎麼會想得到。」我說：「他被打了，為你？」

「可不是為我。」

「傷得厲害麼？」

「很厲害，」她說：「湯美學過boxing的。」

「會死麼？」

「你怎麼啦？」她說：「不過臉打腫就是啦。」

「那有什麼大驚小怪的。」我說：「你要怎麼辦呢。」

「我覺得我也很對不起法萊德。」

「那麼你去看看他好了。」

「可是我去醫院訪病，他家裡的人竟用話侮辱我！」

「你是說他家裡侮辱你麼？」

「但是他是愛我的，他願意為我犧牲一切。」

如此這般，說了一個鐘頭，我方才弄清楚他們的經過。

原來我妹妹除了白萊門，因為他的時間不一定以外，對湯美與法萊德的date，則總是很平均地輪流著。誰知那次是學校裡的派對，我妹妹做了湯美的partner。法萊德一次兩次去請我妹妹跳舞，法萊德是官僚兒子，在中國弄慣了，態度不好，引起衝突，同湯美打起來，湯美會點boxing，一舉就把法萊德打倒。中國同學以為中國人被洋人欺侮，竟要出頭，幸虧有學校裡的人出來，不然幾乎出了大事。論理，這件事情當然是法萊德不好，但因為妹妹是中國人，大家都譏笑她同外國人好，這就變成一個罪孽。法萊德到了醫院，小題大做睡在頭等病房病床上，妹妹去看他，恰巧他的弟妹都在外口，他們平常妒嫉我妹妹出風頭，這時候借中國學生一致的情緒，落得打打落水狗，於是就擺出小姐少爺的面孔，侮辱了我妹妹幾句。

其實還不都是小孩子，喜歡在小地方鬧意氣。我覺得這事情根本就沒有關係，頂要緊的還是我妹妹預備怎麼樣？女大須嫁，不嫁亂子正多，如果覺得讀書就為戀愛，那麼戀愛成功，大可不必讀書。我正想把我理論說出去，外面跑進來一個人，臉上還包紮著紗布。眼中好像並沒有看見我，一直跑到我妹妹的跟前，蹲下去，拉住我妹妹的手說：

「請你原諒我，原諒我……他們，他們不知道……得罪了你……」

我妹妹拉他起來同我介紹：

「這是我哥哥，這是法萊德。」

五

法萊德要請我們吃飯，我婉謝了，我勸他好好地養養傷。他走了以後，我開始同我妹妹談我剛才的理論。

「我叫你來，實際上也正要同你商量這件事。」她說：「白萊門快要離開美國了，他要我嫁他同他一道走。」

「他愛你麼？」

「自然，他非常愛我。」

「你呢？」

「我也不知道。」她說著又掉下眼淚。

「這有什麼可哭的。」

「我覺得他們三個人都很可愛。」

「這是什麼話?」我說:「如果你愛這三個人都是一樣的,我勸你要結婚的話,還是白萊門好。第一,湯美是美國人,沒有自立,不會結婚,你要等他?他成熟的時候,你也許已老,夜長夢多,不可靠;法萊德靠家裡錢,這些錢來得又不乾淨,年紀也太輕,公子哥兒,沒有什麼出息,現在待你不錯,將來很容易變壞;倒是白萊門,年紀較大,人也老成,自己有職業,收入想還不錯,舞又跳得好。而且這個人氣派風度像是個上等人。」

「我也想過,但是我嫁給白萊門,不是做外國人了麼?」

「你不是恨不得做外國人麼?你穿西裝,講洋文,討厭中國名字。做外國人有什麼不好?」

「但是我看不見母親,還有你,馬上就要離開你。」

「就是你嫁一個中國人也是要離開我們的,是不是?」我說:「而且以後交通便利,噴射式飛機,甚至火箭、飛碟一發明,你回中國只要一瞬眼的工夫。」

「你說家裡會答應麼?」

「現在不必告訴他們,你們儘管結婚,儘管蜜月旅行,將來再說好了。」我妹妹沉思了好一會,覺得我的話很對。

第二天,白萊門來看她,馬上就正式決定了。

趁我在華盛頓,婚禮就在星期六舉行。在大昂桑旅館住三天,就搭飛機到土耳其去了。我送他們到飛機場,妹妹又哭了一場。她到底還是小孩子。

此後我妹妹總算太平無事,沒有再來麻煩過我,我也常常有她的信。她很快活,白萊門待她很好，她已替白萊門養兩個孩子，不用說，都是英國人，有道地的順口的英國名字。要是再隔幾年，哪一天白萊門被派到香港做巡捕頭，我想還不難看見他們。至於我家裡，可一直不知妹妹已經嫁給了一個英國人，一直到我回到香港。母親第一個問：

「你的妹妹呢？沒有一同回來麼？」

「她，她早就嫁人了。」

「嫁人了？不通知家裡，也不同家裡商量？」

「通知不通知都是一樣，不是？」

「嫁給誰？」

「一個英國新聞記者。」

「外國人？」

「到了外國，還是嫁給外國人好。」我說：「如果嫁一個中國人，她吃苦，男人也吃苦，比方嫁給我，我用什麼養這樣一個奢侈洋化的太太。」

母親不響，突然她流淚了。

我打開行李，拿出妹妹們的相片給她，她看到兩個很美麗的混血的孩子，忽然又破涕笑了起來。她說：「什麼時候讓我看見他們才好。」

天空上噪著噴射式飛機，我說：

「媽，只要坐上這飛機，比你從這裡到台北還要快。你把她嫁給中國人，也不見得可以守在一起，是不是？」

「話是這麼說，但是外國……外國……」

「我不是叫你不要讓妹妹到外國去麼？」我說：「媽，你熟讀紅樓夢，寶玉說女人是什麼做的？」

「水做的。」

「水流到哪裡就哪裡。」

「那麼男人呢？」她說。

「泥做的。」我說：「中國的泥土永遠是中國的泥土。」

馬來亞的天氣

樂輿權是我叔父的朋友，他在新加坡現在很得意，我到南洋自然就先去找他。他特地與我介紹一個朋友，叫做赫克斯費勒畢，畢是中國姓，赫克斯費勒是外國名字。據樂輿權說，赫克斯費勒是僑生，對馬來亞什麼都熟，什麼都內行，無論什麼事都可以請教他。樂輿權初到南洋的時候，就是赫克斯費勒的父親帶的，所以會有今天的成功，因此無論我是想在這裡玩玩，還是住下來圖發展，必先交一個這樣的朋友，才能了解這裡的情形。

赫克斯費勒畢可真是一個漂亮的人物。精神飽滿，舉止輕鬆活潑，今年二十九歲。打得一手好羽毛球，游泳是一九三六年的香檳，騎馬又是能手。他說一口標準的皇家英語，還會很純粹的馬來話。他是一家汽車行的經紀，好像很忙，但並沒有固定的事情，他不但是幹練聰敏，而且有一個很清晰的頭腦。

我同他認識以後，他就問我：

「你到這裡來有什麼計畫？」

「有什麼計畫！」

「想不想發財？」

「沒有這個雄心。」我說：「我一生流浪，年紀已經不輕，現在只想住下來有一個安詳的家，一個慈善的太太，同一個過得去的職業。」

「這個容易，但是你必須先了解馬來亞。」他說：「在馬來亞，生活是非常簡單，你不要太複雜。你應當先好好玩玩，看看。」

「正要你指教。」我說。

於是我們就做了朋友，常常在一起。

旅居在異地，沒有事，自然多逛逛書店，買一些書看看。赫克斯費勒就說，你來了不久，就買了這許多書，那麼將來怎樣辦？在馬來亞，生活是非常簡單的，不能夠還保持這些複雜的習慣。你知道你所需要的是什麼嗎？我說這個倒沒有想過。他說，如果你想在馬來亞住下，無論做什麼事，無論是玩，你必須有幾個條件：第一你必須有一個英國人一樣的英國名字；第二你必須有一口皇家英語；第三你需要有與馬來亞人可以交談的馬來話。

而我竟一樣也沒有！

在馬來亞，他說，英國人只需要一種語言，馬來人需要兩種語言，而中國人至少要會三種語言。

「我說至少三種，」他說：「一種當然是皇家英語，一種是馬來話，一種是中國話。而中國話有國語、福建話、廣東話、客家話，你會一種不過是最低的限度。」

「那我是沒有資格在這裡做事，或者在這裡玩了？」我很傷心地說。

「你可以學，你的名字不好，在外國社會裡沒有法子叫你。」

「一點不錯，」我說：「這個我想還不難，你同我取一個也就算了。」

「不是這樣容易。」他說：「你是要到移民廳去備案的，那麼將來你的身分證，電話戶名，開車執照都可以有一個統一的英國名字。」

「那麼我的英語也不行。」

「當然不合標準，」他說：「不過英文你有根基，學起來不是太難，你同我先可以多講英語。」

「可是馬來話？」

「也不是太困難，你可以買一本峇沙馬來的書來讀，我們隨時講講，半年也就會了。」他說：「還有在馬來亞，汽車不能省，你必須買一輛。」

「但是我又不會駕車。」

「我教你，」他說：「這個容易。」

「不過買車子，」我說：「至少也要等我住定了。」

「我可以先問樂輿權去借一輛，他車子很多。」

我既然希望在馬來亞住下，自然，赫克斯費勒畢的話是我的金玉良言。我於是就向樂輿權借了一輛車子，赫克斯費勒畢就先教我駕車。兩星期以後，他又幫我領到了執照，於是我們就常常在一起。他除了帶我走，帶我吃以外，還時時同我講英語，我的發音不標準的地方，他隨時為我更正。他真是成了我不可少的一個朋友。我自然很聽他的話，買了本馬來話速成的書在自修，可是我自問雖很有進步，而因為談話這件事有一個習慣，同他在一起，既然講國語，也講英文，就永遠沒有機會練習馬來話了。於是有一次，我同他說：

「我們在一起，不是說中國話，就是說英文，馬來話總沒有機會練習，哪一天你同我介紹幾個馬來朋友好不好？」

「哪一天我把我太太帶來，我們就可以多談馬來話了。」

「你有太太？」我問。有太太本沒有什麼奇怪，但是赫克斯費勒畢竟始終沒有留給我一個像有家室的人的印象，而他也從來沒有提起過。

「怎麼？你不相信？」他臉上浮起了一種很奇怪的笑容，使我想到我的問話有點使他生氣了，我趕快道歉地說：

「怎麼不相信，不過沒有聽見你說起過。」

「啊，我的太太是一個馬來人，會說一口標準的英語。」

「我想這也應當是一個長住馬來亞的條件。」

他笑了笑。

但是這句話說了有一個月，他可始終沒有帶他太太出來。我有時候把書裡學得的洋涇浜馬來亞話同他說，他總是笑笑同我講英文，我於是又同他提起他的太太，正式約定日子，請他同他太太吃飯。

於是有一天，在公主飯店，赫克斯費勒畢帶著他太太來了。原來是一個非常苗條美麗的女人。馬來亞美麗的女性都有印度女人的面貌同中國女人的身材，畢太太就是這樣一個典型。她穿一件藍花的西裝，非常雅潔，她有一副灰色的凝神的眼睛，很性感但似乎又很端莊。開始時候，我很想表現我自己以為可以運用的馬來話，但幾句以後，覺得實在吃力，慢慢地摻入英語，最後又完全變成用英語交談了。公主飯店是有音樂的，我當時就請畢太太跳了一支舞，心想，如果在馬來亞住下，娶這麼一個太太夠多好，我真羨慕赫克斯費勒。

飯後我又請畢氏夫婦看一場電影，又到我旅館的酒吧裡喝了一點酒。他們回去的時候，畢太太很客氣地同我握手，叫我有工夫同畢先生到他們家裡去玩。

自然，以我同赫克斯費勒畢的交情，我應當有資格到他們家庭裡去走走了。而能同當地的家庭可以有自然的往還，則正是我們這些客居在異地長年住旅館的人所需要的。但是赫克斯費勒竟從來沒有對我有這樣的邀請，他只陪我花錢，陪我玩得很晚，而從未帶我到他家去，我也不知道他家在哪裡，好像是離市區不近。

我雖然有欒輿權借我的一輛小馬列史，但同赫克斯費勒畢在一起的時候，總坐他的那輛歇爾門，他的車子又漂亮，又舒服，又大。可是有一天，他告訴我他的車子去漆新了，要一個星期。那天我們玩得很晚，我要駕車送他，他不肯，一定要叫街車，但是我再三堅持，他終於讓我送他回去。

那天我方才知道他的家在五英里半的區域，是一所很精緻的洋房，門前有寬廣的草地。到了他的家，我滿以為他會請我到裡面去坐一會了，但是他竟關上車門，謝我一聲，就獨自進去了。我當時很有點不高興，後來想想也許是他太太已經睡了，時間不早，他或者想我也該早點回寓睡覺。每人有每人的想法，每人有每人的習慣，這樣一想我也就釋然。

第二天，我們沒有在一起。第三天，我又送他回去。那天時候可不晚，我看他家裡燈還很亮，他又是獨自下車，道聲晚安就不管我了。我回來心裡很有感觸，覺得赫克斯費勒畢究竟是僑生，不通中國人的人情。但是事情過去，我也就忘記。以後幾天，好像總是我送他回家的，但我也不期待他邀我下車去坐一會，一到他家，他很活潑地跳下車，關上車門，彼此道聲晚安，倒變成很自然的習慣。

但是，不知是哪一個星期裡的哪一天，一件莫名其妙的事情發生了。

那天天下雨，到他家時，雨落得特別大，我自然把車子繞著草地進去，到他房子前面，我看見房子裡的燈亮著。想為便於赫克斯費勒的叫門，我就響了兩聲喇叭。赫克斯費勒照常很活潑愉快地下車，同我道聲晚安；我也就開動車子向前面駛去。但當我繞出草地，剛剛要轉彎的時候，我發現赫克斯費勒畢已經在我進口的地方大聲的叫我，我看他身上已完全淋溼。

我停了車子，正要問他，他已經搶著開車門上來，他說：

「幸虧你送我來，不然這裡也叫不著街車。」

「怎麼啦？」我說：「你太太……」

我想我的頭腦相當靈敏，我滿以為一定是他太太生病，或者要生孩子，急於要去找醫生，所以他這樣急地又追了出來。

「啊，」他用手帕揩揩頭髮，用輕鬆愉快的聲音說：「她沒有什麼。你想你的旅館會有房間麼？」

「怎麼？」我奇怪了。

「我要。」他說。

「房間總不難找。」我說：「不過……」

「啊啦啦，這麼大雨！」他望望車窗外面的雨，毫不理會我說的。

我看他神情還是這樣愉快煥發，想來一定不是他太太有病了，雖然我心中仍覺得好奇，但總不好意思太去究問人家的家事。

雨還是很大，寬廣的周圍都是樹林，遠處駛來的汽車發出膩滑的聲音，車燈在路上反射出動搖變幻的光亮，我沒有再說什麼，駕車直駛。

「啊呀，十一點半，」赫克斯費勒畢忽然望望車上的鐘說：「我們到哪裡去喝點酒，好不好？」

「算了。」我說：「你衣服都溼了，也不知道有沒有房間，早點回去吧。」

他似乎也不再有異議了，沉默一會，忽然說：

「新加坡這地方需要不時下雨，在新加坡的人也需要常常沖涼。」

我沒有理他。他看到外面的雨小了起來，忽然說：

「你看這裡的雨一下子落，一下子停；落也容易，停也容易，很爽快也很簡單，是不？」

「雨倒是小了。」我說。

「你來了也不少日子，」他說：「你喜歡新加坡這地方麼？」

「什麼都好，」我說：「只是氣候太熱。」

「我以為就是這天氣好。」他說：「生活容易，你用不著什麼行李。一個人只要有幾套衣服就夠了。」

我笑笑，沒有說什麼。

到了旅館，陪他開好房間。他問我借了一套睡衣，就同我道晚安，回到自己的房裡去睡了。

第二天早晨，我同他一同吃早餐，後來我有一點別的事情就出去了。我回來是下午，洗了澡，吃了茶，我到赫克斯費勒畢的房間去看他。他正在吃茶，穿一襲簇新的睡衣，赤著腳，很舒服地坐在沙發上。我看他床上正放著簇新的襯褲同襯衫，房角還擺著一隻簇新的嫩黃色的衣箱。他說：

「你回來啦？請坐。」

「怎麼？」我問：「你剛買的，這些東西？」

「可不是？」他說：「你的睡衣我叫他們去洗去了，拿回來還你。」

「你太客氣了。」我說：「怎麼，你同你太太吵架，還是怎麼？」

「太太？」他說著忽然露出譏諷似的笑容，好像是笑我愚蠢似的，於是很冷淡地說：「我的太太還不是別人的。」

「別人的？」我驚奇了，我說：「那麼你的家？」

「家，」他說：「當然是我太太的。」

「這個我不懂了。」我說：「你的家是你太太的，你的太太又是別人的，那就是說，你的家也是別人的了。」

「你很聰敏。」他又像諷刺又像玩世似的說。

「其實我還是不懂。」

「你吃過茶了麼？」他問。

「吃過。」我說。他於是自己斟了一杯茶說：

「在馬來亞，生活就是這樣的簡單。你不了解，就無從適應。」

「但是不容易了解。」我說。

「自然不用說你住得不久，住久的人，發了財的人，也不了解。」

「這怎麼講？」

「發財的中國人都不是馬來亞人，他們只了解他們的生意，不了解生活。在馬來亞，生活很容易，要這麼些錢幹麼？馬來人都有一種不計功利的人生態度，有差不多的生活就滿足了，不再想努力，也不想更好。」

「那麼你呢？」我說。

「我？」他說：「我知道你不了解我的意思。我是中國種，但是馬來亞人。你應當知道馬來的地理、歷史、氣候，你才能在馬來亞過愉快的生活。」

「自然，但是比方像我這樣……」

「你昨天就不滿意這裡的氣候，這就是一個無法在這裡長住的人的意思。」

「這怎樣講？」

「這就是說，你在這熱帶的氣候想種你寒帶的植物。」

「我沒有這個意思。」

「如果你帶的是熱帶植物的種子，你一定會喜歡這裡的氣候。」他說：「因為這氣候正是你所需要的。」

「我不懂你要講什麼。」我說。

「你知道不知道氣候同女人的貞操很有關係麼？」

「女人的貞操？」我真是越來越被他講糊塗了。

「我覺得女人的貞操是被衣服所統治的。在寒帶，衣服穿得多，所以女人講究貞操；天氣越熱，衣服越穿得少，所以貞操觀念越淡薄。」

「怪論！」我說。

「所以在馬來亞，別人的太太都可以是你的太太。」他說著看我一眼，大概看我的表情很呆，他又加解釋說：「我的意思就是說你不用自己養太太。」

「但是誰來養你的太太呢？」

「你又太不了解馬來亞的歷史與經濟背景了。」

「這與馬來亞的歷史與經濟背景什麼關係？」

「你知道馬來亞是英國人的殖民地麼？」

「自然知道。」

「他們統治馬來亞有一百年以上的歷史，你知道麼？」

「我當然知道。」

「你知道這裡每一個英國人，即使同我們一樣能力，即使同我們做一樣事情，他們的待遇收入都比我們好麼？」

「我知道。」

「你知道這就好了。那麼為什麼不叫他們養太太，要自己養呢？」

「但是，這……這……」

「這什麼？」他用玩世的態度問，於是又感慨似的說：「你一定要講道德，但是我並沒有叫你去破壞別人的家庭。」

「但是你做了人家太太的丈夫，還不是破壞別人的家庭？」

「你不知這裡是一個軍略上的海港麼？」

「是呀。」

「這裡也是一個商埠麼？」

「是呀。」

「這就好了。」他說：「這裡有兩種人，一種是船員，一種是水兵，他們正式的太太都在英國，可是在這裡又有殖民地的太太，這些太太就可以做我們的太太，無傷大雅，不礙道德。」

「那麼，」我恍然大悟地說：「你的太太就是……」

「一點不錯，」他說：「昨天她丈夫回來了，所以我只好來住旅館。」
「但是你怎麼知道她丈夫回來了，你又沒有進去。」
「當然我們有我們的暗號。這還不容易？有紅燈的地方總是不通行的。」
「那麼你自己並沒有家？」
「家，」他說：「有太太的地方就是家。」
「那麼行李？」
「有家的地方就有行李。」他說：「在馬來亞生活就是這樣的簡單，你看我今天出去一趟，什麼都有了，我一生就永遠只有這一點行李，什麼都夠用。像你這樣這裡才住幾個月，房間裡弄了這許多書，那還了得。讀書，在馬來亞，是外行人的生活。在這裡，你看，英國人，不必讀書；馬來人，不用讀書；中國人巨商豪賈，不會讀書；我們，要用的是皇家英文、打字機、計算機。讀書，那就永不能在馬來亞生活。」
「但這裡也有不少的書店。」
「這都是給旅行的過客看的，要不就是學生的教科書。」他說：「所以你如果要在這裡生活，你必須簡單，因為這裡生活是簡單的。」
他的話當然句句有理，但是我竟像不適應這氣候一樣，無法適應。我沉默了許久，他忽然看他手裡搖擺著兩個鑰匙，我認識一把是他汽車的鑰匙。我說：
「你車子修好了？」
「修好了。」他說：「煥然一新！」於是他又興奮地說：「在這裡，汽車是省不得的，這是靈魂。昨天要不是你送我去，我坐街車到那裡，那麼街車一走，我找不到車子，可怎麼辦？你看，」

他又晃搖手上的兩把鑰匙說：「一隻衣箱，一輛汽車，那就什麼都有了。人同衣箱隨時可以放在汽車裡，汽車隨時可以停在人家的門口，哈哈，哈哈，哈哈。」

我沒有說什麼，好像有許多問題，但又說不出什麼。

「你沒有事麼？」他忽然站起來說：「你等我換換衣服，我們出去玩玩。」

赫克斯費勒畢和我在同一個旅館裡住了八天，我們雖也有不在一起的時候，但看不出他有什麼活動。可是第八天晚上，他忽然同我說：

「我明天要搬了。」

「怎麼？」我問：「搬回家去麼？」

他笑了笑。

「是不是你太太的丈夫回國去了？」我也笑著問。

他又笑了笑望望窗外，窗外正在下雨。他忽然說：

「你想今天的雨同昨天的雨會是一塊雲上掉下來麼？」

「我不懂你的意思。」

「我當然另外找到了太太。」

「難道又是……」

「當然，」他說：「你不知道這裡始終還是殖民地。」

第二天下午五點十分，他同我告別，約隔兩天來看我，我送他上車。斜陽照在他新噴了漆的歇爾門車子上，簇新藍灰色上閃出紫金的光亮。侍者已將他簇新的嫩黃皮箱放在後座。他像是遠行似的同我握手。我有點惜別，我說：

「天氣很好，是不？」

「但說不定回頭就要下雨。」他說著就跨進了車廂。我說：

「哪一天我請你同你太太吃飯。」

「好好，你也該多有機會練習馬來話。」他在車窗口說著，對我揚揚手，車子就飛也似的去了。

我還是一個人住在旅館裡。

天果然又下雨了。

一九五二，二，十九。新加坡。

打賭

一

你說：「你離婚了？」

「可不是！」

「你怎麼會離婚的？」你說：「你的太太是十全十美的太太。聽說你們結婚以後，一直很幸福。十幾年來一直像新婚的夫婦一樣，怎麼忽然會離婚了？」

「天曉得！」

「是不是你愛上了別人？」

「沒有，我一直只愛我的太太的。」

「那難道是她愛了別人？」

「也不是。」

「那麼怎麼回事？」你說：「十年夫妻，難道沒有第三者就會弄得離婚？」

「當然有別的原因。」

了。」

「別的原因？什麼原因？」

「已經離婚了，我何必還講她不好。」

「她不好？」你說：「這樣好的太太，你說不好。」

「我知道說出來你也不相信，還是不說好了。」

「就說她有不好，反正不是偷漢子。十年夫妻，還有什麼不能原諒的，就憑這個，也是你不好的良心，也沒有半點對不起她。」

「我想，我沒有法子使你了解。我可以告訴你的是我的確沒有半點不好，沒有半點對不起自己的良心，也沒有半點對不起她。」

「那麼怎麼會吵架的？」你說：「有一個好，就不會吵架。」

「我們沒有吵架。」

「這怎麼講，她並沒有愛別人，也沒有做不能原諒的事，而你們也沒有吵架，那為什麼要同她離婚？你還說你沒有半點不好，沒有半點對不起良心，沒有半點對不起她？她嫁你的時候很年輕，啊，那時候她是幾歲？」

「二十歲。」

「那麼十年，今年是三十歲，她所有黃金的青春都在你身邊消磨的。你同她離婚，你還說沒有對不住她。」

「但是我沒有辦法。」

「你看，這就是你不好了。」你說：「你原來也是極普通庸俗的男人，不過會對自己作不普通的原諒罷了。」

「不要說了，不要說了，」我說：「我可以告訴你的只是這不是一件可以使你相信的事，也不會使別人了解的事，但是天下事竟是無奇不有，偏偏這樣的事竟發生了。」

「到底為什麼？沒有事不可以說的。你怕說了會損害她的名譽麼？」

「那倒不是。人都有缺點，她自然也難免。而且這個缺點也正是她的優點，悲劇就注定在她的個性上，不過陰差陽錯，竟變成了我們結婚的動力，也變成了離婚的主因。」

「你越說越奇怪了。」你說：「你說什麼？離婚的主因也就是結婚的動力。」

「你不要再問了，我說了你也不相信。」

「就算我不相信，你說說也不要緊，天下哪有什麼不能理解的怪事？」

「好好，讓我下次有機會告訴你，現在你不要再說了。你知道我心裡是多麼……多麼……」

二

現在，讓我告訴你，我要告訴你我們是怎麼樣結婚，我們是怎麼樣相愛，我們是怎麼樣幸福，我是怎麼樣愛她，而她是怎麼樣愛我。十年之中我們沒有吵過一句嘴，沒有彼此抱怨一句話，沒有彼此目光相遇時不是露著笑容，沒有彼此有一點勉強過對方。我相信不要說人間沒有我們的愛情，就是成對的蝴蝶、雙宿的鴛鴦以及那永不分離的比翼鳥也沒有我們這樣的相愛。

你當然知道她是美麗的健康的。嫁我的時候真像一朵出水的芙蓉，明朗活潑，愉快聰敏，她會交際，也會遊玩，也懂得讀書。那時候我為她瘋狂，我告訴你我愛上了她。你說：

「不要自作多情了，人家還是一個天真的孩子，正要讀書。」

後來不久，我知道她也在愛我，我高興得像長了兩個翅膀，我在地上走路像在雲端飛翔，我飛到你那裡就請你喝香檳。你以為發生了什麼大事，一再問我，像你現在問我離婚的原因一樣的，我抱住你告訴你這個驚天動地的消息，但是你竟冷淡地勸我：

「當心糟蹋這純潔美麗的愛情，小心一點，不要專憑你詩人的幻想。」

「我想對她求婚。」

「除非你可以保證她終身的幸福與美麗。」

你不知道你這句話給我什麼樣的影響，我竟不敢衝動地馬上去求婚。我一直忍耐著。

可是，有一天，她忽然笑著對我說：

「假如我嫁了別人你怎麼樣呢？」

我說：「我自殺，我只有自殺。」

「那麼你為什麼不同我結婚呢？」

「我？」我驚惶地說：「啊，這正是我日夜所想的，但是，我要同你結婚，我一定要保證你美麗幸福愉快，我要……」

「我相信同你在一起我一定會幸福的。」

「你太天真，」我說：「要你幸福，我一定需要有更多的錢。我們至少要找一所舒服的房子。而現在，房子的頂費，你看，至少二十條才可以找到一個可住的房子，我已經想過不知多少次。」

當時我很沮喪，但是她可很愉快。她安慰我鼓勵我，說她也可以同我設法。我以為這是她的天真，我知道她沒有錢。她有錢，我也不願用她的錢去頂房子。但不管怎樣，她的態度總是出於愛我，我心裡是非常感激的，雖然我沒有當她的話是一個希望。

這以後過了不久，有一天她忽然同我說，如果我真的希望她嫁我，我應當正式去向她求婚，嚴肅，虔誠，表示我衷心的期願才對。整天找她去跳舞、吃飯、遊山玩水，算不了我對她的尊敬與愛。她認為求婚就是一個莊嚴的儀式，否則她無法承認我是她的。於是我就同她約定日子，我買了禮物買了鮮花，我到她的家裡去找她，我跪在她面前，我獻了花，流了淚，我吻她的手，我第一次同她接了吻。她終於接受了我的求婚。

我們於是就宣布了訂婚。

這以後，我們結婚的要求自然更加迫切，我每天設法找房子。有一天，她忽然問我：

「親愛的，那麼我們什麼時候結婚呢？」

「我正在找房子，李先生說有一個公寓房子。王先生也說有一所小洋房，我想……」

「房子，我已經有了。」她笑著說。你當然知道她的笑容是美麗的，永遠像春風中的玫瑰。

「你找到了房子？」我說：「多少頂費？」

「我已經有了，你不必再問。」她又笑著說：「你想看看麼？明天一早帶你去。」

第二天，她果然帶我去看房子。啊，那是一所精緻小巧的洋房，四周圍著小小的花園，而且裡面還有很整齊講究的家具，鋼琴，冰箱，電扇，無線電，她說這些都是屬於我們的。我們一結婚就可以搬進去。

我起初還以為她同我開玩笑，後來才知道她是認真的，但是我自然要知道這房子的來源。她說叫我不要問，反正不是偷來搶來，說我愛她就應當相信她。但是我心裡不安，我一直求她告訴我，像你求我告訴你我們離婚的理由一樣。最後，她答應我，結婚以後，一搬進這所房子，就告訴我這房子的來源。

這樣，我們就很快地結婚了。那天你也是參加我們婚禮的，我不必再訴述，我當時是多麼快活，我的朋友們是多麼為我慶幸，我當然也知道你是最為我們祝福的人。

我們結了婚，就搬進我們的新房。第一件事，不用說，我急於知道那房子的來源。這當然不是上帝恩賜也不是仙子愛助，而這房子是實實在在的房子，不是海市蜃樓，不是空中樓閣，每樣家具與用品都在同我們接觸。她既然也沒有錢，那麼有什麼魔術可以弄得這房子呢？這當然也正是你急於想知道的。

她於是露著春風中玫瑰般笑容說：

「我答應告訴你，我就要老實告訴你，我不想說謊，這房子是我賭來的。」

「賭來的？」我驚奇了。我說：「你怎麼從來不告訴我你有賭博的嗜好。」

她只是笑。

「你同我開玩笑了。」我忽然懷疑起來，我說：「親愛的，就是你有玩玩牌的嗜好，也不會賭這麼大，這房子，這家具，這布置……啊，」我忽然驚喜地笑了，我說：「是不是中了馬票？」我滿以為我是猜對了。但是她搖搖頭說：

「不，親愛的。」

「那麼你是賭什麼？輪盤？牌九？麻將？撲克……」

「都不是，」她神祕地像毫不在意地說：「我只是同一個朋友打賭。」

「打賭？」我說：「同誰？誰會這樣傻……」

「當然同我一個朋友。她是我的好朋友，她是我小學的同學，也是我中學的同學，我們同在一個唱詩班裡，我們還有同一個音樂教師，總之她是我頂好的朋友。她看見我愛上你，就替我著急，她認為你是一個詩人，逢場作戲，把戀愛當作娛樂，並沒真心誠意在愛我，所以她勸我疏遠你。但是我相信你是愛我的，所以她同我打賭，說假如你會非常正式跪在我面前求婚，她就輸我這所房子。」

「笑話！」我不相信地說：「就算這樣說，也只是一句笑話，她難道這樣有錢？」

「啊，她家裡的地產可是多，這在她算不了什麼。」她笑嘻嘻地說：「你聽我講完了。那天你來求婚，她就在裡面門縫裡看著，她看你的確有真情真意，所以就承認輸了。」

「這算是怎麼回事？」我說：「第一，我不贊成你把我求婚當作馬戲一樣的表現；第二，就算這會向你老朋友證明你的情人對你的真情，你們的打賭也不能這樣認真，怎麼好意思就要了她的房子。而且這打賭也打得太大，假如你輸了又怎麼樣呢？」

「不瞞你說，」她神祕地笑著說：「假如我輸了，我就屬於她的了。」

「這怎麼講？」

「你不知道她有一個叔叔愛著我麼？他很有錢，人也不錯，所以她希望我離開你去嫁給她叔叔。」她說：「我答應她，如果我輸了，我就接受她的勸告。」

「但是這是多麼危險！」我說：「一個人怎麼可以把一生的幸福隨便打賭。」

「可是，假如你真的不是一個看重愛情而肯照我話來求婚的人，那麼我愛著你還有什麼幸福。」

「但無論如何這種朋友間打賭是一種遊戲，不能這樣認真。」我說：「我覺得這房子……」

「啊，我們一直是這樣認真的。」她天真地笑著說。

「你們常常這樣打賭了？」

「我們從小就這樣打賭。」她說：「在小學讀書的時候，那時候我父親還沒有破產，我家比她家有錢，我們為一個老師嫁人不嫁人賭一隻鑽戒，我賭輸了，我從母親那裡偷了一鑽戒給她。」

「哪有這種事情？」我說。

「以後我們常常這樣打賭的。」

我當時真的驚異了，我沉思著沒有再說什麼。我想現在告訴你你也不會相信，她當時看我待在這裡，她就說：

「人生就是偶然的，一切不過是一個機緣。打賭就是憑這個機緣。你知道我們為誰先嫁人的問題還賭一件貂皮大衣麼？」

「那麼你輸了？」

「她輸了。」她說：「她三個月前已經結婚了。」

「她叫什麼名字。」

「梁曉明，她嫁了一個珠寶商，姓葉，是廣東人。比她大二十五歲。」

「我倒想碰見碰見她。」

「自然會碰見她的，她是我頂好的朋友。」

「那麼你同別人也常常這樣打賭麼？」

「小的時候也有，但別人都不肯認真，當作是開玩笑，贏了不肯拿，輸了又不肯兌現，所以沒有意思。後來我就只同梁曉明打賭，因此我們就成了好朋友。」

你看，這是不是一件不能使人相信的事。一個二十歲美麗聰敏的太太，什麼都好，偏偏有個愛打賭的毛病，這是一個多麼古怪的毛病！而這毛病竟幫助我做了她的丈夫。你一定要說，我的年齡比她大，知識比她豐富，結婚以後總可以好好勸她糾正她，叫她改去這個不好的危險的毛病了。自然，我曾經這樣努力，但是她不打賭就感到人生毫無趣味，我當然不能讓我所愛的太太枯萎，而且我是允諾你我要使她幸福愉快的人。我看我的勸告禁止失敗以後，我就開始自己同她打賭，免得她同梁曉明去冒可怕的危險，於是我們幾乎日日夜夜就在打賭之中。譬如外面車聲，我們猜是否你來看我們，我們要打賭；譬如我們要打電話找一個人，他是否會在家，我們又要打賭；譬如我們去看電影，電影院是否客滿也可以打賭；某人生日是否會請我們吃飯也要打賭……總之，夫妻在一起，日常生活有兩種可能的，都作為我們打賭的材料。我們賭了物質，還賭了精神，奇怪的是我總是一直輸，明明天要下雨，但等我一同她打賭，天就晴了。我終於把什麼都輸了給她，我每一本書的版權，我每一種自由，以及我一切所有的主權。這當然沒有什麼，反正我愛她，我什麼都屬於她的。但是我發現她同梁曉明還在打賭，那時候我正在寫一部書，妻竟把我這本稿子輸給梁曉明，後來這本書就用梁曉明的名字出版的。

你想天下哪有這樣的事情。我當時就細細分析妻的個性，我回憶一切我輸給她的場合，我突然發覺妻似乎有一種超乎常人的敏感。她對於每一種事情的確可以有一種不可企及的預感。這是一種天才，而正像具有其他天才的人一樣，她是需要發揮的場合的，而這天才又是這樣專門與狹窄，她就必須去找打賭的去處。偏偏我們許多人對於這種感覺都很滯鈍，她沒有對手，這正同會下棋的人一樣，她需要一個旗鼓相當的對手，而梁曉明就是她最好的對手。

自然，那時候我已經認識了梁曉明。她也是個很愉快的人，懂得享受，也懂得花錢，服裝的趣味也不低，有很好的身材，一個圓形的活潑的臉，好像從來不懂憂愁似的。她自己駕輛紅色的汽車，從來沒有帶她丈夫在我家出現。她一來似乎不願同我多作交際，她喜歡妻一個人陪著她，所談的話似乎我都不該聽的。偶爾我同她多說幾句話，她很侷促，有時候還會臉紅。因此我始終沒有同她多接觸，但現在我相信她也是具有妻一樣天才的人。

照情理，如果與梁曉明經常在打賭，把家庭事業愛情以及人生的預算常常這樣作孤注一擲，我相信梁曉明的先生同我都早無法與太太相處，我們也許都早需離婚了。但是當我發現我無法壓制她們奇怪的天才的膨脹時，我想了一個妙計。我定一個日子請梁曉明同她的丈夫葉嘉堂吃飯。這是我第一次碰見葉嘉堂，他是一個相當文雅的商人，但他的外表來看比他實際的年齡還要大，很老練，沉默寡言。我們交談的話不多，但我問明了他辦公的地址，我說我隔天有便去拜訪他去。

可是我竟一直沒有去看他。一星期以後，妻告訴我梁曉明輸給她葉嘉堂剛剛買到的車子。第二天一早，果然那輛大汽車送來了，妻一定要拉我去試車，我的心有說不出的不舒服，但表面上我不得不陪她去跑了一回。下午在午睡時我想了許久，我越想越睡不著。我起來，藉著原因，一個人去拜訪葉嘉堂。

葉嘉堂果然在辦公室裡，我就告訴他妻的毛病以及我的憂慮，他也告訴我他太太的毛病同他的憂慮，我們一談就非常投機。當時我提議我們定一個口頭協定，約定以後凡是我們的太太們打賭上的輸贏，都由我同他背地裡撥平。我當時就問他那輛汽車的價錢，他告訴我是美金四千元，這個數字我當然一次付不出，但我答應他先湊一筆錢給他，以後按月還他。葉嘉堂可是客氣，他說這是協定以前的事，不要再計較了，以後的一切決定彼此遵照協定辦理。我一定不肯，最後決定這次由我還他兩千美金，將來大家遵照協定，實數實撥。

我同葉嘉堂議定協定出來，心裡就非常痛快。好像妻與梁曉明的打賭，我們得到了安全的保險。

你看這就是我們的勝利，以後悠長的歲月之中，我們能過得這樣愉快幸福，完全是我妙計的成功。我也可以不把妻的輸贏放在心上。

我也不必告訴你這多少年來她們賭進賭出的是些什麼，有多大的數目，總之我與葉嘉堂都有辦法彼此付還，這因為她們的興趣只在打賭，贏來的什麼都是要交給丈夫保管的。

你看，這辦法多好，又沒有壓制妻的天才，也不損害她的興趣，而我們可以毫無危險。我難道還不夠聰明麼？

但是天定勝人，我終於還是失敗了，現在我知道我們的悲劇就在妻的天才裡，就在妻的個性裡。而這是無法避免的。

這發生在葉嘉堂生病以後，他的病是盲腸炎，在醫院動手術。梁曉明竟覺得她的丈夫這次逃不過難關，非常傷心，妻去安慰她，說他決不會死，兩個人就打起賭來。你猜怎麼樣？葉嘉堂從手術室出來還很好，但是第二天早晨，竟突然死了。妻輸了，你萬萬想不到她輸給梁曉明的是什麼！

我不願意告訴你她輸給梁曉明是什麼，總之輸什麼我都無法賠付。你知道她們後來賭得多大，她們常常把我家傳的鐘錶店，你知道這鐘錶店並不是屬於我個人的，同葉嘉堂的珠寶店在賭。要不是我同葉嘉堂有密約，我與葉嘉堂兩個人的一個早就該自殺了。總之葉嘉堂一死，這個口頭密約也無人遵守與承認，我遲早也只好死了。

三

「但是，她們打賭也只是口頭打賭，誰相信，不理梁曉明也就算了，這也沒有什麼法律根據，也沒有什麼不道德。」你說。

「可是，你不知道我的太太，她無論如何是不肯背約的。她在小學時候都會從母親地方偷鑽戒去了她的賭案，何況現在。如果我賴了，她一定也不會再看重我，不會再愛我了。」

「那麼到底輸了些什麼？我可以幫你忙？」

「你沒有法子幫我忙的。」

「為什麼？你不要當我外人，我的一切都同你自己一樣。」

「謝謝你的好意，但是這是無法幫忙的。」

「不要緊，不要緊，」你說：「你知道我近年來也發了一點財，我反正是白手起家的，破產也沒有什麼。我還可以重新幹起。」

「你真是太好了，我非常感激，但是這是不可能的。」

「但什麼東西都有一個價格，幾百萬，幾千萬，幾萬萬，總有一個大概的數目，你告訴我，我也許可以替你想辦法也說不定。」你說：「啊，你哭有什麼用，男子漢大丈夫，又不是小孩子，哭什麼？你告訴我，我答應一定給你想辦法。」

「你饒了我吧，不要再問我了。」

「這算怎麼回事，我同你也不是一年半載的朋友，我從來沒有把什麼事隱瞞你，你連這點都不肯告訴我。」

「我告訴你，但是你可不許告訴別人。」

「我可以對你發誓不對別人說。」你說。

「她輸去的是我。」

「是什麼？」

「是我。」

「你？你的什麼？」

「是我，就是我。我本來是屬於她的，明天我就要屬於梁曉明了。」

「……」

一九五二，三，二五。Tjiwangi返港途中。

太太的嗓子

世上有許多人娶太太選美麗的容貌，也有許多人娶太太選富有的嫁妝，有許多人愛找有學問有才智的太太，有許多人愛找賢慧端淑會管家的太太。還有人為一個小姐有一雙誘惑的眼睛，或一個動人的身軀，就一心想娶她來做家庭的主婦；還有人為一個女人會撒聰敏的謊話，就把她聘娶了作為終身的伴侶。而我，親愛的，我想娶太太的時候竟不計較這一切的條件。我的條件是，也許你要說我奇怪，我希望我的太太有一個美麗的嗓子。

但是我的環境剛剛相反，那時我在醫學院讀書，我的同學也有才智過人的女子，我們還附屬有一個護士學校，那裡的小姐很多年輕漂亮。不用說，在實習之中，我還看到過各色各樣的女人，她們完全裸體的聽我檢查，富有的小姐，健美的肉體，含羞的笑容，誘惑的表情……這些都沒有打動過我。而無線電傳來的女歌手的聲音，倒使我有奇怪的幻想。

為這個緣故，我真怕我不會有機會碰到值得我傾愛的女性了。我一發憤，我勇敢地放棄了我醫學的研究，我專心去研究音樂，我以為只有我轉到音樂界去發展，我才能碰到我會傾愛的女性，她一定是一個歌唱家才對。

我應當告訴你，我母親是一個有天才的鋼琴家。她在十八歲的時候就被師友期許她音樂的前途，二十歲的時候，她的名氣已經不小，二十二歲的時候，她開始為世界音樂界所注意，但到二十三歲她愛上了我父親，她放棄了前途，放棄了音樂，她不管許多人的惋惜與勸阻，她做了我父親賢慧的太太，不久就做了我理想的母親。

而這就是我的命運。我在五歲時，母親就教我鋼琴，一直到十二歲。十二歲那年，母親得癌病死了。父親傷心之餘，一個人到國外去流浪，我被送進一個中學住讀，以後就沒有機會繼續學琴。父親回國的時候，我小學快畢業了，他這時想我的母親，心裡終是鬱鬱不樂，他一再同我談到母親致死的病症，他怪當時醫師的無能，這就決定了我學醫的前途。

但是我竟未能實現父親的期望，我為要交際有美麗的嗓子的女性，我放棄了醫學去學音樂。靠我過去我對於鋼琴的基礎，我自然選定這個樂器。果然，在音樂圈子裡，我認識了許多有歌唱天才的小姐。天從人願，七年以後，我結婚了。我的太太，你當然知道，是有名的女高音夢齊小姐。

夢齊小姐不但有天賦奇妙的嗓子，而且是一個非常聰慧美麗的女子，能夠同她結婚，那當然是許多人羨慕不已的事情。不用說，我做了她的丈夫，自然要特別珍貴她，愛惜她了。

但是珍貴太太是每個男子都會的，而珍貴太太的嗓子，就不十分容易了。

「親愛的，你怎麼一點也不顧到我的嗓子？」她說。

我在寢室裡不許吸煙，我在浴室裡不能吸煙。我同朋友在客廳裡吸煙，夢齊絕不進來招待。我在書房裡吸煙，她一進來，我必須熄滅。倘若我想同她接吻，我必須先二十四小時不吸紙煙。夢齊一聞到煙就咳嗽，而咳嗽對她的金嗓子是多麼有害呢！我還不能喝酒，喝了酒，就該離夢齊遠遠的，因為她是不能喝酒的，酒氣會引起她喝酒的欲望。辣，她不能吃，朋友請我吃四川菜，是我頂高興的事，但是太太不高興去，我也不能去。酸，是於嗓子不好的，什麼水果進門都要聽她的批准。一切她不吃的我也不能吃，這是因為有引誘她食欲的罪惡。當初夏娃就是這樣引誘亞當吃善惡果的。

熱天，有冷氣的地方，她不願去，她曾經因此咳嗽過。茶室有冷氣，我們不去坐；電影院有冷氣，我們不去看戲。在家裡，溫度九十幾，我說，開著窗睡覺吧。

「親愛的，你怎麼一點不顧到我的嗓子？」她說。

早晨，她一醒，我得趕快為她披上晨衣；夜裡出門，天多熱，我也得為她拿一件外衣；出門常常有風，晴雨無常，她自然隨時會需要。

跳舞游泳，她都有興趣，但做丈夫的要特別當心。這因為跳舞場有冷氣，她不能久坐，必須常常去跳舞，但跳舞太多會累，累了於嗓子當然也不好；海水對於她本來不壞，但一晴一陰一風一雨，於她的嗓子都有不利，做丈夫如果不預先叮嚀，她會說：

「你看，你一點沒有想到我的嗓子，所以隨便我去，不來管我……」

「但是，你自己，你自己怎麼一點不知道……」

她沒有回答，她哭了。她嗚嗚咽咽地說：

「早知道什麼都要自己當心，我嫁什麼丈夫？我的父母，我的老師，我的男朋友，誰都會當心我。我嫁了你，別人才……」

哭泣對嗓子當然是有害的，如果聽她哭，這當然存心毀她的前途了。

「親愛的，什麼都是我不好，請你原諒我，你哭不要緊，但要緊的是你的嗓子，你想哭泣對你的嗓子是多麼的不好呢？」

於是我必須準備了一杯溫開水，用點李斯德林藥水，讓她漱口。關於保護嗓子及預防嗓子疾病的藥品，我們當然是常備的。而她在偶爾受寒遇冷的時候，則必須用噴射的方法，使熱的蒸氣來救護她的聲帶。不用說，我們還有兩個專科的醫生是特約的。夢齊拜訪他們，比拜訪她母親還要勤快。每月的醫藥費的賬單常常劫掠了我收入的一半。

你一定以為像我這樣愛護太太嗓子的丈夫，至少很有機會聽我太太美麗的歌喉了。可是事實上剛剛相反，在家裡她從來不肯為我唱一首歌，有時候我說：

「親愛的，我究竟是你的丈夫，唱一支美麗的曲子給我聽聽吧，我已經很疲倦了。」

「你當我是什麼人？我的藝術難道是給你玩弄的？」她說：「你從來不尊敬藝術，所以你的鋼琴不會有什麼成就。」

事實上，我放棄鋼琴去做生意，還不是因為她。我同她結了婚以後，負擔加重了，為生活，我怎麼還能弄音樂。在中國，除了教琴以外，還有什麼可以靠琴吃飯的，而教琴的收入也無法養我這樣美麗的太太。可是我自從做了生意以後，琴藝也就久疏，我太太雖是靠我做生意生活，而對於我音樂上的沒有成就，始終存著輕視的心理。為這些緣故，關於保護她嗓子的事情，雖成為我的責任，而關於音樂的唱歌的事情於我反而毫無關係。她有她音樂的圈子，她喜歡別人聽她歌唱，她喜歡別人給她讚賞。我，她認為根本沒有資格欣賞她高貴的藝術的。

你想這樣的夫妻關係還會有什麼幸福？而最使我痛心的，是她不願意有孩子，她不能大著肚子去練嗓子。

她既然看輕丈夫，又不願意要孩子，那麼我們做夫妻還有什麼意義呢？於是有一次我對她說：

「我不想再做你的丈夫了，親愛的。我覺得做你的音樂會裡的聽眾，要比做你的丈夫光榮得多了。」

這樣我們就離婚了。

離婚以後我一個人來香港，我預備找一個太太，重新建立一個美滿的家庭。我發誓再也不娶有金嗓子的女人了。

但是奇怪的是我想念夢齊，我發現我在愛她，倒不是為她的嗓子而是為她的人。這使我同任何女人的來往都感不到興趣，因此我兩年來一直過著獨身生活。

最近我患中耳炎，我去找耳鼻喉專科張醫生，真是巧，一見面有點面熟，談起來原來是老同學。我們在醫學院裡是同班的同學。

「怎麼，你一直在香港？」我問他。

「是的，我從英國回來，就一直在香港。」

「生活過得很好？」

「馬馬虎虎。在這裡年數多了，總有一些病人。」他說：「你怎麼樣？我記得你早就結婚了，現在一定有不少的孩子了？」

「沒有沒有，而且已經離婚了。」我說：「你呢？」

「我去年才結婚。」他說。

我們又談了一會，我正要告辭，忽然外面走進一個女人。我吃了一驚，原來是夢齊，我正想招呼的時候。張醫生忽然同我介紹說：

「這是我的太太，這是我的老朋友唐先生。」

「我們以前見過。」夢齊很大方地說，但是她的嗓子可已經變得粗啞了。

當時我覺得很窘，我勉強地點點頭，我說：

「是的，我們以前見過。」匆匆地，我就告辭出來。我發現夢齊的肚子至少已懷孕三個月了。

張醫生送我出來，叮嚀我明天再去看一次。

第二天，我去看病的時候，張醫生笑著對我說：

「想不到，我的太太竟是你以前的太太。她已經什麼都告訴我了。」

「她是一個很可愛的女子，是不？」

「自然。」

「可是做她的丈夫，可太不自由了。」

「怎麼？」

「不能吸菸，不能喝酒，不能吃四川菜，不能進冷氣間，不能這樣，不能那樣……啊……」

「為什麼？」

「為保護她的嗓子呀。」

「啊，我知道你當初並沒有愛她，你只愛上她的嗓子。」他說：「她做了我的太太，我們就一點沒有這些顧忌了。」

「真的，那是怎麼回事？」

「這因為我愛她，我可不是因為她有金嗓子才去愛她的。」

「但是，但是我也是愛她的，我因為愛她，才愛她的嗓子。」

「但是，我因為愛她，所以討厭她有美麗的嗓子。」張醫生笑著說：「她去年才到香港，沒有認識的醫生，所以來找我。真奇怪，我很快就愛上了她。但是她不十分注意我，我們談了幾次，我知道她對自己的嗓子很自負，很珍貴。我於是就下了毒手，把她嗓子毀了。」

「你把她的嗓子毀了？」

「我覺得她的嗓子於她並不幸福。」張醫生說：「我把她嗓子毀壞，她當時雖是恨我徹骨，想控訴我，想殺我。但沒有兩天，她就愛上我，嫁了我。現在她肚子裡已經有三個月的孕了，你沒有發現麼？」

「你太沒有醫生的道德了。」我說。

「可是她現在很感謝我這樣做。她知道如果她保有她的金嗓子，她決沒有機會嫁到我這樣的好丈夫，也不會有機會生男育女的。她知道我因為愛她，所以才整個為她打算到的。」他說：「你看她現在不是很乖地做太太了麼？你的失敗，就因為你放棄了醫學，害了她也害了你自己。」他於是嘆了口氣，又說：「你知道你給夢齊的印象是什麼？」

「是什麼？」

「她告訴我你一直沒有愛她，只愛她的嗓子。」張醫師說：「可是她相信我才是真正愛她的人。」

張醫生說著，面上露出狡猾的笑容，於是他開始診視我的耳朵，我說：

「你可不要把我耳朵弄聾了。」

「假如你早把你的耳朵弄聾，你也不會去愛一個女人的嗓子了。」他說：「現在，即使我肯把你治聾，也太晚了。」

一九五二，八，三一。

徐訏文集・散文卷04　PG2122

傳杯集

作　　者　徐　訏
責任編輯　劉亦宸
圖文排版　周妤靜
封面設計　王嵩賀

出版策劃　釀出版
製作發行　秀威資訊科技股份有限公司
114 台北市內湖區瑞光路76巷65號1樓
電話：+886-2-2796-3638　傳真：+886-2-2796-1377
服務信箱：service@showwe.com.tw
http://www.showwe.com.tw
郵政劃撥　19563868　戶名：秀威資訊科技股份有限公司
展售門市　國家書店【松江門市】
104 台北市中山區松江路209號1樓
電話：+886-2-2518-0207　傳真：+886-2-2518-0778
網路訂購　秀威網路書店：https://store.showwe.tw
國家網路書店：https://www.govbooks.com.tw
法律顧問　毛國樑　律師
總 經 銷　聯合發行股份有限公司
231新北市新店區寶橋路235巷6弄6號4F
電話：+886-2-2917-8022　傳真：+886-2-2915-6275

出版日期　2018年9月　BOD一版
定　　價　390元

Printed in Taiwan

國家圖書館出版品預行編目

傳杯集 / 徐訏著. -- 一版. -- 臺北市 : 釀出版,
2018.09
面 ;　公分. -- (徐訏文集. 散文卷 ; 4)
BOD版
ISBN 978-986-445-274-3(平裝)

855　　　　　　　　　　　107013984

讀者回函卡

感謝您購買本書，為提升服務品質，請填妥以下資料，將讀者回函卡直接寄回或傳真本公司，收到您的寶貴意見後，我們會收藏記錄及檢討，謝謝！
如您需要了解本公司最新出版書目、購書優惠或企劃活動，歡迎您上網查詢或下載相關資料：http:// www.showwe.com.tw

您購買的書名：________________________________

出生日期：________年________月________日

學歷：□高中（含）以下　□大專　□研究所（含）以上

職業：□製造業　□金融業　□資訊業　□軍警　□傳播業　□自由業
　　　□服務業　□公務員　□教職　□學生　□家管　□其它_____

購書地點：□網路書店　□實體書店　□書展　□郵購　□贈閱　□其他

您從何得知本書的消息？

□網路書店　□實體書店　□網路搜尋　□電子報　□書訊　□雜誌
□傳播媒體　□親友推薦　□網站推薦　□部落格　□其他__________

您對本書的評價：（請填代號　1.非常滿意　2.滿意　3.尚可　4.再改進）

封面設計____　版面編排____　內容____　文／譯筆____　價格____

讀完書後您覺得：

□很有收穫　□有收穫　□收穫不多　□沒收穫

對我們的建議：________________________________

____

____

____

請貼
郵票

11466
台北市内湖區瑞光路 76 巷 65 號 1 樓

秀威資訊科技股份有限公司 收

BOD 數位出版事業部

（請沿線對折寄回，謝謝！）

姓　　名：＿＿＿＿＿＿＿＿　年齡：＿＿＿＿　性別：□女　□男

郵遞區號：□□□□□

地　　址：＿＿＿＿＿＿＿＿＿＿＿＿＿＿＿＿

聯絡電話：(日)＿＿＿＿＿＿＿＿　(夜)＿＿＿＿＿＿＿＿

E-mail：＿＿＿＿＿＿＿＿＿＿＿＿＿＿＿＿